科幻
中国
KEHUAN ZHONGGUO

未来入侵

吴 楚——著

中国科学技术出版社
·北 京·

图书在版编目（CIP）数据

未来入侵 / 吴楚著 . -- 北京 : 中国科学技术出版社 , 2024.4

（科幻中国系列）

ISBN 978-7-5236-0490-8

Ⅰ . ①未… Ⅱ . ①吴… Ⅲ . ①幻想小说—中国—当代 Ⅳ . ① I247.5

中国国家版本馆 CIP 数据核字（2024）第 041108 号

策划编辑	王卫英
责任编辑	王卫英
封面设计	书香文雅
正文设计	书香文雅
责任校对	吕传新
责任印制	徐　飞

出　　版	中国科学技术出版社
发　　行	中国科学技术出版社有限公司发行部
地　　址	北京市海淀区中关村南大街 16 号
邮　　编	100081
发行电话	010-62173865
传　　真	010-62173081
网　　址	http://www.cspbooks.com.cn

开　　本	720mm×1000mm　1/16
字　　数	291 千字
印　　张	15
版　　次	2024 年 4 月第 1 版
印　　次	2024 年 4 月第 1 次印刷
印　　刷	天津泰宇印务有限公司
书　　号	ISBN 978-7-5236-0490-8 / I・84
定　　价	45.80 元

科幻中国 编委会

总策划：李继勇

主　编：中国科普作家协会科幻创作研究基地

总统筹：静　芳　曹　璐

编　委：

（按姓名音序排列）

总 序

　　"科幻"是科学与幻想的结晶，"中国"是养育我们的这片土地，这套"科幻中国"系列丛书便是在书写我们当代中国的土地上所特有的科幻文学。历史上，许多大国呈现出繁荣景象时都伴有科幻兴盛的现象，中国快速的现代化进程，激发了大众对未来的想象力和好奇心，给科幻文学提供了肥沃土壤，当下我国科学技术繁荣发展、蒸蒸日上，我国的科幻文学也呈现出独有的大国气魄。"科幻中国"系列丛书顺应历史潮流，立足当下，展望未来，鸣响了中国科幻文学在新时代的强音。

　　随着科幻土壤的拓展，许多科幻作家也开始由中短篇创作转向了更艰难、更宏大、更精彩的科幻长篇的创作，这套由中国科普作家协会科幻创作研究基地主编、中国科学技术出版社出版的"科幻中国"系列丛书，集合了当今中国科幻文坛上的优秀科幻作家，为广大读者带来了足具中国特色的长篇科幻作品。这个系列的故事，题材、内容、视角迥异，但都建立在更高阶、更深邃的现实主义基础上，它们运用了多个科幻的传统题材，在新时代中，为解决新的冲突矛盾而探索不同的方向，寻找新的美好道路，体现了我国科幻创作者们的深刻思考。随着时代与科技的发展，我们迎来了科幻文学的"新浪潮"，科幻文学创作有了不同以往的特色，从当下丰富的科学素材中挖掘故事资源，把它们变成很震撼、很有魅力的故事，这是一件充满想象力和创造力的事情。这些创作者为这些科幻文学题材中的经典话题，以或者惊险，或者悬疑，或者深思的种种方式，再次赋予了全新的表达，用他们各自不同语感、节律的语言，加上新鲜的想象力的折叠，做出了万花筒式的变化。他们把当今社会的种种问题，借用科幻的想象，细致地放大，又用科幻的表达手法进行叙述，形成了更加丰富多彩的科幻文学世界，给了我们多重意外的惊喜。

中国科幻文学有很多潜在力量，不管是过去还是现在，都有很多人在一起努力。我们看到科幻越来越受到大众的关注，从一个比较边缘的、小众的区域，走到大众媒体注意力的中心，越来越多的科幻文学、影像在世界上传播，中国的科幻，正像一匹骏马，向科幻的黄金时代驰骋。科学与人文比翼齐飞的探索与成长，使得科幻之花开始扎根于热爱科学的科幻迷心中，让科幻文学的花园百花齐放。如今的成就也得益于那些孜孜不倦、多年默默耕耘于科幻文学中的科幻作家们的执着坚守。这套"科幻中国"系列丛书是当下中国科幻文学的一个缩影，希望更多的科幻迷和读者能够通过这套书，看到中国科幻作家在全民族甚至全人类所关心的问题上做出的探索。本书系的作品外壳虽各有不同，但是它们内核与精神气质是一脉相承的，它们代表着当下中国科幻的状貌。科幻文学是面向未来的文学，从中能够看到，我们的国家和民族正自强不息、勇毅前行，我们正走向更加美好的明天、探索一个奇伟壮丽的科幻世界。

"科幻中国"系列丛书，正是立足于中国这片土地，讲述独一无二的中国科幻故事。愿中国科幻，健康发展，科幻中国，繁荣昌盛。

目录

CATALOGUE

第一部

启　示

Qi Shi

第一章

诡 梦

夜很黑，路灯昏暗，我站在一座桥上，桥很高，距离水面有五六层楼的高度，河岸边的景物很熟悉：一座矮矮方方的四角亭，一个青苔横生的老旧码头，两三栋黑灯瞎火的老式四层建筑。

这是哪儿？

我一定知道，却无法想起。

很快，四周起雾了，周遭的一切变得模糊，面前有一辆车开过，但看不清车牌，码头上好像来了人，更看不见面庞，四周的树木变得影影绰绰，一片安静，听不见一丁点儿鸟叫虫鸣。

这是梦，我猛然意识到。这梦境绝不美好，我努力让自己醒来，但无法做到。

我只能继续留在梦里。

我向前张望，漆黑的河面上，浮着一团蓝色的影子，随着水流，向下游漂去，像是一个人。我的心脏猛地缩紧了。

下一秒，我的意识里，忽然浮起了一段记忆。

"那是一件外套。"

心跳放缓下来——即便身处梦境，我依旧能清晰地感到这一点。我深吸一口气，将目光从水面移开，准备往前走，然而刚迈出第一步，一阵尖锐的疼痛，便从下腹的某处传来。

在寻常的梦里，疼痛大多是轻微、模糊的，然而不知为什么，在这个梦里，疼痛格外清晰且强烈，顺着神经，游入全身的每一寸肌肉和皮肤。我身体痉挛，弯下腰，无法再移动分毫。

"肝癌晚期，全身扩散。"我忽然又"想"了起来。我喘息着，在旁边一张木质长椅上坐了下来，这长椅年久失修，椅面上好几处的钉子冒出了头，榫卯处也有些松动。我从口袋里摸出一盒药，倒在手心。太疼了，手抖得厉害，好几粒药撒在了地上，我干脆将药瓶对准嘴巴，一口气吞下了六七粒，也可能是八九粒，管他呢，谁在乎。

疼痛迅速减缓——这不现实，但在梦里也正常。我站起来，继续往前走，在迈出第一步前，我看到，一个年轻的跑步者迎面跑了过来。

我的目光瞬间被吸引过去：我竟能看清他的脸。

夜很黑，灯又暗，还起了雾，一切景物都很模糊，唯独他的脸格外清晰——这是电影里超长焦镜头的效果——这是个帅小伙儿，阳刚坚毅，浓黑的剑眉，单眼皮，但眼睛很大，眼珠又黑又亮，像老式挂历上的明星模特。

这张脸无比熟悉——比这座桥更熟悉百倍，我却想不起他的名字。

他穿了一件蓝白相间的8号球衣，脚步轻快，就像带着风，他很快跑上了桥面，我甚至听到了他均匀的呼吸声。

"他是齐楚。"猛然间，我又"记起来了"。旋即，一个无比强烈、无法抗拒的念头出现在意识最深处："我要杀了他。"

我惊惧万分："为什么？"我问自己的灵魂，很快，灵魂便回答我："为了你的母亲，和女儿。"

两段奇特的记忆在脑海浮现：我的母亲，她枯瘦的身躯正躺在一张狭窄的病床上，床头压着一叠厚厚的住院催款单；而我的女儿，眼睛大大的，穿着浆洗得发白的旧校服，坐在斑驳的书桌前，望着面前的高考志愿单发呆。

"我家徒四壁，我需要钱，干成了，有人给钱。"这念头像是魔鬼的低语。

"可是，要怎么做？"我问自己的灵魂。

很快，脑海里浮起更多信息，这是一个周密、完美的计划。在它出现的一刻，我没有丝毫犹豫、愧疚。

我摇晃着走出两步，对这小伙儿喊："您好。"

这个叫齐楚的跑步者停了下来，看向我，他看出了我的虚弱，关切地问："怎么了？老先生？"

我很老吗？我猛然意识到，我竟想不起自己的年龄，不，不只如此，我甚至不知道自己的名字，我是谁？但很快，我便抛开这些疑问，机会近在眼前，也转瞬即逝。

你或许没做错什么，但这就是命吧。

"我的外套，刚刚挂在桥栏上，被风吹下去了，我眼花，你帮我看看，是掉在了河里还是在岸上？"我说。

齐楚毫不犹豫地走了过来，站到我身边，面前，是一段斑驳、腐朽的木质护栏，上面布满了蛛网般的裂纹，下面，是黝黑、缓缓流动的河水。

我将身体轻轻靠在桥栏上，伸出右手："能看见吗？"

"那边，"齐楚对我说，"在河里，可能有点麻烦。"

　　我身体前倾，同时右脚悬空了一些，将一半的体重都压在桥栏上，我枯瘦的胸腔肌肉，能感受到桥栏断裂的轻微颤动。

　　"老先生，你小心点。"齐楚发现了异样，伸手扶我。我扭过头，看着他，笑了起来。

　　"谢谢你，小伙子。"

　　我颤抖着，喘息着，右脚完全离地，下一秒，我残破的身体压断了更加残破的桥栏，重力羁绊着我向桥下坠去，在双脚离地的一霎，我伸出右手，"胡乱"捞了一把——这是失足者在身体本能驱使下做出的正常反应。是的，我抓住了齐楚的胳膊，抓住了他的身体、生命，让他同我这个将死之人一道，失重、坠河、迎接共同的命运。

　　我在半空中放了手，翻滚着、尖叫着坠向水面。落水的那一刻，我感觉身体被一个巨大的铁锤砸了一下，肌肉、骨骼、器官被拆解成无数零件。下一个刹那，一个蓝白相间的影子落在我身边的水面上，"嘭"，水花溅到我的嘴里、鼻子里，但我已无法咳嗽，甚至打不出一个喷嚏。

　　我在窒息、死亡降临前惊醒，是梦。思维渐渐由混沌变得清明，冷汗从后背的每一个毛孔里冒出来，将睡衣浸得透湿。

　　屋里很暗，窗帘缝隙里漏入一点月光，时钟的时针指向9点位置——晚上9点。最近有世界杯，我到家后都小睡两三个小时，养精蓄锐，凌晨看球。我借着亮，在床头柜上摸到了钱包。接着，我做出一件很"蠢"的事，打开钱包，抽出身份证，照片上，那个剑眉星目的男孩笑得很灿烂：

　　齐楚。

　　是的，我是齐楚，那个梦里被"我"杀死的人。

　　意识深处，某个"阀门"似乎被打开了，我旋即想起了那座桥的名字：明月桥。很快，我又想到，每天夜跑，我都会经过那座桥，风雨无阻。而我最常穿的跑步服，正是我在"梦"里看到的那件蓝白相间的8号球衣。此刻，它正挂在阳台最里面的衣架上。

　　冷风从窗帘缝隙灌进被窝，我瑟瑟发抖。

　　每个人都做过噩梦，我也不例外，包括坠楼、溺水、遭遇谋杀。大约半年前，我甚至梦见自己被困在一座巨大的潜水钟里，在被恐惧吞噬前，潜水钟破裂、爆炸，我被奇异的、黏稠的液体包围、窒息。但这些噩梦加在一起，都不如刚刚这个诡异离奇。在先前那些噩梦里，我就是我，是齐楚。

　　然而我刚才做的，却是一段"第二人称"的梦境，梦中的"我"，是一个患有肝癌、时日无多的病人，在一座熟悉的桥上，杀死了现实中的"自己"！

　　问题来了，梦里的那个"病人"是谁？这个梦，究竟是怎么回事？

　　我搜肠刮肚，根据那"病人"的体貌特征，推演他的身份——如果他真实存在的话。然而，在记忆中，我并不认识任何罹患肝癌、瘦骨伶仃的老年男子。我还不罢休，翻了一遍社交软件，把所有年龄符合的好友挨个看了一遍，同样毫无线索。

只是一个特别的噩梦罢了，我安慰自己。忽然，手机发出熟悉的闹钟铃声。

"22：00，跑步。"

我全身一颤，冷汗又一次从额头、后背的毛孔里冒出来。

是的，我刚做了一个梦，梦中的我，一个时日无多的"病人"，杀死了夜跑的"齐楚"，也就是现实中的我。

那么现在，我该出门吗？

我没有犹豫太久便做出了决定——并非我轻率，而是我很快便想通了一点：假定梦是真的，是某种"警示"，那个守在桥头的人，也不过是个垂垂老矣、步履蹒跚的病人，他"杀死"我的方式，是诱我靠近，拉我坠桥同归于尽。我只要有所防备，他怎么可能得手？

当然，更大的可能是，这不过是个噩梦而已，那我还担心个锤子。

我换好鞋，穿上球衣——正是梦里看到的那件，下楼，开跑。外面有些凉，晚风刮在身上，怪舒服的。

明月桥离我家不到两公里，十来分钟后，我便看见了不远处的桥影，桥面很长，弧度优美，桥身笼罩在一层薄雾里，仿佛云层后倒扣的弯月。

刹那间，我的汗毛竖了起来。

什么时候起雾了？

现在是五月，晚雾并不常见，我的心跳开始加速，呼吸也是。雾霭中的水汽渗进肺里，仿佛整个肺都被浸透了，无比难受。我硬着头皮跑上桥面，将目光投向右侧桥边，那是梦里那个"病人"站的位置。下一秒，我身体一麻，脚步仿佛被什么粘在了原地、双腿开始止不住颤抖。

在那里，立着一道孤零零的人影。

人影离我有二三十米，灯很暗，又有雾，我看不清他的面目。他的头发花白、躯体枯瘦，似乎还在微微颤抖——和梦境里，那个"我"的体貌特征完全一样，更重要的是，尽管看不见表情，但很显然，他在看我！

我感觉快要窒息了。

我的第一反应是扭头远远跑开，但很快改变了主意。

走过去！

是的，走过去。

这并非我胆大妄为、不知死活，也不是被某种神秘力量操纵，身不由己，而是我忽然想清楚了一件事：我必须"证明"一件事。

证明这个人到底是不是想杀我，证明那个梦到底只是幻觉，还是某种神秘的

"启示"或"预感"。

如果我转身跑掉，我将错过近在咫尺的答案——不只是好奇心，更重要的是，如果梦真是某种"启示"，那我躲过今天这一劫，对方就会放弃吗？还是会换一个时间、换一个地点，用另一种方式害我？多半是后者吧，毕竟，梦中的那个"我"执念是如此强烈。这意味着，在未来很长一段时间内，我都可能面临未知的生命危险。

而走过去，只要保持距离和警惕，他不会有任何机会碰到我。

我调整脚步，慢慢向人影靠近。十米、八米、五米，在这个距离，我已能够看清对方脸上深浅不一的皱纹，他的年纪不算太老，六十来岁，多半没到七十，头发非常稀疏，并非"地中海"，而是那种分布均匀的稀疏，就像稀种的豆田——是化疗的副作用吗？他脸色灰暗，嘴唇毫无血色。身上穿了一件白色的廉价衬衣，衣领、袖口皱巴巴的，看不出材质的裤子上有不少泥点，脚下是一双劣质皮鞋，灰蒙蒙的。

"您好。"他忽然开口。

这句话仿佛一句咒语，把我定在原地。

诡梦，成了现实。

我艰难地问："什么事？"

老人抬起头，浑浊的瞳孔死死盯着我。显然，我的犹豫、我的谨慎让他有些意外，他舔了舔干裂的嘴唇，说："我的外套，刚刚挂在桥栏上，被风吹下去了，我眼花，你帮我看看，是掉在了河里还是在岸上？"

不能说似曾相识，只能说一模一样。

我颤抖起来，眯起眼，看向他身边的桥栏，上面布满裂口，有一处关节都脱离了，露出光秃秃的榫卯。恐惧让我不自觉地后退了半步。

老人愣住了，显然，我的戒备很"反常"，出乎预料，他咳嗽了两声，似乎想用病痛引起我的同情，"麻烦你，就帮我看一眼。"他说。

我深呼吸，又退后一两米，这才侧过身，往桥下瞟了一眼，旋即迅速将目光锁定对方，说："嗯，水里一件蓝色外套，在河中间，离这儿五六十米吧。"

对方呆住了，看了眼河面，旋即不知所措地站在原地。十来秒后，他弯下腰，捂住腹部，靠在一根柱子上，缓缓跌坐下来。

"哎哟、哎哟。"他开始呻吟。

我自然没有上前——先不管那个梦是怎么回事，但君子不立于危墙之下，我至少不会蠢到靠近他。很快，我做了自认为这个时候唯一正确的事：拿起手机，对准他开始录像。枯瘦的身躯蜷曲、颤抖，双眼紧闭，皱纹在眉心拧成一团，这让我的心颤了一下，如果梦是真的，那么，眼前的这个老者，是一个正忍受癌痛的病人。

在拍摄下一段半分钟的视频后，我拿起手机，准备拨120。

"你在干什么？"

"帮你叫救护车。"我说。

"不，不用。救护车来一趟要好多钱，你千万别打。"老人扶着柱子，喘息着站起身，好几次，我几乎都忍不住想上去拉他一把，但终究没有这么做。正在我犹豫的时候，这具孱弱的身体忽然爆发出难以想象的力量，老人瞪大双眼，两臂箕张，就像一只残弱的猛兽，向我扑来。

我又惊又怒，踉跄着向后一闪，旋即转身，奔跑。幸好，我和他始终保持了四五米距离，他没能碰到我的衣角，甚至没有碰到我的影子。四五秒后，我第一次回头，看见老者已跪在二三十米外的地上。

"你……你干什么？"老人咬牙切齿，双眼血红。

"你要杀我？"我问了出来。

"嗯……呼哧……嗯。"老人的声音含混不清，不知道是承认还是只是喘息。

"为什么？"我问。

老人的喘息更激烈了一些。

"因为钱？……谁让你杀我？"

……

月亮被一片乌云遮住，路上没有一个行人。老人一手撑着地面，另一只手捂住腹部。他没有回答我的问题，到后来甚至不再理我。之后，我一度犹豫要不要打110——但思考再三还是放弃了，是的，他刚刚做的事，不过是"外套被吹到了桥下，癌痛难忍，请我帮忙"罢了，至于后来"扑向我"，他也解释了：怕我打120浪费钱，情急之下想抢电话。从头到尾，他没有碰到我一根汗毛，没有伤害我分毫，我总不能在做笔录的时候，说"我梦见这个老头要害我"。

当然，我还是长了个心眼：先假装离开，藏在桥下的景观亭里，目送老人走下桥，又颤颤巍巍地走出三四百米，钻进一条路灯昏暗的小巷。我悄悄跟了上去，他似乎并没有什么警惕心，又或者听力、视力都已不再敏锐，对我毫无察觉，两分钟后，他在巷子中段的一扇门前停了下来，开门进屋。我记下了门牌号，之后在巷口的杂货店里打听到了老人的身份：

"你说老尤啊，大名叫尤志，刚过六十吧，做油漆的，上个月确诊了肝癌，他老娘中风住院，姑娘又要高考，唉，祸不单行啊。"

我到家时已是凌晨，但辗转难眠。今晚发生的一切实在离奇惊险，如阴影般笼罩在心头。是的，刚刚经历的一切已足以证明，那个梦是真的，是某种无法用科学解释的"启示""预警"——而我并不认识尤志，这个身患绝症的小老头儿，多半只是被雇的凶手，这意味着，只要"买主"不被揪出来，我仍时刻面临危险。

买主是谁？我得罪了什么人？

我起身，打开电脑——我是一名报社记者，负责一个深度调查板块，自然也做过不少得罪人的采访。最近两年，我暗访过两家"皮肤病性病"专科医院，曝光了一家年销售额过亿的保健品公司、一家卖药酒的明星企业。此前，我走夜路时，就被不明人士围堵、威胁过，甚至在曝光一家男科医院的三天后，收到过一件不明地址寄来的寿衣！

至于最近……两天前我发了条新闻，但并不劲爆，只是一家当地民营企业半强制员工"自愿捐款"——只有捐款的员工年终考核能评上优，否则最高到良，而考核关系到三五千元的年终奖。这位公司老板是政协委员，优秀企业家代表，意气风发。

"我们企业只有奖励，没有惩罚，捐款1000元以上的员工，额外奖励10分全年考评分。公司出此政策，是为了引导员工心怀社会，心存感恩。"这位老板对录音笔侃侃而谈。

我无法反驳，只能如实写稿，不加评论。当然，事后舆论也起了些波澜，但热度并不太高，很快就被压下去了。

只因为这一点"龃龉"就要害我性命？我不太相信。

凶手到底是谁？他还会找我吗？

之前我做的"梦"，究竟是怎么回事？

在想出任何线索前，困意袭来，合眼的一刻，我脑海里的念头是：

今晚，还会有下一个"梦"吗？

有。

第二章

美　梦

意外的是，这个梦与前一个完全不同，甚至可以说截然相反。

这是一个色彩明丽的梦境，我身处一间宽敞、明亮的屋子——面前是一面巨大的透明落地窗，和煦的阳光洒在窗边的绿植上，碧油油的，窗口面对面摆着两张沙发椅和一张一人宽的小床，在靠墙侧，则是一个巨大的书架及办公桌，洁白的墙上有一个硕大的挂钟，挂钟下有一个音乐盒，飘出一首悠扬轻缓的外国曲子——环境不太像办公室，也不太像客厅，很快，我从门口的横牌上找到了答案。

"精神科心理诊疗室"。

很快，我开始思考下一个问题：我是谁。

我是个年轻女人——在这个梦里是的，因为我看到一双光洁白皙的手，以及感受到上、下半身的重量变化，我的右手手腕上系了一根精致的红绳，缚着一块半透明的鹅卵石，上面刻了一个字："冰"，这是我的名字？我想。我的左腕戴了手表，表盘上的时间是16:58。

我穿着白大褂，应该是个医生——总不成是偷穿白大褂的病人。我走出两步，来到落地窗前，外面的景色很美，一片月牙形状的清澈湖泊，湖侧矗了一座被藤蔓覆盖的小屋——"城市书房"，书房屋脊上，趴了一只银色的小猫，挥舞前爪，在和一只飞舞的蝴蝶玩耍。

这地方我很熟，但想不起名字。

闹铃突兀地响了起来，我循声望去，发现手机正倒扣在桌面上，背屏的待机画面是一个电子时钟，我将手机翻转过来，"16:59，吃药"。吃药？我下意识地看向桌面，果然，有两个药瓶，药瓶并没有外包装，光秃秃的，也不知是什么药，只是瓶口分别贴了张便笺纸，第一个白色药瓶的便笺上写着"10:00、17:00、23:00，每次2片"；第二个蓝瓶则标着"14:00、24:00，每次1片"。标注简单易懂。我抓起白色药瓶，倒出两粒，和水服下。药片滑过没有喉结的脖颈，坠入食道。

下一秒，墙上的挂钟响了起来，当、当、当、当、当，一共五声。

北京时间，17点整。

受某种神秘力量指引，我抬起手腕，看了眼手表，17:00:00，我又抓起手机，分秒不差——手表是机械表，挂钟也是老式挂钟。三件计时工具的时间竟完全同步，半秒不差。

显然，"我"每天都在校准它们。

我有些困惑，不止因为这个，更重要的是那两瓶只贴了标签时间，却没有包装的药片。

什么药？我有病？什么病？这一次，没有任何"潜意识"给我答案。

我深吸一口气，呼出，仔细地感受身体的反应，我很年轻，身体轻盈，并没有丝毫不适；唯独右手尾指有些异样，我将手伸到眼前，果然，尾指的后两节在轻轻颤抖，幅度不大，但完全不受控制。

应该不是啥大问题吧。

我忽然生出一种强烈的冲动，那便是找一面镜子，照出自己的模样。只可惜并没有，这间"诊疗室"内，只有书架的玻璃能照出我依稀的影子，齐耳黑发、戴眼镜——其实这两点不照镜子也能感觉出来，五官瞧不清晰，但绝不难看，我伸手摸自己的脸，皮肤很光滑。

咚咚。门被敲响了。

我猛醒过来，"请进。"我的声音落在自己耳里，竟清脆悦耳。门开了，一个年轻男人走了进来。

门口有些逆光，我没能第一时间看清他的五官。只看出他挺瘦高，而且衣品特别，穿了件一半玫红、一半浅蓝的潮牌T恤，外加纯白色的修身裤——很少有男生会选择这样明艳的配色，很容易显得幼稚或轻佻，但搭配他还挺合适。如果同样的搭配放在某位"土肥圆"身上，那将是一颗花里胡哨的彩蛋。

这是个阳光干净的男孩子。他的眼睛很亮，当和我四目对视的一刻，他的脸红了一下，我也是。

"医生，您好。"他坐在窗边的一张沙发椅上，我坐在他对面。

"您好。"我说，"你喜欢什么样的音乐？"

这个问题同样来自潜意识——每当陌生病人进门，我都先问他喜欢什么音乐，合适的环境可以帮人打开心扉。他没有开口，静静地聆听正在播放的曲调，说："现在的歌就挺好，叫什么名字？"

"门德尔松的《威尼斯船歌》。"我说，"你的名字？"

"我叫齐楚。"

我的心颤了一下，记忆深处，某扇紧闭的门似乎被推开了，"齐楚、齐楚、这名字，似乎是我？"无数奇异、纷乱的念头涌了出来，"我正在和'我'对话？那么'我'又是谁？"思绪混沌成一团乱麻。很快，更"诡异"的情景出现了——我感觉自己的嘴唇动了两下，声带摩擦，却听不到声音，甚至不知道自己说了什么，我的语言非但无法被耳膜接受，甚至脱离了大脑的掌控，接着，他也开了口，同样寂静无声。

这是一种难以形容的奇异：就像是这个梦境世界被按下了静音键，我和他，不，我和"我"，在进行一场沉默的问答，我不知道这问答的内容，只能确定这是一场不太冗长、氛围融洽的对话。他偶尔皱眉，表情数次陷入迷茫，但也笑了好几次，准确一点说，是三次，第一次只是嘴唇牵动的浅笑，第二、第三次，他都露出了洁白整齐的牙齿。

当他最后一次微笑时，结界忽然破碎，一切回归正常。

他站起身，看着我，伸出右手，说："谢谢。"

我与他握手，对视。他的手很大，手指修长，指甲修剪得很干净，温暖的手掌将我的手包裹其中，他握手的力道很温和，不重不轻，既不显敷衍，也不会让异性生出被揩油的不悦——在某个瞬间，我甚至希望他多握一会儿。

梦中的我思绪更乱了，心跳加速，呼吸急促，明亮的房间里弥漫起一些旖旎的、浪漫的雾霭。时间仿佛凝固了，我忽然生出一个念头，那就是永远留在这个梦里，不醒来，不离开。然而事与愿违。

我醒了。

外面天色大亮，居然已是中午。我从床上跃起来，打开手机记事本，将脑子里记得的梦中的一切都记了下来。

是的，我又做梦了，依旧是"第二人称"。梦里的"自己"，是一个美丽、温婉的心理医生，更重要的是，在梦里，她挺喜欢我，即便只是一面之缘。

只有长得难看的人才会怀疑一见钟情。

如果没有前一晚的诡异经历，我绝不会因为一场"美梦"如此激动，然而几小时前，我做了一个同样"第二人称"的梦境，之后奇迹般地"应验"于现实，那这一次呢？

我一时间甚至忘了，自己依旧面临着生命威胁。

生命诚可贵，爱情价更高。

我渴望找到她，梦中的那个"我"。

我瞬间想到了梦境中的一幕：诊疗室窗外是一片湖泊，湖边有一座城市书屋。是的，那片湖叫镜湖，位于城市北郊，湖畔确实有一所医院，我打开手机地图，找到了医院的名字。

"青山医院，三甲，脑科、精神科位居全国前列。"

对上了，全对上了。

我灵光一闪，下载、打开了青山医院的手机应用程序，在线挂号。当手机上跳出医生信息的一刻，我的呼吸停滞了。

心理科，普通门诊，夏语冰。"冰"！

短发，眼镜，尽管只是证件照，但真正的美人足以驾驭任何照片：女孩五官端庄，气质恬静，正是梦境中的那个"我"，绝不会错！只是现实里，我绝不认识、也从未见过这个女孩！绝没有！

照片下有简历，挺详细，足以证明她绝非我的邻居、同学。除了那次"梦中邂逅"，我和她毫无交集！

我蓦然慌乱起来，我开始担心，担心那个梦到底是不是真的——或者说，会不会"应验"，她真会喜欢我？

当你足够喜欢一个人的时候，就会患得患失。更何况，即便在梦里，"冰"对我产生的，也仅是一些朦胧的好感罢了。但我明白，虽然努力未必有结果，但如果放弃，那便彻底失去了希望。

我深吸了一口气，正想点下"挂号"，预约一次"心理咨询"，这应该是我认识"冰"最简单、直接的法子。忽然，一丝强烈、突兀的"预感"，阻止了我这么做——我也对"心理学"颇有兴趣，曾经自学过小半年，记得一条"行业守则"，心理医生、咨询师，通常是不能与"咨询者"产生情感关系的。

梦中的女孩，太令我心动，无法自拔，我不能让"初见"留下任何隐患、瑕疵。更何况那个"梦"并不具体，梦里的"我"到底是不是"病人"也是未知。于是我放下手机，思考其他法子。很快我想起，有一位高中同学就在青山医院工作，要不，预约一次心理疾病相关的采访？

我有一个优点，每当面对命运的重要时刻，总能冷静、果敢，而且极少怯场表现失常。或许是我措辞得当，那位同学很快便传回了好消息，"夏医生同意了，今天下午她坐诊，一般五点前看完病人，你五点十分到诊室找她好了。"

我的心脏狂跳起来，吃饭、洗脸，认真打理了一遍头发，翻出那件一半玫红一半浅蓝的T恤，熨平皱褶，穿上。镜子里的男人精神饱满，唯独领口歪了一点，我随手纠正了。

16:00，我站在青山医院2号心理诊室门口。

门关着，门口的长椅上坐着三个人，一位满脸愁容的老妪、一对不太融洽的母子。我扫了一眼他们的号，都在我前面，于是又走出去，在附近转了一圈，直到16:55才回到诊室门口。

门虚掩着，只留了一条缝。诊室里很安静，显然病人都离开了，门口的电子屏上，滚动显示的"就诊者"信息栏已空白一片。离约定的时间还有一刻钟——按照"常理"，多数人一定会提前进门，但我犹豫了片刻，没有这么做。

在梦里，"我"戴着手表，墙上有挂钟，手机的背屏主题是电子时钟，三者的时间半秒不差，这说明"冰"是个极看重时间的人——甚至有些强迫症，这样的人一定很讨厌迟到，或许，也不太喜欢早到。我认为，以她的性格，多半会对另一个"极度守时"的人产生一些兴趣。而兴趣，是爱情的产生基础。

17时09分50秒，我轻轻敲门。

"请进。"

我推开门，梦里的人儿，站在我的眼前。

夏语冰，这个从未谋面的女孩，比我梦里见到的倒影，比照片上都美丽数倍。一张标准的美人脸蛋，那种东方的、古典的、内敛的美丽，毫不张扬放肆，鹅蛋脸，每寸肌肤下都是满满的胶原蛋白。她的五官很有标识性，丹凤眼，自然未修的蛾眉，唯一的缺点是嘴唇少了些血色，但更能激发异性的保护欲。

我的呼吸顿时急促起来。房间的布置也与梦里一模一样，音响里飘出悠扬的《威尼斯船歌》，当我进门一刻，语冰放桌上的手机突兀地响了起来，我悄悄瞥了一眼，提示是"记者采访，17:10"。

语冰的眼睛闪了一下，仿佛璀璨的晨星："你早就来了？十几分钟前，我好像就听到你坐在门口了。"

"是。"

"那会儿已经没人了，你怎么没当时进来？"

"我知道，但跟你约好的时间是17点10分。"

她愣了愣，粲然一笑："如果换其他人，多半会不开心，你早点采访完，我能早点下班。"

"其他人？"我说，"你的意思是，你不一样？"

"是，我有点强迫症，很讨厌迟到，也不太喜欢提前。如果跟朋友约了八点去她家，但我七点半到了，我会逛半小时再敲门。"语冰说，"但后一条只会要求自己，病人、朋友提前过来，我不会介意的。"

我点点头，大脑开始紧张地思考，是的，进门之后，我俩的对白与梦里并不一致。语冰引着我，走到窗前的沙发椅上，窗外，将落的夕阳照在明镜般的湖水上，我有些局促起来，准备好的采访提纲一时竟想不起来了。

语冰看出了我的紧张，眨了眨眼问："你有喜欢的音乐吗？"

回到正轨了。

我闭上眼，聆听了几秒正在播放的音乐，说："不用换，《威尼斯船歌》，我挺喜欢。"

女孩的眸子再次闪了一下，她抬起头，端详了我四五秒："你也喜欢？"

"是。"

这是真话，至少此刻是。我很少说没必要的假话，这会让自己心虚、不敢直视，语气、眼神都变得不够坦率真诚。在今天之前，我确实对门德尔松一无所知，但在出门前，我将他的七八首名曲循环播放了两小时。

昨日的谎言可能是今天的真话，反之亦然。

我深吸了一口气，终于平静下来，开始提问，我准备得挺充分：我上周采访了一个患非典型自闭症的女高中生，正在做关于未成年人心理健康的专题——这么想来，似乎"命运"也站在我这一边，帮我和她相识相遇。语冰和蔼、流利地回答了全部问题。采访结束了，我深吸了一口气，用尽可能自然的语气说："其实，我最近也遇到了一些……可能算心理、情绪问题吧，能请教下你吗？"

语冰微笑起来："没问题……不过，我看你挺开朗的，有什么困惑吗？"

"我这两天做了一些梦，在梦里，我不再是我，而是变成了另一个人。"我继续说实话——当然是有所保留的实话，"在梦里，我不但有新的人格，而且，有这个人格对应的记忆。例如昨天午睡，我梦见自己是一个癌症病人，孤独地站在桥头，而且在梦里，我记得，我妈妈也得了重病，女儿正要上大学。"我并没有提事后梦境"应验"的事。

语冰认真地听完，问："你有没有熟悉的朋友？他的处境，和梦境里的那个你，有相似之处吗？不一定要完全相同，有一两点类似就行。"

"没有。"我顿了两秒，说，"但我最近采访过一位癌症病人，也接触过没钱上大学的女孩。您的意思是，我的梦，和这些采访经历有关？"

"有这种可能，你在日常生活里，是不是比较容易共情？"语冰说，"例如看到他人的悲剧也会难过，看到他人犯下的错误，也会设身处地地站在对方角度去理解。"

"是，我学的是新闻专业，采访学老师在第一堂课上就说过，必须仔细聆听每一方当事人的说法，代入他们的心理、视角去思考事件，最后再跳出来，站在旁观者角度去客观描述、评论……"我顿了顿，说，"我是不是跑题了？"

"没事，你继续说。"语冰说，"和我们心理学的有些理论很相似。"

"好。其实，在大多数人眼里，自己说的、做的一切，都是正确、正义的：大多数罪犯觉得是社会不公让自己贫困潦倒，他们偷盗抢劫是劫富济贫；有些碰瓷的老人是真的坚信对方撞了自己；离婚的夫妻，两人都会认为自己是受害者，并找出无数的理由控诉对方。"我说，"我在生活里，也习惯代入他人的角度去思考问题，也容易被别人的喜怒哀乐感染，但还好，我每次调整得也挺快，不会深陷其中。"

语冰点点头："你这样的年轻人，其实挺少见的。毕竟鲁迅说，人与人的悲喜并不相通……"

我笑了，直视她的眼睛："夏虫不可以语冰，井蛙不可以语海。"

她怔住了，旋即明白过来，我在说她的名字。她轻笑，眼睛弯成迷人的月牙形："是的，我爸爸给我取的名字，就这个意思。照这么看，你和日常生活里接触的人产生了一些共情，然后这些共情投影到了梦境里。只要不影响你清醒时的正常工作学习，就没什么问题，如果什么时候情况加重了，影响到了现实，可以来这里挂个号。"

"您的意思是，我关于这些人的记忆，叠加在一起，融合成了梦境里，我的那个人格？就像一本墨迹未干的新书，前后几页的字迹洇到了一起？"

语冰微微一怔，再次端详了我两秒："你很聪明，语言表达能力很强。"

"谢谢。"

我们沉默下来，我看着她，她也看着我，很明显，她没有希望我快走的意思，我悄悄瞥向她的右手，是的，她的右手小指，正轻轻地、不自觉地颤动——刚刚我也看到了，桌角那两个没有包装，只贴着便笺纸的药瓶。她有病？我自然不会将在这种情境下问出这问题，我和她已经聊了20分钟，我该走了，这已是一次非常、非常成功的初见，我说："方便加一下您好友吗？有什么采访方面的问题，我再请教您。"

她的眼皮跳了一下，睫毛微微颤动，旋即大方地打开手机，说："好的，你有什么情绪上的问题，也可以问我。"

心脏几乎从胸腔里跳了出来，我有些慌乱地加上她，从沙发上起身，准备离开，忽然，门被人敲响了。

"请进。"语冰说。

一个清癯的中年男人走了进来，穿着白大褂，目光温和但锐利——这说法有些矛盾，但事实如此，他看向我，然后是语冰。

语冰抢先说："秦老师，有事吗？"

"仲主任下午看了一个患者，姓周，81岁，阿尔茨海默病中期，经济条件不好，家属不肯住院。你看一下病历，这两天电话回访一下，建议家属住院治疗，费用可以免一部分，从我课题经费里面走。"男人说，"周某的症状比较罕见，对研究课题很可能有价值。"

我愕然。为"发论文"或"打响名声"免费收治个别病人，这并不罕见，但问题在于，这样的理由往往不会当外人的面说出来，但这位"秦老师"偏偏这么做了，而且语气自然坦诚，毫不讳言避嫌。"真是个特别的人。"我想，旋即发觉，这位"秦老师"似乎有些面熟。我略一思索，说："秦文教授，我是齐楚，去年采访过您。"

"是你？"男人微微一怔，与我握手，"我记得你，你那篇关于阿尔茨海默病患者的深度报道，写得非常好！很专业，文字也很有力量！"

秦文，一位41岁的长江学者，脑科学顶尖专家，主研方向是记忆、意识与海马体突触的关系。上次采访，他有一句话让我印象深刻："我探寻的，不只是医学，也是哲学的终极问题，那便是物质与意识的关系，物质到底如何决定意识，意识如何反作用于物质。"

他居然是语冰的老师？我有些惊异，印象里，秦文是一个专注于学术的人，似乎并不在学校任职代课，语冰的年纪、资历，怎么能成为他的学生？

"你来做心理咨询？"秦文问，"工作压力太大？"

"不不，我在做一个心理疾病方面的专题，来采访夏医生。"我竭力"否认"，"真巧，居然是您的学生。"

"我还有点事，你们继续聊。"秦文转身出门，他的脚步很急，似乎永不疲倦。

"老师一直这样。"语冰捕捉到了我刚刚的表情，说，"刚才老师交付我做的事，是不是让你感觉不舒服？"

"没有，只是有些惊讶，毕竟我还在这里。"我说，"不过，以他的身份地位，想必也不在乎外人的看法吧。"

"说实话，为了课题、论文需要，免费收治一些典型或特殊的病人，听起来或许别扭，但在秦老师看来，只会是好事，这些病人收进来后，会有专家会诊，确定最权威、安全的治疗方案，免费给药。他的病理、治疗记录，在未来更可能造福无数人。而且这一切，都是在完全尊重病人、家属自身意愿的前提下。"

我点点头，这确实是实话，秦文是金字塔尖的人才，他收治病人，绝不存在"练手""积累资历""打响名声"的动机。或许正出于这样的自信，他才会毫不避讳地当我面说那些话。

"对了，秦老师很少夸人，看来，你写的报道是真不错，改天给我看看。"

我尴尬笑起来，没想到，竟还遇到了如此"助攻"，只能说："谢谢夏医生，再见。"

我出门，下楼。天色已黑了一半，一楼，我来时经过的走廊，中间一道玻璃门居然锁上了，而开着的正门，则与我停车的位置相背，出去要绕很长一段路。我也不着急，在空寂的大楼里转了一圈，最后却回到了原地。

我苦笑，正要转身从正门出去，迎面却走来一个熟悉的身影。

"齐楚？"

竟是她，我心一颤，站住了。

语冰已换下了白大褂，穿着一件浅红色的风衣，气质色彩从清冷变得明丽，四周的温度都似乎升高了一些。

"门关了，在找路……"

语冰看了一眼手表，17：57，"2号门应该6点才关的。"她皱了皱眉，将目光投向不远处的保洁。

"不是每个人都像你这么守时的。"我说，"你不会要喊保洁开门吧，没必要。"

"我情商没那么低。"她看了一眼我手上的车钥匙，抿嘴一笑，"车放哪了？"

"B区停车场。"

"我的车也在那儿，跟我走吧，从住院部一楼穿过去，要不然得出医院，绕一大圈到西门。"

我求之不得，赶紧走到她的身侧，女孩的侧颜很动人，鬓发细碎但整齐，睫毛像漆黑的小刷子，她穿了一双运动鞋，走路的脚步很轻，但一点儿不慢。

住院部的走廊不宽，灯光明亮，两边错落着一扇扇落地玻璃门窗，有的拉着窗帘，有些没有，能一眼看清里面的情形。这两侧都是单人病房，一张病床加一张陪护床，病床后都立着一台巨大的生命体征仪，我注意到，每个病人都到了风烛残年的岁数，白发苍苍。

"这一层住的都是阿尔茨海默病病人。"语冰说，"秦老师现在应该在查房，他认为，观察记录阿尔茨海默病患者的意识、记忆状态，结合患者的脑部物理病变，对研究会有帮助。"

"嗯。"我点头附和。就在这时，前面右边的病房里，传来一些说话的声音。

病房门开着，里面有三个人，秦文、一个小护士和一个病人，病人是一个瘦得皮包骨头的秃顶老头，半卧在床上，脸上沟壑交错，牙齿所剩无几，一股很不好闻的臭味从房里窜出来。

秦文弯下腰，与老人平视，用温柔的语调问："今天怎么样？"

老人一惊，身体往后缩了缩，跟秦文拉远了距离，他似乎很警惕，没有回答问题。

"儿子来看你了吗？你记得儿子叫什么吗？"

老人躲得更远了，瞪大眼睛看向秦文，但目光迷茫，仿佛没有焦点。

"你不舒服吗？尿不湿换了吗？"护士问，同时伸手掀开老人脚上的被子，没想到，老人被这个动作刺激到了，柴棍般的右腿猛扫了一下，啪，一件东西飞了出去，是一张沾满排泄物的、臭气熏天的一次性褥垫，一些液体、固体飞溅到秦文的裤脚上。

护士微微一愣，很快便弯下腰开始收拾，显然已司空见惯。秦文怔了怔，喉结翻滚了几下，似乎要呕吐，但忍住了。他将手放到老头眼前，挥了两下，吸引了他的注意，之后用温柔的语气说："老伯，别怕，不打针，不疼，护士帮你换衣服，很快就好。"

秦文伸出手，握住老人瘦骨伶仃的右手，他的手很干净，指甲修剪得格外整洁，老人的手则像一段枯木，指甲缝里还有黑色的泥垢，一黄一白两双手握在一起，在他的安抚下，老人渐渐安静下来，嘴里发出无法辨清的呢喃。

"老师其实有点洁癖，刚开始那段时间，查房常常会吐。"语冰说。

我不禁讶然，心中不由得生出一丝敬意。

"人老了，很多都会这样。"语冰忽然开口。

"嗯。"

"我应该不会有这一天吧。"

我愣住了，语冰刚刚这句话，实在过于突兀，她才20多岁，为什么会发出这样的感慨？还是在我这个刚认识的异性面前，我一时语塞，完全不知道如何回应。好在，她很快就岔开了话题，说："按照最新的判断标准，至少两成的80岁老人，都有不同程度的阿尔茨海默病。"

"真不容易。"我摇摇头，"听说这种病目前没有任何有效的治疗方法？"

"目前的药物只能延缓病程进展，无法逆转。"语冰说，"去年欧洲出了一种新药，希望很大。"

"但愿早点研发出来吧。"

"是的。"语冰说，"其实，老师的父亲，也是一位阿尔茨海默病患者。"

嗯？我惊讶地抬起头，又望了一眼病房里的秦文，此时他坐在陪护床的边缘，小心翼翼地脱下弄脏的裤子——他事先穿了一套防护服，里面才是自己的衣服。刚刚情绪失控的老人仿佛知道犯了错，低着头，目光躲闪。"没事的，您早点休息，有什么问题按铃喊护工，就是墙头这个，红色的按钮。"秦文耐心、温柔地安抚老人，他看到了走廊上的我们，但毫不分心，而是低下头，一笔一画地在手里的记录本上记下一些内容。

"走吧。"语冰领着我继续向前。五分钟后，我跟语冰道别，她如桃花般笑了一下，齐耳的短发在转身的同时飞扬起来，背影很纤细，仿佛把我的心也一同带走了。

第三章

病

半月后。

这是一间被藤蔓覆盖的城市书屋，书屋的三面被一汪清澈的湖泊包围，很静，唯一的声响，来自这书屋唯一的"常住民"，一只半岁的英短猫，这小家伙很神气、顽皮，一点都不畏生，常常跳到我身边，将毛茸茸的脑袋凑到书上，就像它也能看懂这本日本小说似的。

书名叫《我是猫》。

语冰坐在我对面，手里捧了一本《心》，同样是夏目漱石的作品。她的面庞藏在书页后面，从我的角度，只能看见捧着书的手指，细长、白皙，涂着淡淡的指甲油，她的右手尾指轻轻颤抖，一下下触在书的封底上，带动书页一并颤动起来。猫又凑过来了，用头拱我的手肘，我轻轻拍了一下它的脑袋，它不满地喵了一声，弓着身子，踱去吃小鱼干了。

我看了一眼时间，13：00，再过45分钟，语冰就要上班了，我决定趁这个时候表白。

我与她刚认识两周，这已是我们第四次面对面坐着看书，我已确认她是我此生遇到最美好的存在。当面表白，这是最具仪式感和诚意的求爱方式，而且，也是成功率最高的表白方式。

我深吸了一口气，刚准备放下书本，却发现语冰已经先我一步这么做了，她将书倒扣在桌面上，银灰的封面上，只见一个大大的"心"字。

"楚，我有话想跟你说。"

我猝不及防，慌乱得一时不知该如何反应，书自然是放下了，但双手却无处安放，好在猫又凑了过来，跃到我的膝盖上，我抚了它两下，心跳慢慢放缓。

"我读了你那篇写阿尔茨海默病老人的稿子，此前我从未见过那么平实、那么有感染力文字，我哭了三遍。我也没遇到过像你这么'懂'老人、病人的年轻人。"语冰顿了顿，认真地看着我的眼睛，毫不掩饰、毫不做作，"楚，我喜欢你。"

我的呼吸停滞了，是的，我心爱的人儿，抢在我表白之前，近在咫尺、吐气如兰地，说出了这句话，我顿时结巴了、愚钝了，我该如何回应？说"我也喜欢你"吗？这个"也"字总感觉别扭，或许用"更"字合适？似乎也不好，感觉在某种程度上否定了对方。"我爱你"？此刻我确认自己是爱她的，但毕竟只相识了两周，会不会显得过于随便？

阳光从窗格里透进来，洒在这张安静绝美的脸上，我几乎痴了。

"我知道你也喜欢我。毕竟，我是个精通人性的心理咨询师。很多人觉得，我这种人，一定很冷静理智，面对异性也更能控制情感，其实不然，正因为我能看懂别人，所以当遇见真正正确的人时，才能更坚定、坚决、毫不犹豫。

"你就是那个人。"

我一颗心几乎飞上了云霄，然而语冰又开口了："但我还有更重要的话说。"

我的心瞬间摔落谷底，碎了。因为我明白，这句"更重要的话"一定会是一句转折，当这样的转折放在"我喜欢你"之后，意味着什么，我不愿去想。

她马上要出国读博？她父母不会同意我和她的感情？又或者更糟糕，她结过婚？甚至，有一个孩子？她25岁了……如果在读研时结婚……我的心在颤抖，双手也是。

"我有病，快死了。"语冰平静地说。

我怔住了，整个人骤然进入一种奇异的"放空"状态，仿佛大脑——不，全身的每个细胞都停止了代谢与思考，我感觉双手不再属于我，我感觉心脏不再属于我，我感觉身体不再属于我。我的意识飘出了体外，从屋顶甚至天空俯视肉体。我看到，齐楚、夏语冰，面对面坐着，距离很近，中间却隔了一层障壁，一层透明、无法摧毁的障壁，齐楚膝盖上的那只猫，站起身，用爪子去抓那层障壁，却被挡住了、弄疼了，喵呜一声跳了下来，闪到一边去。

"什么病？"我艰难地说。

语冰向我伸出右手，我正要握住它，语冰却将手缩了回去，说："你应该发现了，我的右手尾指，会一直不由自主地震颤。"

"嗯。"

"这是一种神经退行性疾病，有些类似帕金森病，但预后更严重。这种病很罕见，全球不过几百例，还没有正式的中文译名，我的症状属于Ⅱ期，手指、脚趾末梢持续不自主震颤，到了Ⅲ期后，四肢都会无法控制，出现类似舞蹈症的症状，等到了Ⅳ期，中枢神经会出问题，人会很快死。"

我咬牙，忍着不让泪水流出来。

"根据以往的数据，患者进入Ⅲ期的年龄集中在27岁到37岁，之后发展迅猛，最多半年就会进入Ⅳ期，也就是终末期。"语冰将手表递到我眼前，说，"知道我为什么有时间强迫症吗？其实我已经接受了死亡，但还是难以忍受这种不知道死亡何时降临的未知恐惧。27岁、37岁，区别太大了，大到我完全没法规划人生，我不知道该不该工作、该不该恋爱、该不该结婚。20岁之后，我开始讨厌一切不守时的事情。之后每过一个生日，我的强迫症就会更严重一些。别人哪怕早到、迟到一分钟，都会让我焦躁不安。我知道这样毫无意义，但我真的，真的做不到！我觉得我能做到现在这样，已经很好了。"

语冰笑了起来，笑着笑着，流下了眼泪。

我伸出手，握住她的手，冰凉，尾指在我掌心震颤。英短猫喵呜了一声，似乎听懂了什么。

"我喜欢你。"我说，"我们在一起吧。"

语冰用力点头。她说："其实我知道你不会放弃，但我必须告诉你实情。这，是你认真思考后的决定吗？"

"是的。"

"知道我为什么会抢先表白吗？"语冰忽然说，"因为我没有时间浪费。自然，也不能浪费你的时间。"

我的喉咙被什么堵住了，沉默持续了两三分钟，我说："现在医学发展挺快的，还有，我相信奇迹。"

语冰笑了起来："以前我也这么想。"

我的心脏仿佛被木刺扎了一下，没有说话。

"我是14岁确诊这病的，在我高二那年，奇迹真的出现过。"语冰说，"欧洲一家制药公司，开始研发这种病的特效药。这是因为当时，有一位500强企业总裁的女儿也被确诊了这种病，这位总裁投了一亿欧元，并承诺继续追加，希望在三年内看到特效药，报道中，一位诺奖学者表示，成功的概率'很高'。"

我沉默不语，明白，很快，语冰会说"但是"。

"没想到的是，只过了不到一年，研发停了……因为那女孩死了。"

"提前发病了？"我的心揪了一下，"多少岁？"

"不是，那女孩当时才18岁，距离有明确记录的、最年轻的进入终末期的病患年龄还有将近10年。据说，就在她去世前一天，药企传出消息，表示药理学、毒理学研究结果都很乐观，进展非常顺利。"

"然后呢？"

"然后这丫头听到这消息，太开心了，当晚和几个闺蜜开派对，酒后飙车，出车祸去世了。"

我呆住了，心中涌出的第一种情绪，竟不是悲痛，而是滑稽。直到我意识到，这场"滑稽"的悲剧，也间接导致了语冰，我喜欢的女孩，失去生的希望后，悲伤才如潮水般涌上脑海的沙滩。

"她死后，进行到一半的药物研发自然就停了，那位总裁找律师要回了还没花完的投资。那会儿我还很年轻、幼稚，听说这件事，第一反应不是难过、绝望，而是给自己鼓气，我要写几本畅销书，又或者，成为凡·高那样的画家，在25岁前挣一亿欧元，然后投资药物开发，救自己的命。不瞒你说，我还把这些想法写在日记上了。"

语冰说这些话时，眸子亮闪闪的，但脸上偏偏绽放着笑容，我不知道这亮光是来自泪水还是其他东西。但很快，这道光黯淡、消失了，她咬着牙说："但后来，我长大了。"

我的胸口像被某件重物猛撞了一下，无法呼吸。

"高三下学期，我状态特别差，用我爸爸的话说，'整天跟没魂儿似的'，后来，我去看了心理医生，嗯，其实准确说是心理咨询师。那医生60岁出头，圆脸，是个说话特别温柔的阿姨。我跟她说，我不想学习，她问为什么，我说我生了病，只能活30来岁，现在去读大学，大学毕业七八年就会死，如果再读研究生，那就只剩三四年，学了还有什么意义吗？你知道她怎么说吗？她说，她今年61岁，她父母是75岁去世的，照这么算，她也就还能活15年，我那会儿17岁，就算活到32岁，也是15年。但她不还是每天开开心心地活着吗？如果我觉得人生做什么都没意义的话，那对她来说，不也是一样？

"她还说，我不要跟别人比，跟她看齐就行，她怎么活，我就怎么活。她说她每天都还看书学习，我就更该学习了。

"我就跟她顶嘴，我说不一样，不公平，毕竟你都61岁了，那会儿我情绪不好，说话很没礼貌。阿姨也不介意，只是说，过去的事，现在还有什么意义吗？人还能活回去吗？相反，她说我比她幸福多了，我未来的15年，至少是青春的15年，漂亮的15年，而她要活的，却是又老又丑，牙都掉了的15年。

"我的心一下子打开了，后来，我高考填志愿，选了心理学，也是因为阿姨的鼓励，她说我一定能成为最棒的心理咨询师。"

我感觉被我握住的那只手变得温暖起来。

"嗯，你确实是最好的心理医生，我听说，你的预约病人，是全科室最多的。"

"知道为什么吗？"语冰笑了起来，"不瞒你说，我不是学霸，从没拿过奖学金，专业课成绩甚至常年倒数。"

"那为什么？"

语冰微笑着看向我，说："我在等你夸我长得好看，笨蛋。"

我失笑，但不得不承认很有道理。我这辈子见过的"生意"最火爆的算命先生，是我老家村里一个老鳏夫，他是个半文盲，易经八卦都背不全，然而每年庙会、法会，排队找他算命的人从山腰一直排到山脚，比县城平价超市门口免费领鸡蛋的人还多。这都是因为，他那副仙风道骨、仿佛照着年画刻出来的模样。

这世界就是这么混账且现实。

"心理咨询师不是医生，最重要的技能也不是医术，而是如何让患者信服你。信任，就会打开心扉，说出心里的症结；服从，就会听你的话——咨询师无权开药，通常只能言语疏导，给出行动建议，例如建议每个出太阳的日子，去公园跑半小时，说起来简单，难点在于如何说服对方真的去做。"语冰似笑非笑地看着我，说，"这种时候，漂亮，有亲和力的外表，就会起重要作用。当然也不全是好事，有些容貌、身材自卑的女孩子，见到美丽的同性会更加戒备抵触，这种时候，我会告诉她，我是个绝症病人。"

我呆住，语冰轻轻地抽出手，看了一眼腕上手表的时间，说："世界上有两种人，说出来的话是最难被拒绝的，一种是漂亮女孩，另一种则是将死之人，而我恰好这两种人都是。我想，这就是那位阿姨为什么说，我会是一个出色的心理咨询师吧。"

我无言，只是静静地看着语冰的眸子，漆黑、清澈，她真的如表现出的那么坚强豁达吗？我和她，会走到什么时候？她的病，会有奇迹出现吗？无数纷乱的念头在大脑里交错、撞击，直到被刺耳的手机铃声打断。14点00分00秒，语冰从包里拿出一个小小的蓝色药瓶，将两片药倒在手里，吞下。

"我吃的两种药，是秦文老师跟几位专家讨论、研究后开的，刚吃的这颗是治运动神经元疾病的，另一种白色药瓶装的，是一种还没上市的实验药，主要针对帕金森病，已经做完了三期临床，但国内还没获批。这两种药，对我的病，大概率有一点延缓作用，聊胜于无吧。"语冰话题一转，说，"知道秦文教授为什么会是我的老师吗？"

"为什么？"

"以我的资历，其实够不上秦老师的学生，但我爸爸以科研赞助的形式，给秦老师的课题投了一笔资金。你不用觉得秦老师势利，他的研究，是为了造福成千上万的病人。"语冰说，"我的家庭条件不错，我父母都是做生意的，只是离一亿欧元的小目标，还差二三十倍吧。"

我一时语塞，不知该说什么才好，幸亏时间缓解了尴尬，语冰站起身，说："我去上班了，你要送我吗，男朋友？"

男朋友，这三个字击在我心房上。我慌忙起身，和她并肩走了出去。书屋离医院很近，步行不过六七百米。路边是湖，湖后面是山，郁郁葱葱的，两只飞鸟从林里飞出来，立在湖面的荷叶上，瞧见我们，又扑喇喇地飞回去了。

第四章

奇　梦

我不知道刚刚的一天是幸福的还是不幸的，过去半个月，我曾经幻想过无数次我与语冰表白的情景，有成功、有失败，然而从未想过，故事会发展成这般模样。爱情来得太顺利，几乎朝我迎面撞来，但造化弄人。冷静后，我意识到自己被爱情冲昏了头脑，毕竟，在梦里，当我"身为"语冰时，便已注意到了尾指的震颤，还吃了药。本以为无关紧要，最多是神经失调的顽疾，谁能想到会是绝症？

她需要奇迹，可奇迹在哪里？

我的家境不错，父母在外地创业，我独住一间三百多平方米的二层别墅——坐落于三线城市市郊，价值接近千万。父母的公司资产，也在千万左右，然而一亿欧元——简单换算下，将近八亿人民币，这个数字的钱，从小到大，我只在上坟的时候见过……

事实上，这个数字，对世上99.999%的人来说，与做梦没什么区别。

等等……做梦。

我猛震了一下，是的，我前不久做的那两段"第二人称"的梦境，不正是"奇迹"吗？第一个"诡梦"警醒我，救了我性命；第二个"美梦"则指引我，认识了语冰，那么，还会有第三次吗？

灯灭了，房间里一团漆黑，外面下了小雨，淅淅沥沥，打在窗台上，更让人难以入眠。一点、两点……我依旧醒着，只能吞了一片短效安眠药，没用，药物致幻的副作用却出现了：天花板上出现了一片星空，千万颗闪烁的光点像眼睛一眨一眨的，还有月亮，但并不亮，只是一个黯淡的轮廓潜伏在星空里，它要干什么？我拉开窗帘，外面好像下了雪，因为地面是白色的，但偏偏又很暖，雪花是暖的，夜风是暖的——我带着混沌的意识爬回床上，终于坠入了更加混沌的梦境。在梦里，我看见了语冰，她就在我身前，我喊她，她却不答应，只是低头看表，于是我也看表，但我腕上的手表却没有时间，只见一个空荡荡的表盘，表盘的图案是一个小丑的笑脸，我毛骨悚然。忽然，一辆跑车拖着尾焰，在语冰身前停了下来，驾驶座上坐着一个男子，他冲语冰招手，语冰便上了车。车启动了，车门魔术般地向两侧打开，变成了翅膀，飞了起来，这个梦瞬间变成了一部夸张的科幻电影，紧接着，梦中的"我"也飞了起来，追了上去，我飞到车窗边，愤怒地说："为什么？！"

驾驶座的男人很年轻，很油腻，他居然在喝茶，茶具是一个元青花瓷碗——跟我市博物馆里最值钱的那件文物同款。

"我有钱。"男人说，"你看我的车。挑战者号发动机、钛合金外壳、黄花梨座椅、高僧玄奘的佛光舍利平安符。"

"舍利子？这玩意儿挂车上吉利吗？"我问。

"怎么不吉利，万一遇到车祸，吃一颗，不老不死。"

——即便是做梦，这也够离谱的。

但无论如何，他有钱，我认识的所有有钱人，捆一起都比不上他。

"把语冰还给我！"

"她跟我在一起，能活，跟着你，只有死。"男人说。语冰沉默地看向前方，并不说话。

我从天上直坠下来，下面是海，我跌进水里，沉入海底。

惊醒的一刻，我的全身都已湿透，是的，这个梦让我汗出如浆，就像真从海里捞出来一样。

噩梦初醒，我似乎不太清醒，又似乎过于清醒，脑海里冒出的第一个念头是：怎么办？没错，正是这三个字，我想，如果真有一个富二代喜欢、追求语冰，同时有能力也有意愿帮她治病，我怎么办？

毕竟她那么美丽、优秀，家境也不错——只要再向上匹配一个层次，"男朋友"就具备这个能力。

她，她的父母、亲人，从未萌生过这样的念头吗？毕竟，这才是最有可能让她活下去的办法吧。这依旧不那么容易，但至少不需要"奇迹"。

我不敢再往下想了，打开电视，电视里正在直播世界杯半决赛——我的主队点球大战输给了宿敌，我的心情更糟了。"场上奔跑的这些人，包括踢丢点球的那个后卫，想必都是亿万富翁吧。"我胡思乱想，直到东方发白才浅浅睡去，意外的是，"梦"再度降临了。

四周很吵，灯光迷离，无数种颜色的光柱在墙壁、天花板、脸上乱晃，空气里弥漫着酒精与荷尔蒙的味道，这是酒吧，我惊觉。大屏上正在放一场足球赛，四周人很多，男多女少，很多人穿着球衣，目不转睛地盯着大屏。

我坐在靠墙角的座位上，身边有七八个朋友。但不知为什么，我的目光却被前面不远的一对年轻情侣完全吸引了过去：这对情侣很般配，男的瘦瘦高高的，身上也穿着一件蓝白色的球衣——和身边二三十个人撞衫，但他是最俊朗的那个，女孩留着齐耳中发，很漂亮，而且是近乎素颜的漂亮，即便在迷离的灯光下，也不显一点轻佻。

两人面前的桌上，放着一杯牛奶和一杯果汁，没有烟。

忽然，一根香烟戳到了我嘴边，是身边的同伴递来的，"擦"，火苗在眼前升起，他帮我点上了。

女孩托着脑袋，看对面的男孩，男孩在看足球。

"我是谁？"不知为什么，我没有纠结这个问题，可能它完全不重要。我的全部注意力，始终聚焦在那对情侣上——酒吧里满是人，但除了他俩，其他人的面容都不太清晰，大约是我的大脑算力无法同时"生成"太多张高分辨率的脸庞。忽然，耳边响起巨大、刺耳的嘘声，我扭头看向大屏，球场上，一个黄皮肤、红头发的亚洲球员正在滑跪庆祝。

进球了，屏幕上，穿红色球衣的亚洲球队竟以6：1的比分，领先蓝白球衣的欧洲球队。不对，是7：1，6：1是刚刚的比分。酒吧里，一张张模糊的脸上，写满了沮丧、失望，但并不激动，是的，当主队被进第三、第四个球时，球迷会懊恼、砸墙、狂嘘，但到了第七个……那就只剩麻木了。

我转过头，重新看向那对情侣，男孩愣愣地盯着屏幕，表情似乎有些古怪。

不像是沮丧，但也不像是高兴，他似乎很紧张，右手放在桌下，攥得紧紧的。

怎么了？女孩也注意到了男孩的异样，和男孩聊了两句，男孩却心不在焉。

"嘭"，我被巨大的声响吓了一跳，身边，一个黄毛青年把玻璃杯重重砸在桌上，飞溅的玻璃扎破了他的手，血液和啤酒混在一起。血红色的泡沫、液体流得一地都是。"也就两万块钱，别激动。"另一个朋友劝他。

原来，这黄毛赌球了。

下一秒，一个古怪的念头冒了出来：难道说，这对情侣里的男孩，也赌球了？我赶紧将目光投回他身上，只见他闭着眼，胸膛起伏，深呼吸了几下，接着，趁着女孩抬头看舞台上DJ的间隙，快速拿起手机，打开某个页面看了一眼，划走，但很快再次打开，这一次他看了足足三秒，似乎在确认某件无比重要的事情。接着，男孩端起面前的果汁，喝了一口，他的手在发抖，嘴唇也是，以至于果汁都洒了一些出来，放下杯子后，他第三次拿起手机，似乎想点开，但又没有。

他，不会赌中了吧？可他身上，明明穿着那支欧洲球队的球衣啊。

我从未想象，一个球迷会下注自己的主队，以1：7输给一支"弱旅"，这不科学，完全违反常识。不，他一定是倾家荡产了，如果他走上天台，表演个"空中飞人"，那他漂亮的女朋友该多伤心啊。

嘘声越来越纷乱，一张张面庞也越来越模糊，有人给我递烟，又有人给我倒酒，我点起烟，喝了酒，意识越发混沌，我感觉自己快要睡着了，我又感觉似乎快要醒来了。

我醒了。

"我做了个梦，梦里的我是个男人，身份不明，在酒吧里，'我'看见了我和语冰，我俩在看足球，世界杯三四名比赛季军争夺战，1∶7，我的主队输了。比赛的时间，是在68小时后。"

我强忍颤抖，用工整的字迹，把这段内容记在日记本上，之后复印了一份，拍照，又用电子邮件、短信和社交软件发给了自己。后三者都留存了精确的发送时间，铁证如山。

这是最近我做的第三个"第二人称"的梦境了，前两个，都已完全应验。

第一次的诡梦，救了我的命；第二次，指引我认识了语冰，那这一次……它或将给我带来天文数字的财富——当然，如果判断错误，也可能是倾家荡产。

心脏一下下撞击在肋骨上，其间甚至漏跳了两拍。

我从床上蹦了起来，打开手机，通过海外的朋友在博彩APP上面下注：很自然，APP的首页焦点，是三天后的世界杯决赛，往下拖半页，就是我"梦见"的那场季军争夺战投注界面了，我屏住呼吸点开了它，选择"比分投注——其他比分"，填上任何人都难以置信的1∶7，一个数字跳了出来，实时赔率，1∶800。

我深呼吸了两口，竭力让自己冷静下来。

说实话，即便没有做这个梦，抛开感性因素，我也不看好我的主队：球员们天赋异禀但貌合神离，尤其是上一场输给宿敌，球星又在最后时刻被换下——球队内部极可能已出现了严重的更衣室问题，意外闯入四强的亚洲球队则气势如虹。我的主队爆冷甚至完败都在情理之中，但无论如何，1∶7，这个比分已脱离了任何"理性客观"的范畴，这是耻辱，也是奇迹。

是的，"奇迹"，这不正是语冰需要的吗？只有"奇迹"，才能让她活下去。

我从不赌博，非但如此，我一向对赌博深恶痛绝。在童年时，我亲眼见证了我的大伯因赌博妻离子散、家破人亡的悲剧。然而这一次，我动摇了，我彷徨了，我用颤抖的手指打开银行卡的余额界面：132400元。

我飞快地做了一次乘法，扣去零头，全押，押对，我大概能赢1.06亿元。

这数字令我窒息、颤抖，但依旧不够，它距离"奇迹"，距离语冰治病的特效药研发费用，还是差了一个0。我很快又想到，我父母银行卡上的存款有一百多万元，我在前段日子，给他们说过想开一家自媒体工作室的想法。

"我们全力支持，什么时候要钱，直接说，一两百万还是能拿的。"父亲说过。

我瘫软在椅子上，大口大口地呼吸，心脏跳到了每分钟160下，仿佛要从胸腔里蹦出来一样。

距离"奇迹"，或许只差一个电话……

然而，离"一秒输掉父母数年心血"，同样只差一个电话。

这抉择太难了。我首先怀疑，按1：7这个荒诞的比分，投注上百万，是否可能影响最终比分——会不会出现假球。但很快我就说服自己，这是一场世界杯季军赛，而非某国的"职业"联赛，为了一两亿欧元的盈亏作弊造假，似乎不太可能。然而更大的问题来了，那便是，这一次，梦一定会应验吗？

没错，此前两次第二人称的梦境都是如此，那么，这次呢？

这段时间，我也做了许多其他的梦，并非"第二人称"，只是寻常的梦境而已，和现实毫无关联。

更何况，日有所思，夜有所梦，最近经历的种种，让我在意识深处，无比渴望奇迹发生，一夜暴富。上次路过彩票店，我不就心动了？

如果这个梦，只是源自执念、心理暗示的一个普通的梦，那我投一百多万买1：7的比分，不等于把钱扔进水里？

我深信"十赌九输"的道理，赌不仅是破财之道，更会侵蚀灵魂。但对此刻的我来说，金钱不再只是财富，还决定了爱人的生命——尽管刚相识不久，尽管昨天才第一次牵手，但这一点毋庸置疑。

我依旧犹豫，于是决定去街上走走。阳光很好，空气清新，或许是下意识地，我走到了前一天和语冰确定关系的城市书店，猫趴在屋顶，屁股对着阳光，眼睛眯成一条缝。店里没有顾客，服务员坐在吧台捧着一本书看得入神。

我从书架上找到了前一天我们读的两本书，坐在同样的位置上，夏日的朝阳暖暖的，晒得我有些瞌睡，迷糊间，我似乎看到一个熟悉的身影坐到了对面，一激灵，身影又消失了。

电话响了，是语冰。

"有空吗？来医院一趟。"

我没有问原因，热恋中的男女，本就应该在任何时间、地点见面。约的时间是12:00，我早到了五分钟，过了三分钟出头，11点58分10秒，语冰出现在视野中，她穿了一件鹅黄色的长裙，脚步细碎而轻快，她走到我面前，与我四目相对的一刻，远方恰好传来钟楼的整点钟声，我为她的准点而惊讶、钦佩、痛苦。

她挽住我的手，牵着我往医院里走，我受宠若惊："去哪儿？"

她并不回答，只是带我一路前行，进电梯，心理诊室在二层，她却按下了负一层的按钮。门开了，外面全是人，一股饭菜的香气飘了出来。

居然是食堂？

语冰牵着我，从人群里穿过，我忽然发觉，她似乎并不是来吃饭的，而是在……找人。很快，这猜想就得到了验证，在靠窗的角落，我看到了一个熟悉的人：秦文。他独自坐着，面前放了一份寻常的简餐。

这是要见家长？我有些费解，先不说来得太快，秦文也只是她的老师啊。

"秦老师好。"语冰走到桌前，说。

"好。"秦文抬起头，礼貌地回应，但很快，他便发觉了异样，筷子停在空中，"你们？"秦文深深地看了我们一眼。

"嗯……秦老师，我们在一起了。"

"年轻人嘛，正常。再说你们也般配……"秦文笑了笑，但笑容转瞬即逝，他的表情有些奇怪，但很快便低下头，继续吃饭。阳光隔着玻璃，照到他的肩膀上，在桌面投下清晰的影子。

"我告诉他我的病了。"

秦文眉头一挑，似乎有些意外，"我没问这个……"旋即笑了起来，这一次他笑得很真诚，"你的心理学学得不错。"

"是啊，我知道老师在想什么。"

"既然选择在一起，就祝福你们。"秦文不是个善于言辞、高谈阔论的人，他的语气很真挚，为人也很坦率——此前骤闻我和语冰在一起，他表情奇怪，显然是担忧语冰的身体状况。更准确地说，担忧我是否知道语冰的病。

忽然，我觉得手被握紧了，她拉着我，在秦文对面坐了下来。"老师，我想问一个问题。"

"嗯？"

"还是上次的问题。"

秦文愣住了，筷子悬在半空许久没有落下，他似乎在思考。语冰说："老师，您知道我的意思。书上说，我这种病的发病年龄在27到37岁，10年，范围太大了。您是专家，还和其他教授为我会诊过，您一定知道更精确的答案。"

秦文沉默了，语冰也不说话，她的手很冷，手心冒汗，顺着我的指缝流淌，冰冰凉凉的。

"现在，我和他在一起了，我想规划未来的人生，我需要一个更具体的答案。"语冰说，"其实，老师您之前不肯回答我，我已能猜到，答案，可能是最坏的那种了。"

秦文放下筷子，抬起头，他说："你既然这么说，我就告诉你。"

"嗯。"语冰用力点头。

"上次会诊，周教授仔细分析了你的病程，在有明确记录的65位病例里，你的病程发展速度，属于最快的20%。第一次尾指无意识震颤出现在14.2岁，早于中位数年龄15.5岁。但你毕竟一直在吃两种普通人吃不到的药。"秦文顿了顿，认真地说，"30到31岁，这是他给我的答案。"

"这么说，我还有四五年的时间？"语冰笑了，笑容美得令我目眩。

"嗯，你乐观点，毕竟还可以期待特效药的研发。只要三年内有新药的消息，都有希望。"

"谢谢。"

语冰点点头，她的手似乎变暖了一些。她走到服务台，要了两份盒饭，外加两听可乐，她说："这是个好消息，昨天和你确定关系后，我一直担心，自己只能再坚持一年，甚至不到一年，现在看来，我们怎么说也还有三四年时间。"

她微笑着将两罐可乐打开，我发现，其中一罐可乐的罐身上印着"有幸相遇"，另一罐则是"往后余生"，她说："我们有幸相遇，只要四年内不分手，那我的往后余生，就都是你了。"

我用力喝完可乐，之后走到阳光下，拨通了父亲的电话："我想开个工作室，需要一点钱，最好就这两天。"

我恐惧走出这一步，但我已无路可退。

第五章

启　示

＝＝＝＝＝＝＝＝＝＝＝＝＝＝＝

三日后。

1：6。

这是酒吧大屏上直播的世界杯季军赛的实时比分，比赛还剩不到10分钟，周围很吵，到处都是谩骂声、嘘声。10分钟前开始，手腕上的手环至少震动了5次——都是心跳过速的报警。我精神愈发恍惚，和酒精无关，我没有喝酒，一滴都没。

趁语冰去洗手间，我拿出手机，点开那个被刷新了无数次的页面，投注金额后面，一连串"0"让我眼花目眩，我认真数了3遍，没错，1200000，120万。

赔率也没错，1：800。

平台也可靠——我两天前连夜飞了一趟澳门，找到最大的博彩公司，现场转账、投注。负责的经理十分诧异，邀请我以"白金VIP"的身份在五星级酒店住下，我没答应。其实我还考虑过赔率低一些，但合法、安全的国内体彩，投注有上限，我上网查"能不能多注册几个账号投注"，没想到很快接到了反赌、反诈中心的提醒电话，只能放弃了。

我知道自己在滑向深渊，但我别无选择。

比赛是在71分钟崩盘的，我的主队9分钟内连丢4球，比分从1：2变成了1：6——这荒腔走板的"黑色9分钟"拯救了我即将崩溃的神经，我从濒临绝望变得一下子精神百倍，语冰自然也看出来了，但以为我是"悲痛过度"之后的"大悲若喜"。事实上，我也比10分钟前更紧张了，毕竟，此前我的心脏只需承受"亏掉120万"的冲击，而且已接近认命……如今，这冲击的力度，骤然增加到了"9.6亿"。

只要再进一个球——一个球而已。

我开始理解，为什么"赌瘾如毒瘾"，一旦沾上就再难脱身，直到家破人亡了。

酒吧换了首舒缓的背景音乐，多半是为了安抚几百个接近、或已经崩溃的球迷、赌徒。但灯光依旧刺眼，照在瞳孔上，四周的一切都光怪陆离起来，我仿佛回到了那个梦里——这酒吧是我精心挑选的，灯光、环境、都与梦中那个场景最相似。我执拗地想方设法"重现梦境"，我原本不是个迷信的人，但人是会变的。

桌上的牛奶和果汁也是我特意点的，语冰本来想喝可乐，但我帮她做了一次主："喝牛奶吧，健康点。"她很费解，但迁就了我。

我不敢再看电视大屏——反正有任何比分改变，从嘘声就能听出来。我闭上眼，深呼吸、冥想，但根本无法集中精神，大约半分钟后，语冰回到了座位上，愣愣地注视了我几秒，抓住我颤抖的右手，说："你还好吧？"

我点点头，睁开眼，旋即惊讶地发现，语冰手里拿来了一个玻璃杯，并轻轻放在了面前，里面有半杯透明的液体。

"这是？"我忍不住问。

"热水。"语冰笑着说，"我又不喝酒。"

啊，我忽然生出一个强烈的念头，那就是把这个玻璃杯拿开、扔掉，毕竟在那个梦里，我和语冰的桌上没有这个玻璃杯——理智告诉我，即便桌上多出一百个玻璃杯，玻璃杯里全部倒满红酒、啤酒、洋酒，甚至我们现在就回家，都不会对一万公里之外的球场产生任何影响，然而执念依旧盘亘在心头，我觉得自己快要魔怔了。

必须一模一样，一模一样。

"能先把杯子拿掉吗？"说出这句话的时候，我自己都觉得不太正常。

"啊？"

"我……我……"我完全想不出理由。

"你怎么了？"

……

"可是，我要吃药啊。"语冰轻轻地说。

我怔住了，下意识地看了一眼手表，23：57，三分钟后，是语冰的吃药时间。她皱起眉，困惑地看了我一眼，从上衣口袋里摸出蓝色药瓶，放到桌上。

天哪，与梦中相比，桌上又多出了一个药瓶，"偏差"更大了。

我的神经已脆弱到极点，闭上眼，脑海里有个声音在呐喊：必须一样，完全一样！我死死把右手压在屁股底下，以防止忍不住伸手，将药瓶、水杯扫落在地，我的牙齿开始打战，上下牙撞击在一起，发出咯咯的声音。

语冰没有再说话，她又看了一眼时间，准备吃药。短短两分钟，却像两个世纪一样漫长。

24点整，她吃了药，将药瓶放回口袋。下一秒，我猛醒过来，伸出手，拿起语冰刚放下的，还剩小半杯热水的杯子，仰头一饮而尽。

语冰目瞪口呆地看着我，我喝完后，将水杯递给一旁的服务生："帮我再倒一杯。"

"你，这么渴吗？"

我点点头，深呼吸，这已经是我能想到的，最"正常"的操作了。我终于"重现"了梦境里桌上的布置。不知是不是巧合，两秒后，我忽然听到耳边响起一片无精打采的嘘声。

我触电般地震了一下，抬起头，在大屏上看到了梦中的一幕，一个黄皮肤、红头发的亚洲球员在绿茵场上滑跪庆祝。很快，他的球裤被狂热的队友扯了下来，露出内裤上可爱的小熊图案。

右上角的比赛时间，是89分30秒。比分，7∶1。

我艰于呼吸，或者说，忘了呼吸。语冰用力抓住我的手："你是不是不舒服？"她将食指扣在我的手腕上，摸我的脉搏，"天哪，你的心率。"她拽着我朝酒吧门口走去，我听之任之，当走到一半时，我忽然捧住她的脸，凝望她，眼泪从眼眶里流出来，流到她的手背上。

"奇迹，这不就是奇迹吗？"我喃喃地说。

"你到底怎么了？"声音似乎很近，又似乎很远。

"我说，这是奇迹。"我抱住她，紧紧地。

"你别这样，我害怕。"

我不再说话，只是静静地感受她的体温，她似乎在颤抖，很明显，我的反常吓坏她了，但不要紧，奇迹出现了，语冰有机会活下来了，我们会在一起，很久，很久，直到山无陵，江水为竭。直到耳边又一次响起的，几声稀稀拉拉、有气无力的经典国骂。

嗯？

我怔怔地抬起头，发现所有人都在看大屏，于是我也看，大屏的画面很清晰，我的意识却瞬间模糊。

红色球队竟又进了一球，8∶1，终场的哨声几乎同时响了起来。

奇迹？或许从未存在过奇迹，或许这才是奇迹。

脑海里响起碎裂的声音，四周无比寂静，一切画面、声音、味道都不复存在，我孤独地、艰难地行走在一片漆黑的幻境里，没有光、没有声音，找不到出口。我摸索，却触碰不到任何东西，我的脚下是地面吗？我不知道。我的头顶是天空吗？我不知道。我是我吗？我还是不知道。

"你到底怎么了？"

“只是一场球赛而已！”

“求求你，别吓我。”

我如木偶般转身，仅存的一点理智告诉我，我绝不能说实话，语冰是绝对无法接受自己的男朋友是个一掷百万的赌鬼的，更不会认同我所谓的"理由"——我竭力呼吸，不停告诉自己：

冷静，一切都已经发生，再怎么后悔都毫无意义；

冷静，语冰的病还有时间，还没到不可挽回的时候；

冷静，你只输了120万，不是10亿！

赌徒就是这么疯狂，一旦在最后关头功亏一篑，就会下意识地觉得，自己输掉了桌上所有的钱，而非口袋里的。不知过了多久，大脑恢复了一些清明，可以思考、分析了，我发现自己已站在酒吧门口，男男女女从身边鱼贯而入——决赛快要开始了，但又与我何干？

我握住语冰的手："对不起，我有些失神了。"

"你这么喜欢你的主队吗？"

"嗯……从小就喜欢，输得有点惨。没事，人生就是这样吧。"这是相处以来，我第一次对语冰撒谎——之前我确实有一些事没告诉她，其中最重要的，自然是那个"指引"我与她相识的梦境，但从没主动撒谎欺骗过她。

语冰点点头，她并不完全相信这话，但没有追问，只是拉着我往前走。起风了，凉飕飕的，将头脑里的混沌又吹散了一点，我开始思索，为什么这一次，现实会偏离了"启示"。

我首先想到的是，在那个梦里，我确实看到了7:1的比分——也确实在比赛的第89分钟，但那是最终的结果吗？毕竟，比赛的最后一颗进球发生在伤停补时的最后一秒。在梦里，那场比赛有没有彻底结束？我有没有听到终场的哨声？好像有，又好像没有，至少没有用文字记下来，此刻再去回忆，不可能得到任何结果。

难道真是我的投注，改变了比赛结果？10亿，这个数字对我来说很大，但已大到足以改变一场世界杯季军争夺战的比分了吗？

这一路都没什么话，语冰想送我，但我没有答应。"我没事，睡一觉就好了。"我打车回家，在小区门口下车后，我没有立刻进门——因为我想一个人安静地走一走。这里是城郊，人很少，路灯也没亮，好在身后有一辆车开着灯，让我不至于看不清脚底的坑洼。

前面有半条路被挖开了，似乎在修下水道，路障边扔了几套工服，但没人，路面积了层灰尘，我的裤脚、鞋帮都沾了不少。我皱起眉，打算原路折返。刚转过身，便被明亮的汽车大灯刺到了眼睛。

嗯？我忽然感觉不对了——其实我早该感觉到的，但今晚我实在遇到太多事了。

这辆车，似乎从小区门口，就一直跟着我？

我被晃花了眼，看不清车牌，甚至看不出车身颜色。"难道是语冰？"我有些暖心，眯起眼，走到路边，谁知下一秒，车头灯光却骤然加强，巨大的发动机轰鸣声响了起来。

这辆车竟笔直地对我冲了过来！

一次呼吸后，我终于意识到发生了什么，在这生死攸关的一瞬，长期锻炼的身体、神经发挥了作用，我没有转身，没有奔跑，只是用力蹬地，用尽全力，侧跃出两米，躲到一根碗口粗的灯杆后面——这或许是我这辈子至今做出的最正确的选择。吱嘎，汽车刹车、减速，方向转过30度，没有停留，而是一路绝尘，消失在茫茫夜色深处。

是意外？一个打瞌睡或者玩手机的司机？

还是——谋杀？

之前那个想杀我的人还没放弃？谁这么想要我的命，和我的工作有关吗？我父母的仇人？又或者，正因为我做了那些梦，才会有人追杀我？

冷汗激得我打了个激灵。

惊魂初定，我走进小区，上车，打算去派出所报案，然而路过"案发现场"时，我又一次犹豫了，这段路并没有监控，我也没记下车牌。只凭口述"刚刚好像有车要撞我"，警察会重视，以"疑似谋杀"深入调查吗？我更担心的是，一旦警方深入调查，那么前两天，我问父母要100万元"创业"，却转账120万到博彩公司的账户上的事，多半也会被查出来。这应该不会是好事。

我把车停在路边，继续分析、回忆。我忽然想到，我做的第一个被证明为"警示"的梦境，便是"有人害我"。那一回的凶手，是个与我素不相识、肝癌晚期的老者。我记得他的姓名地址。这一次也是他吗？我思索了十来分钟，最后做了一个决定：去找尤志。

这自然是有风险的，但并不大：首先，他很衰弱，即便是面对面，也很难伤害我；其次，他杀我的动机是钱，是为了家人，既然如此，就一定会想方设法"脱罪"，否则对家人有害无利；最后，直觉告诉我，刚刚开车撞我的，多半另有其人。

我不再犹豫，开车来到记忆中的巷口。巷子很狭，头顶有一盏草帽形状的老式路灯，挺亮，许多飞蛾、蠓虫绕着飞舞，但往巷子里面走，光就暗了，影子就淡了。尤志家在12号，是一栋最老式的平房，门牌锈得很厉害，外墙上满是青苔。

我深吸了一口气，伸手敲门。笃、笃。门上有裂缝，敲上去一震一震的。

"谁？"门里响起一个有气无力的声音，我正想说编好的理由，吱嘎，门居然直接开了。

一个枯槁的老头儿愣愣地站在门边，正是尤志。

与上次见到他时相比，他更瘦削、憔悴了，不大的眼睛陷在深深的眼窝里，整个人跟骷髅一样。他穿着背心短裤，背心上有个手指大小的洞，露出几乎戳穿皮肤、冒出头的肋骨。我松了口气，径直走进屋，打量四周。

家徒四壁，客厅里仅有的家具，是一张四条腿长短不一的饭桌和两张木椅，桌上摆了两个碗，分别装了半碗咸菜和一条几乎只剩鱼头、骨头的鱼，碗口仍用保鲜膜包着，显然要留给下一顿。桌子靠墙的一侧，摆了一排药瓶，花花绿绿的，空气里弥漫着一股腐朽的老人味儿，呛鼻。

我在一张椅子上坐了下来："坐。"

尤志站着不动，僵硬的脖子扭了扭，望向厨房的方向，我的汗毛竖了起来，伸手入怀，抓住准备好的电击棍，说："你不要想什么心思，这里是你家……还有，我就来找你聊聊。"

尤志依旧沉默。

"我跟你没仇，我知道，一定是别人给你钱，让你杀我。"

尤志用力摇头："不，我没有，你别诬陷我。"

"他给你多少钱？"我继续追问，"是现金，还是转账？转账会有记录，现金的话，只要是连号的，也跑不掉。你家这么穷，一下子多了一大笔钱，怎么解释？"

我自然在吓唬他，但他一定会被唬住。果然，这句话刚说完，尤志面皮上的最后一丝蜡黄消失了，跟灯光下的墙壁一样苍白。

"是现金吗？在房间里？我现在打电话给警察，让他们过来查。"

"不！你胡说！你胡说！"尤志更慌乱了，砰，他摔上门，走到跟前拽我的胳膊，想赶我出门——然而病魔吸干了他的力气，他根本拖不动我分毫，很快，他撒开手，俯腰，大口大口地喘着粗气，我站起身，以俯视的角度冷冷地看着他："你告诉我，到底谁找的你，我绝对不会为难你。"

"我不知道，我真不知道。"

咳、咳，在里屋门内，忽然传来剧烈的、格外苍老的咳嗽声，还有人？他的母亲被惊醒了？我的心颤了一下，但很快冷静下来，那不过是个中过风、地都不能下的老妪罢了。

"我知道，你母亲看病、你女儿上学，都要钱，我理解你，你只要告诉我，是谁指使你的。"

我的语速越来越快，尤志的脸色也越来越苍白，他不敢与我对视，眼睛直勾勾地盯着鞋底看，干瘪的胸腔激烈起伏，忽然，他的膝盖颤了一下，仿佛被锤子砸中，我以为他太虚弱、恐惧，要软倒在地，想去扶他，没想到不是。

他居然跪了下来。

这个60多岁、头发花白的老人，竟跪在我的面前，哭了出来："老板、老板，求求你，求求你。"他用膝盖挪到我身前，抱住了我的大腿，"求求你，别问了。我妈刚从医院回家，医生都说她没几天了！我也没几天了！求求你别问了，快走吧！"

我惊呆了，完全不知该说什么。

尤志把手伸进裤兜，抖抖索索地掏出一部手机，却没有打电话，而是把手机递到我眼前。这是一部廉价老人机，手机壳却是粉色的，背面贴了一张少女的大头贴——"这是我女儿，我死了不要紧，我妈也是早晚的事，但我女儿……我女儿，她还要上大学啊！"

我整个人颤了起来，面对这样的凶手，我要如何继续逼问？尤志觉察出我的动摇，牙一咬，低下头，额头"咚"的一声狠狠撞在粗糙的水泥地上。我惊呆了，在反应过来之前，尤志已一连给我磕了五六个头，每一下都很响、很重。我用力把他拉起来，他喘息着、哭泣着，哀求我："别问了，别问了，放过我，放过我女儿……"

我吓坏了，牙齿打战，一个字都说不出来，尤志的呼吸愈加急促，双腿、双手像打摆子一样狂颤，身体摇摇欲坠。我慌忙把他扶到椅子上坐下："你怎么了？"尤志摇头，伸手在桌上一排药瓶里捞出三个，倒了六七粒药，胡乱扔进嘴里——然后才发现没有倒水，吞咽时险些呛到，我赶紧帮他倒了半杯，他喝下水，瘫软在椅子上，干瘪的胸腔以夸张的幅度起伏。

"你……"我张开口，却不知道能说什么。

"你走吧。"

"你……你还好吗？要不要去医院？"我只能让步，"我不问你了，真不问了。"

"你走吧，求你了，你走了，我才安心。"尤志抹了一把脸，血泪混合的液体把枯黄的手背也染红了，他开始咳嗽，每一下似乎都要把肺咳出来的那种。

我彻底放弃了，摇摇头，深呼吸，腐朽的浊气涌入肺泡，刺激得我也咳嗽起来，我夺门而出。

外面很凉，一片死寂，我在路灯下逡巡了十来分钟。尤志还好吗？刚刚的"刺激"，会不会让他病情加重，甚至熬不过今晚？面对这样一个时日无多，却又抵死抗拒的病人，我能怎么做？可是，只要一天不找出那个三番五次想要我性命的"黑手"，我就一天不得心安。

这该死的梦，为什么就不能直接告诉我答案呢？

夜深了，路上没几个人，回到家后我的大脑一片混沌，便开车在城市里乱转，半小时后，我鬼使神差地路过了青山医院门口。此时是凌晨2点，医院里一片漆黑，前轮碾过斑马线的一刻，眼皮毫无征兆地跳了一下，一个熟悉的身影出现在医院门口。

居然是秦文。

秦文穿了一件和气质不太协调的休闲T恤，左手拽着一个巨大的行李箱，右手揽了好几件杂物，有外套、公文包、手提袋、文件，腋下还夹了个半透明的文件袋。这个点，他要去哪儿？只见秦文出门后，径直走向停车场东侧的一辆SUV，把行李箱放在后备箱前，腾出左手去掏钥匙，谁知钥匙却放在右边口袋里，这个别扭的动作让他打了个趔趄，右手上的杂物全部散落在地，有三四张白色的A4纸更被风吹得飘了起来，四下乱飞。

秦文手忙脚乱，我赶紧下车，捡起已飘到马路中间的两张纸，扫了一眼，竟然是两张病情诊断书。出于礼貌，我没有多看，快步走向停车场，交到秦文手里。

"谢谢……"秦文认出了我，"是你？"

"不客气，您刚下班？"

"是的，你呢？"

"晚上有点事，回家正好路过。"我弯下腰，捡起另几件杂物，顺便将行李箱搬进后备箱。砰，后备箱门关上了，秦文一脸诚恳地对我致谢。我摆摆手，正准备转身回车上，忽然，一个强烈的念头在心底冒了出来：

要不要请教一下秦文，那些第二人称的"梦"是怎么回事？

毕竟，这个人是国内研究记忆、意识领域的泰斗，是最可能从科学的角度解答，那些诡异出现——"应验"的"梦境"起源的人。

我心意已决，开口道："秦教授，您现在有时间吗？我有个问题，想请教您一下。"

秦文有些讶异："要多久？"

"半小时吧。"

秦文皱起眉："我现在要去机场，早上5点的飞机，去欧洲……现在是2点，路上至少要一个半小时……"

"啊？对不起，那您先忙。"我大感窘迫，正想解释两句，秦文却转过头，认真地说："要不这样。"

"嗯？"

"这儿到机场有一百多公里，你现在没事的话，可以上我的车，跟我一道去机场。我可以在车上和你聊一小时左右。"

"要不，我开车送您？"

"不用，我车上行李很多，就是一会儿你得自己打车回来。"

我愣住了，说实话，这方法确实很"科学"，是应对当下状况的"理论最优解"。然而这并不"正常"，一个成熟、精于人情世故的专家，是不会对一个不熟络的晚辈提这样的建议的：你陪我去一百公里外的机场，我在车上解答你的问题，回头你自己打车回来。直接回绝才是"正常"的做法。秦文却提了出来，而且无比自然、坦然。

他无疑是个骄傲的人，习惯别人"围着他转"，但又毫不虚伪，无视社交距离，在大多数时候，他压根不考虑"情商"，因为不需要。以及毫无疑问，他确实在帮我，以他的身份、学术地位，一个小时的单独交流，无疑是极其宝贵的，我赶紧点头。

秦文的商务车带了自动驾驶功能，我俩并排坐在前座，车发动后，我说：

"前段时间，我做了两个梦，在这两个梦里，我不再是我，而是变成了另一个人，不但有新的人格，而且，有这个人格对应的记忆。"

"这不算罕见，庄周梦蝶，就是最有名的例子。"

"没这么简单。"我说，"您给我15分钟，我尽可能简单、全面地说一下。"

"好。"

我理了理思绪，将半个月前，尤志拉我坠桥、语冰和我邂逅这两段"第二人称"的梦境描述了一遍，包括事后的"应验"过程。但再往后的事没说。秦文听完后，目光变得复杂起来，说："梦境应验于现实，很多人都遇到过，绝大多数都是巧合。但照你所说，不只是大体事件，就连许多细节，例如小夏诊室里放的音乐，她吃的药瓶，都和现实完全一致，那就不可能是巧合了，而是你患有失忆症或者产生了虚假记忆。说实话，我建议你挂一下精神科，你可能患有精神分裂症或妄想症。"

"什么意思？"

"很简单，以第二个梦为例。失忆症，就是你以前就认识夏医生，暗恋她，了解她，但你偏偏忘了这段记忆，以为是梦境带来的启示，进而发生，或者说，'策划'了那次相遇；而妄想症，就是你根本没做过那个梦，是你们认识、恋爱之后，因未知原因，大脑里产生了虚假记忆，'记得'自己做过那个梦，是那个梦指引你们认识，走到一起的。妄想症有很多种，我几年前接诊过一位老人，一辈子没结过婚，却记得自己有个老婆，还生了三个孩子，连每个孩子的姓名生日都记得清清楚楚。"

"不，不是这样，第二个梦醒来后，我给自己发了一封邮件，记录了梦里的许多细节，你看。"

秦文认真地读完邮件，说："嗯，这能证明不是虚假记忆，那就是失忆了。"

"也不是失忆，我有记日记的习惯，我之前确实不认识语冰。"

秦文的表情变得凝重起来，他抬起头，目光牢牢锁定我的瞳孔，他问了我好几个问题，包括"你上次采访我的事，还记得多少？""你的日记有电子版吗？方便给我看几段吗？""日记上记的这次旅游，你手机上有照片吗？"做完这一切后，他沉默了两分钟，说："你的记忆挺正常的，不像是失忆。"

"那是什么？"

"如果真是如此，要么确实存在某种超自然力量，要么，就是有人干预了你的梦境。"

"干预梦境？"

"干预梦境这回事，说实话并没有想象的那么玄妙。人憋尿时会梦见找厕所，长期没有性生活会做春梦，看完鬼片会做噩梦。通过外界的刺激，潜意识的引导，让人做某个——或者说，某个类型的梦，完全可以实现。但话说回来，你的这两个梦，许多关键细节都那么具体、清晰，就不只是干预了，完全可以说是控制、营造、构筑。就我所知，目前并没有类似的技术问世，连突破性进展都不曾听说，这技术，领先时代数十年。"

"那后来，这些梦又怎么在现实应验的呢？"

"他既然能操控梦境，自然也能改写、编写现实。和控制梦境相比，这其实很简单……"

显然，秦文对我的这两段"经历"极感兴趣，他眯起眼，沉思了几秒，接着打开平板电脑查阅资料。"这样划时代的技术，却完全没有论文问世。"秦文喃喃自语道，我不敢打扰他，一个多小时很快就过去了。"已到达目的地。"导航提示声将秦文惊醒，他没有下车，也没有收拾行李，而是久久注视我，说："你，到底是谁？"

我怔住。

"你有什么特殊身份吗？"

"没有啊。"

"控制梦境，这种技术已经超越了时代，甚至超越了我的认知。好，我们现在假定，地球上有一个不为人知的秘密研究所，或者说，地球之外的高等文明掌握了这种技术，那么，他们为什么要把这技术用在你身上？"

我哑口无言，但直视他的眼睛，说："我没有说谎。"

"不、不，我没有怀疑你，我恳求你，如果哪天，发现了任何线索，请一定要告诉我。这对我很重要，这个干预你梦境的人或者组织，在意识、记忆领域的研究，至少领先我20年，我一定要拜会他；还有，这个人，一定有能力治好我的父亲。"

"你的父亲？"我下意识地问，但很快想起，秦文的父亲秦山，是一位阿尔茨海默病患者，而解译物质（细胞、海马体突触）与意识间的因果关系，无疑是攻克这种顽疾的关键所在。

"我这次去欧洲，就是带我父亲看病，那边出了一种新药，正在做临床试验，我想办法弄到了一个试验名额。"

我抬起头："你父亲人呢？"

"他之前在省会住院，我弟弟开车去接了，我们约好在停车场等。"秦文抬起头，望向正朝我们驶来的一辆小型房车，"到了。"

房车在六七米外停了下来，门打开了，一个和我年纪相仿的年轻男子，和一个粗手大脚的朴素妇女，一左一右，将一个瘦弱、矮小的老人从后座"架"了出来。

老人显然就是秦山，脸上的皱纹如刀凿斧刻般深邃清晰，他皮肤挺白、头发稀疏、戴眼镜，显然曾是个睿智的知识分子，但病魔剥夺了他的一切，老人的瞳孔很浑浊，毫无光彩，目光时常失去焦点。

秦山穿着一套宽敞的睡衣，但还是能看见尿不湿的轮廓，老人并不安分，时不时想挣脱，"我要回家，你们带我去哪儿？"

"爸，我们坐飞机。"秦文从后备箱里抱出一架轮椅，说。

"坐飞机？坐飞机去哪儿？"

"去德国。"

"不，我不要去德国，我要回家，小文该放学了，我去接他……你干什么？我不要坐轮椅，我能走！我好得很！"

秦山执拗地从轮椅上站了起来，但双腿颤巍巍的，若不是被扶着，随时都要倒下。

我愣了片刻，旋即明白过来，秦山念叨要去接的"小文"，正是此刻站在他面前的秦文，老人的记忆，显然已淆乱、混沌到"不知今夕何年"的地步。

秦文叹息了一声，轻声说："你忘啦，秦文已经上大学了，现在在德国留学，我们坐飞机去看他！"

"嗯？"听到这话，秦山居然安分下来，"我们去德国看小文？"

"是，您安心在轮椅上坐好，一会儿进机场安检，人家问什么你就说什么，如果记不清的，我帮你回答，千万别打断我，更别骂人，别乱跑，不然就去不了德国，见不到小文了。"

"好！好，我听你的。"

"教授现在这样，能上飞机吧？"粗手粗脚的女子应该是保姆，担忧地问。

"我包了头等舱的前两排，现在让爸吃两片药，应该没问题。"

秦山乖乖地把药吃了下去，坐上了轮椅。秦文仔细检查完行李、护照，转过身，深深看了我一眼："父亲是科学院院士，是我见过的，最睿智、沉稳的人，现在却成了这样。"

"这次去欧洲，一定能治好。"

"谢谢。"秦文说，"你刚才在车上跟我说的事，真的很特别，如果有新的情况，你随时和我联系，打电话发消息都行，不用考虑时差。"

"谢谢。"

"你给我说的一切，我不会告诉夏医生，但我觉得，等合适的机会，你应该主动告诉她。"

"我知道，我会的。"

"我走了。再见。"

秦文推起轮椅，吱嘎吱嘎，慢慢走向不远处的机场入口。我上了出租车，躺在后座上，疲惫的大脑毫无困意。"控制梦境，这技术领先这个时代数十年。""你究竟是谁，对方为什么要控制你的梦境？""他既然能操控梦境，自然也能改写、编写现实。"一路上，秦文对我说的话，不断在脑海里回放、激荡。毫无疑问，疑问非但没有减少，反而增加了，我不知道到底什么时候，才能得到这些问题的答案。

答案很快出现了，以一种最意料之外、又情理之中的方式。

第六章

齐

很自然地，这一晚我又失眠了。先是与十亿财富擦肩而过，之后又与死亡"亲密接触"，经历这些，能睡着才不正常。

我找到了尤志，但事与愿违。一闭眼，眼前就会出现那张枯槁、血泪纵横的面庞。我吃了两片安眠药，脑海更加混沌，天花板似乎不再是个平面，一会凹了下去，一会又出现奇异的纹路……就在将睡未睡之时，我忽然收到了一条信息：

"如果你因为我感觉压力太大，我理解、尊重你的任何选择。"——语冰。

我激动、愤怒、心疼、沮丧，在回复框里输了几行字，但又删掉，重编，再删，一遍一遍，最终做出了这种情形下唯一正确的选择：没有回复。困意终于袭来，我沉沉睡去。

我并没有想做梦，梦却找到了我。

这一次，我几乎在第一时间意识到自己正身处梦境。"我是谁？"这是梦中的我想到的第一个问题，四周的环境很熟悉，我躺在卧室床上，床头有水壶、茶杯和台灯，"这是我房间？我在家？"梦中的我冲进洗手间，照镜子，镜子里映出一张无比熟悉的男人面庞。

"我还是我，是齐楚，我在家，这只是一个普通的梦。"梦中的我心想。

然而，当我走进客厅，看到坐在沙发上那道熟悉的身影时，整个人瞬间僵住了，下意识地闭上眼，再次睁开。

我看到了另一个"我"。

是的，在沙发上，坐着另一个"我"：齐楚，他的身材，外表都和我一模一样——似乎也不是完全一样，头发长了一些，气质也略沧桑一些，但无论如何，他就是"我"，绝不会错。我又一次冲回洗手间，没错，镜子里的也是我，沙发上的，还是我。

这是怎样的奇梦啊？我想醒来，挥拳猛砸镜面，但玻璃镜面却如金属般坚固；想用冷水冲头，但拧开龙头，并没有水流出来。我艰难地抬起头，走回客厅。

他，不，"我"望向我，目光深邃悠远，他说："不用担心，我就是你，你就是我。"

"什么？"

"你之前做的那三次第二人称的梦，是我给你的启示。"

"启示？"现实里的记忆灌入梦境里的脑海，我忆了起来，最近一段时间，自己都经历了什么，我问："什么意思，你到底是谁？"

"我说了，我就是你，齐楚，但我是一个世纪后的齐楚，那些梦，是我跟你建立的意识共鸣。跨越时空的意识共鸣，最常见的手段，是通过特殊的量子波动，干预你的脑电波，进而营造、构筑梦境。当然，实现这一点的前提是，我和你属于'两位一体'，需要先用我自己反复测试，才能精准编辑你的梦境。至于为什么选择第二人称的视角，是为了和你平常做的梦区分开，制造明显的标识感和神秘感。"

一个世纪后？意识共鸣？对了，秦文说过，精准控制梦境，这技术领先时代数十年。我问："人不是无法穿越到过去改变历史吗？那会引发时空悖论。"

"不，我确实是未来的你，但自从我们建立链接、意识共鸣的那一刻起，你的世界线就改变了。我们现在身处的，是两个平行世界。在时间线上，我领先你一个世纪，但无论我怎么干涉你那边，也不会改变我所在的世界，即使杀了你，我也不会死，你能明白吗？"

我大约听懂了，但难以置信："那么，我该怎么称呼你？兄弟？晚辈？不对，这么算，你的年纪比我老100岁……要不，齐大爷？"

"把齐省去，喊一声大爷就行，我爱听。"对面的"我"说，他的表情变了，眉毛微弯，眼睛眯起一半，一双瞳孔同时瞅向左边，嘴角向右上翘，古怪地笑了出来。我愣住了，这表情似乎有些熟悉，像是……某个极其常用的表情包。

"这是滑稽，在我的时代，朋友之间开玩笑时，往往会搭配这个表情包来表意。"他收敛起滑稽的表情，说："过去一个世纪，人类的语言习惯发生了巨大的变迁。聊天软件上的对话，远多于现实。所以很多时候，人们会用表情包或特定手势取代语言表意。"

我微笑，摇头。

"你这个是微笑，除非用在正式场合，否则，潜台词就是在骂人……"

我咧开嘴，露齿大笑："你今年120多岁了？不像啊。"

"在我们的时代，衰老已被攻克，癌症可以治愈，心脏、血管可以人造。只要不出意外，或者患上某些罕见的绝症，所有人都可以保持年轻的身体，一直活下去。当然，由于意外伤害和罕见病的存在，依旧做不到'寿与天齐'。我就是你，127岁的你。"

和一个世纪后的"自己"面对面对谈，这是一种无比玄妙的感觉，他看穿了我的懵懂，说："面对另一个时间的自己，这样的事，我们每个人每天都在经历。"

"什么？"

"你每天照镜子，都会看见'历史'上的自己。"

我愕然，旋即明白过来，是的，我们看到的月球，是一秒前的月球，而镜子里的自己，也是数亿分之一秒前的自己。

"当然，时空穿梭技术，不止这么简单。你只要知道，在我的时代，科技已能够打破时间的桎梏，创造时空通道，实现意识、物质的互联互通，就可以了。"

我茫然点头。

"握个手吧，我的青春。"他从沙发上站了起来，走到我面前，伸出右手。我惊讶地发现，他的动作很不自然，僵硬，不，或许用"均匀"来形容更贴切些。以走路为例，从跨出第一步开始，双腿摆动的幅度，膝盖的弯曲角度，每一步的距离都完全相等，就像一个设计精密的机械木偶。

"如你所见，我的全身都是义体，这是40年前——对你来说是60年后的科技。"他说。

"因为肉身会衰老，所以要换义体？"

"并不是，我是特例，22世纪的科学技术，能够实现肌肉、骨骼细胞的逆衰老，对正常人来说，只有关节、心脏需要换机械的。"

"只有你这样？"我问，"你不正常？"

"是的，因为尤志。"

"什么？"

"很简单，在我的、你原本的世界线里。那天晚上，尤志拖着我坠桥了，他先落水，我砸在他身上。他死了，我没死，被一个钓鱼佬救下来，但高位截瘫。我在病床，轮椅上躺了60多年。直到义体技术取得突破性进展，我接受了N4手术——N4是我们时代的术语，指第4节颈椎以下的义体置换手术——这才抛弃了残破、肌肉萎缩的皮囊，开始了新的生活。"

我艰难地伸出手，和他的右手交握。"说正经的，我该怎么称呼你？"

是的，如果他说的不假，那我们两位一体、同名同姓。

"随便。"又一次，他做出了"滑稽"的表情，"我、你，都是齐楚，我记得年轻那会儿，朋友们大多叫我'楚'。要不这样，我叫你'楚'，你就喊我'齐'，以示区分。毕竟我是'先人'嘛，不对，'先人'好像不是这个意思……不过无所谓，如果你不喜欢，可以叫我的英文名，叫……"

"就叫齐吧，挺好。"我说，"你真是我？"

"是。"齐觉察出我的怀疑，于是说，"我说两件事，第一，高一到高三，我们一直暗恋隔壁班的小蕾，那个完美的108号建模、FM1、M10女孩——这些都是22世纪的名词。C108，是22世纪的AR网游、虚拟社区里，使用率第三的通用女性建模，跟小蕾很像。FM1指female1，定义为从出生到成年，生理心理均为完全、标准女性，性取向完全正常。啊，在我们那个时代，可千万不能说'正常'，只能说'1型性取向'，指喜欢且仅喜欢人类异性——我们的时代有12种法律性别，法律之外的至少120种。M10，M指masculinism，男权主义，10是最低等级，指极轻度男权主义，M10女性性格相对独立，倾向平权主义但承认性别差异，轻微依赖男性，是最受欢迎的婚恋对象，而极端女权主义者是F1，和F1女性相处，那比开F1赛车还危险……我记得，高三毕业典礼那天，我决定对小蕾表白，但她一直没出现。后来才知道，她高考完之后，就直接去美国读书了……就算表白也是白表。第二，还是高中，有一次，我们在照相机的能量仓——不对，电池仓里，发现了爸爸的私房钱，374块，我们不敢一次拿完，每次只拿一两张，拿了整整大半个学期，其实爸爸早就发现了，但一直不敢声张，怕我们告诉妈妈。"

我笑了起来，同时毛骨悚然，没错，这些确实是我的往事，并且是不曾告诉任何人的秘密往事，但我很快想到，他既然能控制梦境，想必"读心"也不是问题。

"齐，你为什么帮我？"

"说来话长。"

"没问题，"我说，"只要梦不醒，我有的是时间。"

"从第一个梦说起吧。"齐的声音比我沧桑一些，但温和冷静，"在我的世界线，那天，我坠桥后，被送进医院，在ICU住了两周，命保住了，可惜颈椎严重受伤，N4截瘫，康复概率接近于零。

"我绝望、狂躁，两次尝试自杀，这时候，语冰出现了。

"我跟她是在神经外科住院部认识的，受伤两个月后，我尝试了一次脊椎神经修复术——医生术前告知的成功率是1%，那段时间她正好也住院。我们时空交集——你们应该叫作邂逅，相爱了，开始我觉得自己配不上她，直到她告诉我，她也是个绝症病人。

"好了，你应该明白，我为什么要继续干预你的梦境，营造第二个梦。我救了你，但这会导致你错过语冰，我不希望看到这一点，即便是平行世界。我相信，你不会怪我的，对吗？

"语冰的病并非完全不治，想要奇迹发生，需要钱，天文数字的钱。所以，我把那场比赛比分，在第三个梦里告诉了你。"

"可结果错了，是8:1，不是7:1。"

"错了？"面前的齐愣住了，脸上浮现出不可思议的神情，"不是7:1，是8:1？"

"是的……你不知道吗？因为这一个球，我输了120万。"

"这不可能……怎么可能？"齐喃喃自语道，"这么说，你押错了比分？你没有能赚钱，相反亏了？"

"是啊。"

齐僵坐在沙发上，失魂落魄，他似乎在看我，但目光却落在我身后的某处，他一动不动，若非剧烈起伏的胸腔，我甚至怀疑他是不是晕了过去，这一瞬，我感觉他仿佛老了十岁。过了不知多久，齐叹了一口气，说："我错了，蝴蝶效应，我早该想到的。"

"蝴蝶效应？"

"是的，蝴蝶效应。从我和你意识互联，让你做第一个梦开始，你所在世界的轨迹就被改变了，你们世界的未来，与我记忆里的历史，分道扬镳，渐行渐远。那场球赛，就是一个开端。"

"你认为是我的下注，让庄家操纵，改变了最终比分？"

"有可能，但不一定，也可能是你最近半个月，无意做的一件小事，通过蝴蝶效应重重放大，最终改变了几千公里外那场球赛的结果。例如，你认识语冰的时间，比我的世界线早了两个多月，导致语冰心情很好，在元宇宙——你们应该叫互联网上，抢了一款限量款奢侈品，她抢到了，导致欧洲的某个模特没抢到，模特很生气，就跟男朋友，那天踢球的某球员吵了一架，球员在元宇宙里哄了她一宿才勉强哄好，第二天，他在场上腿哆嗦了一下，就这一哆嗦，我们的主队，多丢了一个球。"

我无语："语冰不喜欢奢侈品。"

"举例，意思到了就行。"齐笑了起来，这一次不是表情包，并不夸张，眼睛微微眯起，眼角、嘴角纹露出淡淡的细纹。这一刻，我忽然感觉，齐确实是个老人，一副看尽千帆、历经沧桑的模样。

"你是不是怪我误导你，让你输了一百多万？"

我想摇头，但觉得过于虚伪，于是点头。

"没关系，我能救她。"

"救她？怎么救？"我说，"你不是说，我的世界线已经因为你的介入改变了吗？"

"可以，我的原计划是：通过这场球赛让你赢几个亿，然后再告诉你一个分子式，你用这个钱，按照这个分子式，去找公司研发药物，治好语冰。但蝴蝶效应发生了，世界线已经改变，堵死了你通过赌球一夜暴富的机会。至于炒股、投资，太慢了，就算把房子卖了，一年翻两番也可能来不及，所以，我会带一位医学顾问，'降临'你的世界。"

降临，这个词震慑了我，齐，来自一个世纪后的"我"，要来我的世界？我艰难地说："你，可以穿越到我们的世界？"

"是，穿越，这个词在你们那会儿确实很流行，在我们时代，同时间、跨空间的物质移动叫跃迁，同时跨越时空，叫降临。"

"什么时候，什么地点？"

"随时，但是，需要你接我。"

接？尽管身在梦中，但我依旧感到呼吸困难："怎么接？"

"你去定制一个信标，放到家里的地下室房间。"

"信标？"

"降临的基本原理，是将物体、人体量子化，传送至另一个时空坐标，精准重组。终端机——也就是你们说的时空机器，自然放在我的世界，现在，需要你提供一个绝对精准、安全的出口，否则，量子重组的位置，万一在地下、海底、空中，就等于把虫洞出口开在恒星旁边，和自杀没区别。这就需要你做一个信标，也是出口。"

"怎么做信标？"

"你找一家石墨厂商，定制一个纯度高于99.9%、外尺寸200厘米×120厘米×100厘米的石墨空心长方体，误差不超过1厘米，石墨外壁厚2厘米。然后让生产者，把长方体200厘米×120厘米的一面外壁切割、分离下来，作为可打开的顶盖。最后在顶盖和主体的接触面，做四对拇指大的榫卯结构，这样顶盖盖上时，能确保准确对齐，严密贴合。"

我脑海里浮现起一样物件——棺材，纯黑尊享版，分离的那面外壁，就是棺材盖儿。齐降临后，要做的第一件事，就是掀开棺材盖儿，跳出来。

"没错，就是棺材。"齐又一次露出标准的"滑稽"表情，五官的夸张程度让我怀疑是不是受过训练，"信标的技术原理是：用纯净的元素，制造独特、简单、精密的封闭结构，方便跃迁终端寻找、锁定坐标。最简单实惠的选择，就是石墨棺材。为了防止万一，你再去定制一个直径30厘米的石墨实心圆球，放在信标旁边，这是'查重'程序用到的'保险'，防止你们世界里，某家工厂、实验室同样尺寸的石墨棺材产生干扰。等你定制好符合要求的信标，我就能随时降临。"

我的呼吸变得艰难、沉重起来。这实在太震撼，也太离奇了，我毫无准备，艰于应诺。是的，我不信他，至少不完全信。齐看出了我的犹豫，说："我知道你不相信我，那我再说两件事。第一，半个月内，日本传奇游戏制作人，A社CEO南山会因胰腺癌离世，他的病情此前从未公开。第二，NASA会在下下周接连发布两条重要信息，一条是，去年发射的'苍穹'望远镜，在7000万光年外发现一对特殊的孪生星系，这两个星系的结构参数，每一颗星体的位置、质量都极其相似，就像复制粘贴的结果，更特别的是，这两个星系具备形似DNA的双螺旋结构；第二条消息，NASA即将探测到你们有史以来最强的引力波，它来自2300万光年外的N2031星系两个巨型黑洞的湮灭。"

我愣住了，我是个文科生，但依旧能感到后两条"预言"的震撼程度。我默默地记下这些信息，问："我想知道，你为什么帮我？只为了拯救年轻时的自己？"

"不。这不是帮助，而是交易，当然，是双赢的交易。"

"交易？"

"等我帮完你后，我希望你来我的世界，帮我一个忙。"

"什么忙？"我有些意外，"我能帮你什么忙？你遇到什么麻烦了？"

这一次，齐罕见地沉默了，他瞳孔收缩，脸上没有任何表情，正当我忍不住想发问时，齐开口了："我要死了……"

我愣住了："你不是说，一个世纪后，人可以不老不死吗？"

"没错，但前提是不发生意外。你知道，我全身只剩脑袋是原装的，之前又在轮椅和病床上躺了太久，药物、激素让大小脑、中枢神经都受损严重——其中大部分损伤可以修复，但也有少部分不行。我的健康指数一直在30分到40分之间徘徊，属于医学束手无策的'高危病人'。最要命的是，半年前，我的一个仇人，买通了我的助手，偷偷换掉了我平时吃的保健药品。他换的毒药能破坏细胞的DNA，让DNA无法完美复制，目前所有的治疗手段都束手无策。医生判断，我最多只剩三个月的生命了。"

我愣住了，想说一些安慰的话，却不知如何开口。

"不用安慰我，也不用为我悲伤。我说的死，并不是你认为的死。我可以保存意识，去元宇宙永生。"

"元宇宙？你是说意识上传？这技术实现了吗？"

"差不多吧。"齐笑了起来，"不过，肉身死亡后，我会失去现实世界里的一切人权，这也是为什么我要你帮我。"

"怎么帮？"

"我需要你来我的世界，以我的身份，临时接管我的公司。毕竟我就是你，你就是我，我们的外表、虹膜、DNA都完全一致。"

"我……可以拒绝吗？还有，这有什么意义？"

"楚，你听我说完，你只需要在未来两年内，每两周降临——在两个时空往返一次，参加一次董事会，我这么做的原因，是想保护我们的女儿。"

我们的女儿？我愣住了。

"是的，我和语冰的女儿，从基因角度说，也是你的女儿。她叫念冰，今年17岁。"

17岁，念冰？当这个年龄与名字结合在一起时，我生出一种奇异的感觉。果然，齐笑了，他露出一个略显夸张，但令我觉得陌生的表情：一种悲伤的、深沉的笑容。

"是不是很奇怪，很简单，在我的世界线里，语冰30岁就去世了，但我们已结了婚，她冰冻了6颗卵子，但我一直没有勇气要一个孩子。直到110岁生日那天，我终于决定，拥有一个我们的女儿，就这样，念冰出生了。"

"她怎么了？为什么需要保护？"

"别担心，她挺好，只是和我的关系不太好——毕竟有110岁的代沟，以及，我陪她的时间确实太少！最近，她跟我吵架，离家出走了。对了，我还没和你说我现在的身份，我是全世界最大的传媒公司的CEO，大约相当于你那个时代的默多克。"

我震惊了，一个世纪后的我，竟然如此出息？而且，是在高位截瘫的情况下？

"楚，别怀疑自己，你就是我，我们是人杰、伟人。"

我半信半疑，但十分自豪。

"做传媒，一定会得罪人，你最近遭遇的那些事就是证明。念冰，我现在很担心她，不止因为仇人、竞争对手，更危险的是，我的那些合作伙伴：股东、经理人，那些觊觎我财富的人，一定希望念冰'突发意外'。唉，这丫头本身就很不省心，喜欢在R宇宙——嗯，就是跟元宇宙相对的现实世界里玩极限运动：高空跳伞、蹦极、潜水。安排她出一点意外，太简单了。所以，我可以死，但绝不能是现在，楚，我希望你来我的世界，以我的身份，支撑两三年，等念冰成熟长大。这在你们时代叫什么？秘不发表？"

我笑了："那是一两千年前的说法。"

"没事，能懂就行。"

我沉默了，对这个从未见过的，名为"念冰"的少女，心中生出一种强烈、难以遏制的担忧。是啊，她是我和语冰的女儿——即便身处不同的平行宇宙，我依旧愿意、渴望保护她。

"你可以等半个月，等我刚刚说的预言应验，再做决定。我会继续通过梦境共鸣跟你交流。嗯，你们应该叫托梦吧，挺传神的。"

"对了，最近害我的人，是谁？"我猛然想起一个问题。

"说实话，不知道。"

"不知道？"

"是的，我刚坠桥那会儿，也以为是意外：桥栏忽然断裂，老头跌下去时，下意识伸手捞了我一把而已。直到二三十年后，我做了一个噩梦——又梦到了那一幕，醒来后就请了私家侦探调查这事，没想到调查发现，尤志的家人在他去世后，忽然多了一大笔钱，她女儿在大学里生活很奢靡，但毕竟时间过去太远了，线索早已湮灭，我也没能查出当初害我的是谁。"

"那我怎么办？"

"有办法，反客为主。"

"嗯？"

"你要让大家知道，你是个调查记者，最近好几次遭遇生命威胁。你留下遗书，上面写着所有嫌疑对象的名字——一旦你死了，无论是坠楼、交通事故还是失足溺水，警察都不会草率地按意外死亡结案，会按命案追查到底。这就行了。这些人并不傻，一旦犯罪的风险远高于收益，就要考虑收手了。"

我呆住了，没错，这种摊牌的办法，简单直接，但绝对有效——第一次遇险后我没报警，如果报警，或许就不会有第二次了。

"谢谢你。"

"自己人，何须客气。"这一次他的表情更夸张，眼睛瞪得老大，瞳孔同时向右，嘴唇夸张地上翘。

"这是，什么表情？"我茫然。

"狗头，适用场景最广泛的表情包。"齐说，"最后，提醒你一件事。"

"嗯？"

"不要把我们的事告诉任何人。"齐的表情很严肃，"你可以怀疑我，可以拒绝我，但不要把这件事告诉任何人，这是为了我好，也是为了你好。"

我理解，点头答应。

"如果没事的话，那就下次再见，楚。"

"再见，齐。"

我又一次醒来，用纸笔、邮件记录下了梦里的一切，接着开始想该用什么方式"反客为主"：既然要搞，那不妨搞大点。我一面想，一面回忆近年结下的"仇家"，当我回忆起去年曝光男科医院后收到的那件寿衣时，思路一下子豁然开朗起来。

我将寿衣从杂物箱翻了出来，穿上身。那是一件黑底红花的唐装，上面印了七八朵花，以及"福禄寿"三个大字，还挺合身，只是面料略粗，还不透气。穿上闷得慌，不一会儿我就出了一身汗。

也对，穿这衣服的人应该不用考虑出汗问题。我照了下镜子，还挺精神的，整个人显得年轻了许多。

毕竟二十多岁穿寿衣，谁见了都会说一声："这么年轻，可惜了。"

我拍了两张自拍，并配上一段文字。

"我是个调查记者，昨晚，有一辆车忽然从身后撞向我……若不是运气好，我现在已经死了，我现在身上穿的，是我之前暗访一家男科医院黑幕后，被寄到家里的寿衣……"

我发了几家社交平台。半小时后，我的手机上多了二十多个未接来电，一百多条信息。包括一条领导的："你没事吧，太冲动了！公安局领导给我说了，让你去报一下案，放心，扫黑除恶，没人能动你。"

我松了一口气，至少暂时，我应该是安全了。之后一星期的风平浪静也证明了这一点，只可惜，警察没查出嫌疑人。而且这件事也带来一些不好的后果，那就是语冰更担心我的精神状态了。

第七章

决　定

一周后。

我是在开车去见语冰路上，从车载广播听到新闻的。"20分钟前，NASA发布了两条重要消息……"我的身体颤了一下，右脚下意识地踩死在刹车上，若不是安全带的束缚，我几乎从座位上飞了出去。吱嘎、滴、滴，身后依次响起刹车、喇叭、怒骂声，我连声道歉，靠边停车，打开双跳。"'苍穹'望远镜在7000万光年外，发现了一对特殊的孪生星系……"电台女主播的普通话很标准，字正腔圆，我有些恍惚，于是打开手机，人民日报、新华社……是的，是真的，不是幻听、幻视、假新闻。我又用力掐了一下胳膊，很疼，不是梦。

此前我已确认："引力波"在宇宙中以光速传播，无法"预言"。那个梦，确实是来自未来的"启示"。

他真是"齐"吗？是一个世纪后的我？

我依旧无法全信，但又无从怀疑：未来的我想拯救今天的我，请我帮他保护女儿，这理由很充分正常。换位思考，假如我有能力穿越到20年前，我一定会提醒童年的"齐楚"，10岁生日那天一定不要去公园坐卡丁车，这样就不会撞断右腿休学一年了。

这会是骗局吗？某个心怀叵测的外星文明计划入侵地球，引导我去定制那个"信标"？问题来了，我何德何能，以至于"有幸"被选中？

扪心自问，我虽然混得还行，但绝不是什么"天选之子"，没有超能力、没遇到过任何超自然事件，热爱生活，绝不反社会仇视人类文明。以及，我也不太好骗。无论从哪个角度，都不该是带路党的最佳人选。

"丁零丁零"，闹铃声将我惊醒，我瞥了一眼时间，18:56，意识猛醒过来。天哪，我居然"放空"了20分钟——之前和语冰约的见面时间是7点，我竟然要迟到了！！

冷汗如浆，从后背不断冒出来。是的，语冰温柔、理性，唯一的性格缺点就是近乎偏执的时间强迫症。然而这一次，我竟要约会迟到了！我猛踩下油门，然而太晚了，这儿离医院还有两公里，我就算超速、闯红灯也不可能准时赶到了！

我迟到了五分钟——路灯下的长椅上，坐着一个俏生生、孤零零的身影，托着下巴，望向远方。我忐忑起来，因为她目光的方向，并不是我来的方向，而是相反。

我们在医院门口见过四五次面，每一次，我都会从东边出现——停车场在东边，我的家、公司也在东边，她知道我会从东边出现，然而此时，却在向西远望。夕阳落在她的肩头，将漆黑的发丝染成金黄一片。

我的心揪了起来，绕到她身前，她看见了我。

"对不起。"我抢先说。

语冰抬起头，看着我，没有说话，只是慢慢地从长椅上站了起来，这时我才发现，她尾指的颤抖幅度，明显比往日更大了一些，甚至带动无名指都一并微微震动，我去拉她的手，她没有拒绝，但手指并没有紧扣我的手。

我的心更冷了，说："听我解释。"

她没有点头，也没有摇头。

"刚才开车来的路上，我遇到了一件非常非常重要的事。"

她看着我的眼睛，缓缓说："对不起。"

我愣住了："不，该说对不起的是我，你为什么要说对不起？"

"我不该和你约在这里见面的，这对你不公平。我有时间强迫症，你又很在意我。这段时间，每次见面，你都要提前10多分钟到，生怕路上堵车、遇到特殊情况，迟到。最开始那两次，你甚至提前半小时就到了。我记得，有一天忽然下大雨，你就打了伞站在雨里等，裤脚都湿透了，我问你等了多久，你说两三分钟，但我知道你是骗我的，后来门卫跟我说，你等了至少有10分钟。和我这种人相处一定很累，我是个心理医生，却一直在给最亲近的人最大的压力。"

我将她的手握得更紧了一些。

"我真的很担心你，你最近的状态很不对，这也是因为我吧。我这种人，或许根本就不适合……"

我用力摇头，将手指抵住她的嘴唇，我说："你先听我说一句话。前两天，我见了一个人，他说，你的病，有希望治好。"

出乎意料，语冰的脸上，没有出现任何欣喜的神情，相反，眼里的担忧更加浓重了，她说："这就是我担心的事，你虽然是文科生，但一直很理性，之前从不信什么民间神医、偏方，秦文老师请的帮我会诊的医生，都是国内最顶尖的专家，他们都束手无策，只能开一些可能延缓病情发展的姑息药物，这个人却说有希望治好，这个神医只可能是个骗子，真的。换成从前的你，一定不会轻信这种事。"

　　她接着说："你最近一直在买彩票，每次都几百、上千，上次在酒吧看球，你也失魂落魄，是买球了吧？其实，我回座位时看到了你的手机界面，我想，你一定买了一个夸张的比分，只希望能一下子赢很多钱，你不是个赌徒，你这么做只可能因为我！还有，你上次发的那条微博……有人报复你，你应该去报警，而不是在社交媒体发泄情绪。你真的不能这样下去了，原本的你很出色，很理性冷静，但现在的你……真的变了很多。"

　　我拼命摇头，不知是否认"这个神医是个骗子"，还是否认"我真的变了许多"。语冰轻轻地，但决绝地，将手从我的手里抽了出去，她看着我，一字一顿地说："要不，我们先分开一段时间吧。"

　　"不！"

　　"这是为了你好。我希望你能先冷静冷静，如果有一天，你可以自然、没有压力地和我在一起，能接受命运的安排，心态从'三四年后，我爱的人就会离开这个世界，太遗憾了'转变为'我们能共同走过余下的三四年，很幸福'，而不是像现在这样，拼命想改变不可改变的事实，并因此沮丧、绝望、自暴自弃。那时候，我会重新追你一次的。"

　　她张开双臂，紧紧地抱住我，前额在我的嘴唇上蹭了一下，旋即转过身，慢慢往夕阳的方向走去，她的影子离开了我的影子，前面有一段上坡，几步后，她的长发挡住了照到我脸上的阳光，让我独自立在阴影里。她走了，我没有追上去，没有挽留，我很了解她，这么做没有任何意义。

　　这一刻，我做了一个决定，接齐降临！

　　只要他出现，一切便会改变。只有他，才能改变一切。

　　我开车，循着导航找到20公里外一家石墨模具生产厂家，按照齐的要求定制了信标，开出3倍的价格请老板加急。

　　"后天下午，你找辆皮卡过来提货就行。"老板殷勤地说。

　　当晚我又一次做了梦，梦境里，齐对我的决定没有丝毫惊讶或惊喜，我忍不住问："你早就算准我，一定会答应你？"

　　"当然，别忘了，我是未来的你，如果这世上，有一个人比你自己还了解你的话，那个人只可能是我。"

第二部

降　临

Jiang Lin

第八章

降　临

6月20日，23:58。

灯光很亮，很白，照在面前漆黑、巨大的石墨"棺材"上，反射出奇异的色彩。这是我家别墅负一楼储藏室，20多平方米，之前一直闲置，自然是安放"信标"的最佳地点。两分钟后，我就要见到未来的自己，"齐"，胸腔里的心脏开始狂跳起来。

在我的脚下，趴着一只奶猫，雌性，身体还没有球鞋大。它来自未来。前一天下午，我将信标安放妥当，当晚就做了个梦，齐说他会在21日0:00分准时降临，他还让我醒来后打开信标，查收一件礼物：在我入梦的同时，齐用时空跃迁终端，自作主张地给我送来了一只宠物猫。它是一件礼物，也是一件证物，能证明齐确实来自未来，以及降临真实、安全。我起床后便直奔地下室，掀开信标的顶盖，然后看见了"紫电"。

那一秒，我的心快要融化了——它太可爱了，圆脸，短腿，毛色大部分是银色，与英短银渐层相近，但间杂了数十道浅紫色的横纹，这毛色不属于我所知的和网上能查到的任何品类的猫；它的眼睛更奇异，一只靛蓝，另一只浅红，有别于任何已知品类猫的瞳色。然而最特别并非它的外表，而是气质。猫是一种优雅、冷艳、骄傲的动物，自视为"主子"，人类只是"奴仆"，然而，眼前这只美丽、温柔的小猫，却让我感到一种只在犬类身上出现的"忠诚""顺服"，它趴在漆黑的信标底部，抬头仰视我，眼神有些怯意。

"它优雅又忠诚，智商极高，是过去一个世纪，基因工程、繁育技术的结晶，是我们这个时代最受欢迎的宠物。"

再过两分钟，紫电的原主人、降临的主角、未来世界的我——"齐"，就要到来。我心跳加速、呼吸艰难，脑子里忽然冒出一个滑稽的词：大变活人。没错，一口空空如也的"棺材"里，凭空多出一个人，这不正是魔术"大变活人"吗？

我刚刚仔细检查了一遍，信标里空无一物，顶盖盖好，与主体四面严密贴合，不留缝隙——这是齐在"跨时空意识共鸣"，即梦里反复强调的："信标的顶盖必须盖严，确保它是一个封闭的空心长方体，信标内部不能存在尺寸超过一厘米的杂物，尤其要小心蟑螂之类的虫子爬进去，否则会造成安检失败，降临被强制中止！还有降临属于跨越时空的物质传输，到时信标周围会产生一些时空波动，但影响范围很小，保持两米以上的安全距离就行。"

"还有、一、分钟。"手机发出清悦的倒计时提示。

我又后退两步，站在门口，和信标拉开至少四米距离。说实话，我也想过跑掉，跑远，远离地下室，远离这间别墅。我甚至不止一次想过，用一张椅子、一把锤子，或任何坚硬的物体，砸烂这石墨棺材，终止这一切！是的，他说他是一个世纪后的我，这是真的吗？他自称是友非敌，我们互帮互利，谁知道他是否居心叵测！但这冲动终究被按捺了下去——紫电正温顺地趴在怀里，用毛茸茸的脑袋蹭我的手心，温暖、柔软，我的脑海里，又浮现出那张熟悉、美丽的面庞。

是的，语冰的病需要奇迹，齐，就是唯一的奇迹。

10秒。

5秒。

3……

2……

1……

挂钟沉闷地响了起来，不知为什么，这声音听在耳里，似乎与平日存在细微的不同，就像是声音的波形，被某只看不见的手给拧扭曲了，忽高忽低，一会儿尖锐，一会儿沉滞。不，不只是声音，四周的一切，都被这无形之力扭曲了：信标、墙壁、挂钟，都发生了细微的形变。直线扭成曲线、直角一会儿缩成锐角、一会儿张成钝角；圆周不再平滑——就像夏日的高速公路表面，因高温、光线扭曲形成的蜃景。

我恐惧，茫然，下意识地继续后退，一步、两步，一直退到门外，在这个距离，我更清晰地目睹了这神妙的时空变化，正如齐所说，扭曲、异变的只是一小片空间，以信标为中心，它本是个规整的漆黑长方体，可此刻，长方体的每个边、角、面都在发生奇异的畸变，毫无规律。信标后的墙壁也是，笔直的墙线陡然弯曲，拉直，再弯向另一个方向。总之，距信标越近的物体，扭曲的幅度就越明显，而稍远一些的，如天花板、挂钟的变化就很细微，而距离超过两米，储藏室外面的大厅、楼梯，则丝毫不受影响。

除了视觉、听觉，就连空气仿佛也变得黏稠，令我呼吸困难。

这奇景格外神妙，但转瞬即逝，两三秒后——这是我从挂钟上看到的答案，扭曲感消失得无影无踪，房间里静悄悄的，仿佛什么都没有发生。我屏息等了几秒，四周却更静了，唯一能听见的，是胸腔里愈发清晰的心跳声。

怎么？人呢？

降临失败了？抑或临时中止了？恐惧笼罩了我，是的，我担心齐骗我、别有用心，但我更怕他不来，他是我的希望，是我的救星，我需要他。

忽然，身前响起了三下清脆、清晰的"敲门"声。

笃、笃、笃。

这声音来自"黑棺"内部，是他！他来了！我的心飞了起来。很快，又是"吱"的一声，信标顶盖被推开了大约30厘米，一张熟悉的面庞从这个开口中冒了出来。

他是"齐"，他是我。看着他，感觉就像在照镜子。半秒后，他咧开嘴，眯眼，露出夸张的"滑稽"表情。

这是一种诡异到无以名状的感觉：一个和我一模一样的人，从一口漆黑的"棺材"里，坐了起来，一脸"滑稽"。很快，齐收敛表情，却没有下一步动作，目光在我脸上逗留了几秒，移开，打量屋里的布置。

我怔住了，齐为什么不出来？信标顶盖很轻，只要再推开一些，他就可以爬出来，但齐没有，他依旧坐在"棺材"里，只露一个脑袋与我对视。

"怎么了？"我悄悄把右手伸进口袋，握紧了里面的防狼电击棍——这是我准备的唯一防身工具，其实我也知道，用一根防狼警棍，防备一个未来的客人，是有多可笑、幼稚。

不，他似乎并没有敌意——至少我感觉不到。难道他想我上前迎接他？毕竟，"降临"二字，本就有居高临下的意味，让我不得不如此联想。

不，我不要。齐确实比我年长，我也需要他的帮助，但我始终坚信，我和齐是平等的，是两位一体。我想开口问他，但忍住了，我觉得，这个时候，应该客人先说话才对。

"植物！"齐忽然开口，"你没发现，我没穿衣服吗？"

我呆住了，往前跨了半步，果然，齐竟是赤裸的，全身上下不着寸缕。他的肌肉线条很完美，甚至比我还好。他刚才说什么，植物？

齐笑了起来，双眼瞪大，做出更夸张的"狗头"表情："不好意思，又说了我们那个时代的话。未来一个世纪，屏蔽词越来越多，草取代了它的同音字，之后植物又取代了草，之后屏蔽的范围越来越广，从网络、元宇宙一路波及日常口语。当然，这话不是骂你，就是发发牢骚罢了，如果真骂人，那会说'赞美植物母亲'，这句话，就等于你们这个时代的国骂'三字经'！"

齐的声音比我苍老一些，但音色、语气完全一致。我几乎笑得肚子疼，紧张的气氛迅速消融。"马上。"我跑进房间，找了一套短衣短裤，扔了过去。他稳稳接住，穿好，之后推开顶盖，不紧不慢地走了出来。紫电欣喜地"喵"了一声，跑到他脚下，用力蹭他的脚背。

"怎么不穿衣服？"

"这涉及降临的一些技术原理，如果穿衣物，会增加额外的技术难度和能量损耗，能解决，但没必要，回头你去我的时代，也需要裸体。"

我点头，这确实无关紧要，此刻，唯一重要的事情，是语冰的病，我省去寒暄，问："你说会带一名医学顾问来帮语冰治病，他什么时候到？"

"顺利的话，48小时后，他会降临。"齐说，"对了，他降临的时候，你要回避。"

"回避？"

"是的，你提前出门，凌晨1点30之后回来，他不想见你。"

"为什么？"我愣住了。

"想想他的身份，22世纪的医学专家，对你们而言，他是'神'……"

我傻了，齐表情重归严肃，说："'神'不以真面目示人，更不喜欢以裸体示人。"

"我可以等他穿好衣服再进门……"

"你想得太简单了，他不愿意见你，最重要的原因是担心你问他、求他，跟他要能治愈癌症、延缓衰老的药……只要一个分子式，一段基因编码，就足以让你成为这个世界的……上帝……楚，不用解释，我相信你，但这诱惑太大了，足以动摇任何人的信念。这次降临，他只会见一个人，即便见这个人，他也会全程蒙面。"

"这个人是谁？"

"秦文。"

秦文？

我愣住了，在原本的构想里，齐会带着能治好语冰的特效药，交给我（或她）。药到病除，之后他转身离去，不带走一片云彩——嗯，我自然会履行承诺，去未来帮他，但那是后话。

可是，齐赤裸着降临了，没有特效药。医学顾问还要等48小时，而且并不会见我——"神"不以真面目示人，这理由我勉强接受，但为什么秦文会是例外？

这让我十分不爽，以及，怀疑。我需要一个解释。

"为什么？"

"首先，要治好语冰的病，必须得到秦文的协助。"齐说，"把你的手机给我，我现在给秦文打电话。"

思绪更乱了，医学顾问，一个世纪后的"神医"，要治语冰的病，必须得到秦文的协助？不，这不符合常理：秦文是脑科专家，语冰患的是神经疾病，医学顾问帮语冰看病，治疗，这过程或许需要助手，但绝不是专业并不对口的国内顶尖医学家。

更重要的是，齐之前从没提过这件事。我瞬间忐忑、警觉起来，问："为什么不直接带药回来？"

齐摇摇头："22世纪，语冰的病已不是绝症，但毕竟不是感冒。特效药的用法、用量必须严格参考科学指标。语冰目前的情况，应该吃多少剂量？之后如何增减？这些，都需要一个科学的用药、治疗体系，否则，连最重要的血药浓度都无法测量。"齐看着我，目光渐渐变得柔和起来，"你放心，现在离语冰发病还有三年多，在理论完备的情况下，建立这套体系，最多只要一年半，来得及。"

"那为什么选秦文？"

"你还是太年轻，外行了。医学顾问知道特效药分子式，记得核心制程，但有用吗？你让他，还是你去跟药厂说，'我知道一种药，能治一种罕见病，请你们立刻研发，不过，我没钱，需要你们垫几个亿'？对方会把你当成精神病或者民科吧？嗯，民科，这个词很传神，22世纪已经不常见了，挺可惜的。"齐又一次露出"滑稽"的表情，"最简单的办法，就是找一个P节点，啊，这个词现在还没出现，可以理解为中间人，最好是一个具备极高行业地位的医学专家，拿他的信用背书，找药企合作研发，秦文无疑是最好的人选。"

我哑口无言，是的，齐说得很对……不，有一点不对。

"秦文，他的信用、地位够吗？"

"目前不够，但别忘了医学顾问，他跟秦文，F2F——面对面交流两小时，传递的信息，至少能帮秦文拿四五个诺奖……这是医学顾问见秦文的另一个原因，他是秦的学生——未来的学生，他很尊敬、感激秦文，只愿将超越时代的医学知识告诉老师，而非这时代的任何其他人。最多两个月，秦文就能发一篇影响因子破百的论文，一年后，他就会成为伟人……"

"他会告诉秦文自己的身份吗？"

"不会，至于秦文对外怎么解释，他也不关心。"

我瞠目结舌，但哑口无言。这解释完全符合逻辑，让看似不合理的要求变得合理起来。

要么，直接让语冰去未来治病？我陡然冒出一个念头，但没有说出来。这不止因为齐让我对降临绝对保密，我自己也不想走这条路：我不希望她认识齐，他是未来的我，一个更成熟、成功、睿智幽默的我。不仅如此，齐还做了一件我渴望做到，但无能为力的事：救她的命。

万一，语冰爱上齐怎么办？不，她原本就该爱他，因为他就是我啊。

我将奇怪的念头从脑海里赶出去，说："但秦文上周去了欧洲，那边出了一种治疗阿尔茨海默病的新药，他带他父亲去看病。"

"不要紧，我能说服他买最近一班机票回来。"齐又笑了，"别说在欧洲，就算他在火星，也会第一时间回来……噢，你们现在还没有虫洞技术，火星往返至少要两年吧。"

"用什么办法？直接说你能帮他获几个诺奖？他会信吗？"

"不是，我说服他的理由，涉及他的一些隐私，抱歉，不能告诉你。"

隐私？齐知道秦文的隐私？我愣了片刻，是啊，在齐的世界线里，他与秦文是多年故交。我没有打听隐私的兴趣，取出一部新手机，递给齐，他接了过去，却拿反了，手指笨拙地划了几下屏幕，只打开了两个不相干的软件。

"怎么拨号？一百年前的旧物，不太会用。"

我笑了起来，齐面对手机的笨拙、茫然，确实是"大学教授面对小学试卷，早已遗忘、生疏"的感觉，我帮他拨好号码。

"麻烦你回避一会儿。放心，电话里，我会改变声线，自称是你的朋友。"齐说，"以后，他只会因此感激你。"

我点点头，走出储藏室，带好门，抱起紫电玩耍了一会儿，五六分钟后，齐推开门走了出来，比出OK的手势："秦文会买明天，也就是22号的机票，最晚23号到。医学顾问23日凌晨降临，我跟他约了24日晚见面，我、医学顾问、秦文，三人会面，地点就在你家。"

这么顺利！我又惊又喜：毕竟齐神通广大，对我、语冰都是好事。我将齐带上一楼客厅："坐下来聊会儿吧。"齐却没有坐。一步、两步……他慢慢地、匀速地，绕客厅走了一圈，目光在墙上的合照、门口的鞋柜、书架的摆件上依次停留，脸上流露出深深的眷念之色。

"唉，一百年前的家，记忆都模糊了……这张全家福，我完全没印象了，看到才想起来，我和爸妈照过这样的照片。"

我心头一颤，是的，这就是真正的"恍若隔世"吧。

"这间别墅，在我42岁那年卖了，别多想，就是父母赚了钱，换了套更大的。"齐说，"我前些年想买回来，但发现装修全改了，还加盖了一层，就算了。"

齐的话提醒了我："对了，父母这些年，没生什么大病吧？"

"没，都挺好的。"

"那他们……"

齐看穿了我的想法，嘴唇颤了一下："挺好，父亲活到92岁，心梗去世了，母亲晚两年。唉，要是端粒酶技术、义体、人造器官技术能早个十来年取得突破，或许就不一样了。"

我深吸了一口气，父母结婚很晚，我今年27岁，父亲却已64岁了，母亲61岁。92岁、91岁，无疑都是高寿，然而当未知的死亡有了准确的日期，一种莫名的、强烈的悲伤依旧扑面而来，让我艰于呼吸。

"楚，不用难过，这只是我的历史，不是你的未来。你的世界线已经改变，不出意外的话，一定会比我的好。"齐说，"医学顾问会治好语冰，也会给你们这个世界的医学技术，提前带来一场革命。"

"好！"我兴奋起来，这对我，对我的父母朋友，对世界的每个人，都是福音。

"未来两天，麻烦你一件事。"

"嗯。"

"你待在家里，别出门，我出去办点事，顺便转几圈。"

什么？我怔了几秒，一股寒意顺着脊背爬了上来。齐要出门？出去干什么？他之前可没提过这事。

别忘了，齐就是我，外表、习惯、DNA都和我一样，他在这个世界做的一切，最后都会归在我的名下，由我买单。同样，我和他，不应同时出现在任何公开场合。他行走在阳光下，那我就最好隐藏在阴影里。

"干什么？"我额头上冒出汗珠。

"你紧张了？"齐看起来很轻松，他走到窗口，凝望外面的夜景，"别多想，我只是出门随便走走，例如去市中心你最常去的那家早餐店吃顿饭，又或者去大学门口的小酒吧蹦个迪。别小看我这义体，能跳机械舞，还能做托马斯全旋，绝对全场最佳。对我来说，这可是一个世纪前，无比怀念的历史。不瞒你说，我还打算去见一见语冰……"

"你要见语冰？"我下意识地说，"不！"

"你怕我顶替你，动手动脚？"齐直直地盯着我，"我是这样的人吗？或者，你问你自己，你是这样的人吗？"

我愣住了，是啊，我是这样的人吗？我虽然不以正人君子自居，但扪心自问，这样的欺骗、背叛（我认为是），显然不是我能做出来的事。我摇头，苦笑："对不起，是我关心则乱了。"

齐看着我的模样，笑容里露出一丝促狭："你放心，我说的见一见，是躲在远处看，不会面对面接触的，我保证。"

"好。"

"我还要办一件事，用你的身份，去城郊租一间房子，当然，钱需要你出。"

"为什么？"

"虽然我只会在这个世界逗留一两周，但未来几年，你要往返于两个时空之间，这几年，石墨信标放哪？父母虽然平时在外地，但每年也会回来一两次，尤其是父亲，说不准哪天回家办点事情。你怎么解释地下室里摆了一口棺材？"

我愣住了，自己居然忽略了这一点。

"正好，医学顾问降临后，也会住一两晚——每次时空跃迁，无论往返，都至少要间隔48小时，用于终端设备的安全维护和能量储备，他到时候直接去我租的房子，神不以真面目示人，他也没有身份，不好住宾馆。"

"好的，你去租房子。"

"还有，忙完这些，我想开你的车，去见一见父母。"齐说，"我想……和他们一起吃一顿饭。"

"这个……可以。"

这样的要求，我不该拒绝。

"没什么重要的事了，要不先睡吧，明早再聊。"齐打了个哈欠，不等我说话，转过身，走进了那间向阳的客房——齐的反客为主让我蒙了片刻，旋即反应过来，苦笑，摇头走进自己的房间。

时针指向两点，我躺在床上，却迟迟无法入睡。我跟齐相处了两个小时，眼见、耳闻、感受的一切足以证明：齐确实是未来的我，千真万确。但除此之外，他对我说的话，似乎有所保留，并不全是真的——这怀疑完全来自直觉，没有任何证据。最后，我还是相信，尽管齐隐瞒了一些事，但多半事出有因，并无恶意。这是因为我很了解自己，我有许多缺点，但绝不卑劣。

我的另一部分不爽源自在跟齐的相处中，我处处落在了下风——齐提出了许多过分的要求，我都屈从了。我和他并不对立，但我依旧讨厌这种感觉。以及，在好几个瞬间，我生出一种错觉，在这个家里，他仿佛才是主人，我是客人。

这也没错，这确实是他的家啊。

第
九
章

替　身

47小时后。

这两天基本风平浪静，齐每天出门晃悠，我全程宅家——起初我也表示过担忧：齐毕竟来自未来，语言习惯奇异，躯干义体又过于完美，全身没有一点色斑、黑痣、疤痕，体毛也过分整齐，就像是人工草坪和天然草皮的区别。

"放心，出门我都穿长袖，会尽量少说话，以免说出各种奇怪的未来名词，就算被C108女性——不对，被漂亮小姐姐搭讪，我也保持高冷。"

"但你的脚步、动作，还是不太自然。"

"有办法，一会儿我穿双带气垫的运动鞋，背个书包——运动鞋在走路时，气垫会产生随机形变，背后书包来回晃荡，影响身体重心，义体会智能调整步伐、身体姿态，来纠正干扰，这样，我的动作，就会非常接近正常人了。"

齐换好装备，在院子里走了两步，确实如此。

"22世纪的义体，外观、触感都能以假乱真。除非我去做细构化——细胞级人体结构数据化，不过这是2050年的科技。今天，我只要不过地铁、车站、机场安检，又或者出车祸被送到医院做X光，是不会暴露的。"

果然，齐出门了两天，没有出任何岔子——至少我没有听说任何岔子。我对这"主随客便"的日子有些不爽，但是为了语冰，也只能忍一忍了。

22日，23：00，医学顾问降临前一小时，我主动开车出门回避。我把车开到两三公里外的一处停车场，躺在座椅上，在平板电脑上打开一部2小时的电影。

这电影刚上线不久，很热，悬疑题材，第一个画面就很有冲击力：一间逼仄、脏乱的平房里，一个戴眼镜的中年男人被绑在椅子上，下一个镜头是特写，一只粗大的手，握着一把利刃，缓缓刺向男人的右眼。

我的心脏，陡然跳了一下。

一个可怕的念头，如鬼火般地从心头冒了出来。

最近两天，我的心里也偶尔冒出一些奇怪的奢望，想设法见医学顾问一面，哪怕聆听"神"的一两句话，都有机会成为伟人，谁不想成为伟人呢？然而，看到这个镜头后，毫无征兆地，奢望变质为恶念：

绑架"神"，用暴力手段胁迫他说出我想知道的信息。

是的，绑架他，我便有机会成为这世界上最伟大、富有的人，而相对而言，风险、难度又太小——他们是赤裸降临的，身无寸缕、手无寸铁，或许藏着不为我知的武器手段，但至少，能看到机会。

我下意识地回头看了一眼汽车的后备箱，那里，放着我前几天准备的防身工具：电击棍、匕首、橡胶锤。

身体不由自主地颤抖起来，不，不，我深吸了一口气，用颤抖的食指关掉了电影，摇下车窗，深呼吸，呼哧、呼哧，外面的空气很热，灌进肺泡，于是我又关上车窗，吸气，呼气，"楚，你不是这样的人，齐是未来的你，医学顾问是来帮你的，他会救语冰的命。"我用了数十次呼吸，才将心中的邪念封印——但无法连根拔起。是的，圣人论迹不论心，只论迹的话，我从小到大遵纪守法，厌恶暴力。但即便如此，我依旧无法阻止恶念的出现。我的性格、道德，内心的底线，能让我不去"做"，但确实无法不去"想"。

又有谁，面对难以想象的诱惑，心里不曾出现过恶念呢？即便是圣人，也无法做到吧。

这一刻，我才明白，"神不以真面目示人"的含义。齐是对的，是我之前太单纯了。我只希望，医学顾问能尽早治好语冰的病，离开。只有这样，我才能摆脱恶念的纠缠。我换了一部喜剧电影，但看得心不在焉，时间仿佛流逝得很慢，近乎凝滞。最后，我关掉电影，拨通了语冰的电话。

电话打了一个多小时，我们聊了许多——我甚至聊了未来，聊到了婚姻、孩子。"我喜欢女儿，我们的女儿，会是这世界上最可爱、美丽的公主。"我说。语冰很惊讶，因为此前我一直很小心地避开这些话题。但现在不一样了，我看见了希望，希望就在眼前。

电话挂断以后，我踩下油门，在凌晨1:35回到家。别墅里灯火通明，一楼的每一盏灯都亮着，但寂然无声，我的心揪紧了，颤抖着推开门，只见齐孤独地坐在客厅的沙发上，脸色显得很疲惫。

"我回来了。"我说。

"嗯。"齐抬起头，一反常态地，他居然没有用"表情包"跟我打招呼，他看着我，一字一顿地说："楚，有件事说一下。"

怎么？我的眼皮猛地跳了一下。

"医学顾问要晚两天到。"

我的心脏被一股无形的力量猛捶了一下，跌坐在沙发上，大脑一片空白，齐立刻说："别慌，一点小事。医学顾问一定会来，只是时间延后48小时。我已经联系了秦文，重新约了时间。他没问题。就是两天后，要麻烦你再回避一次。"

"到底什么情况？"

"没什么，一点意外罢了，并不麻烦，48小时一定能搞定，不会再有变故。"

我深吸了一口气，很自然地，我并不相信齐这番明显有所保留的搪塞。他确实在直视我，语气真诚、表情平静，但这变故实在太突然、太重要了，他的解释又过于简单。我很清楚，一个高明的撒谎者，编造的理由一定是简单、直接的，因为越复杂的谎言，就越容易被拆穿——你用一篇冗长的作文圆一个谎，只要作文任意段落、情节出现漏洞，整个故事就会全部坍塌。

但这毕竟只是怀疑，我没有证据，更重要的是，我不想在这个时候与齐产生裂痕。

"后天，他确定能到吗？"

"确定，我知道你一定有很多想法，但请相信我一次，等两天。这次，绝不会再有任何意外。"

我沉默了片刻，最终点了点头，既然齐这么说了，再追问、争论下去，没有任何意义。我转身，走进卧室，齐也进了客房，我们几乎同时关上门，三道墙壁、两扇木门隔在我和他中间，阻碍了绝大部分的声波与光线。我没有丁点儿睡意，一小时后，我从床上爬了起来，没有穿鞋，只穿了一双厚底棉袜，用最轻的脚步摸黑下楼，打开手机电筒，沉默地、仔细地扫视四周。

储藏室里的一切都与我出门前没有两样，黑色的石墨"棺材"依旧摆在原地，阴森森的，我后背发凉，但依旧走上前，轻轻地将顶盖推开了一点，借着手电的亮光认真观察，信标的内、外壁都很光滑洁净，没有一点灰尘，自然，也看不到任何指纹。地板也很干净，没有任何痕迹。

但不知为什么，我仿佛嗅到一些味道，一些"人"的味道，而且，不是我或者齐的味道。

难道，有人来过？

莫非医学顾问已经降临，但齐故意隐瞒了？他觉察到了我的恶念，提前有所防备？

我全身震了一下，苦笑、摇头，明白很可能是自己多心了。就算真有人来过，那也已经离开了两三个小时，我又不是狗，怎可能嗅出味道。极度的怀疑会产生错觉，我清楚这一点。

我重新上楼，借着月光观察客厅里的一切，餐桌、座椅、沙发，似乎一切都没有动过……等等，鞋柜，不知为什么，我隐隐感觉，鞋柜的摆布，似乎和我出门时，有一点细微的区别，但无法确定——再说了，紫电在家，把鞋柜上的拖鞋当作玩具，也是它的爱好，它听见了我的脚步声，好奇地抬头看向我，异色的双瞳在夜色里格外美丽。

等等……下一秒，我全身的汗毛，全部竖了起来。

紫电的窝被我放了客厅角落，旁边是父母的卧室大门，那里，不对劲……

我父母常年在外，卧室也一直闲置，只是每个月请家政打扫一趟，但最近地下室多了口"棺材"，例行清扫自然就耽搁了，我平素又懒，算下来，这卧室有40天没扫了，地上本该有一层浮灰。然而此时，地板洁净无比，就像刚擦过一样。我俯下身，用手轻拭地板，有点凉，但感觉不出明显的潮湿。

我的呼吸更加急促，于是关上门，开灯，把卧室的每个角落检查了一遍，可惜我并不是个细致的人，也无法确定是否有物件被移动、触碰过。于是我又进了隔壁的客房——同样一个多月没扫，两边区别很明显，客房的地板上，有一层薄薄的浮灰，在浮灰表面，能看到几行清晰的，紫电的梅花脚印。

这差别足以证明，父母的卧室一定被清扫过！

是齐？只有他！他为什么要扫地？他要清理什么痕迹？

经过这两天的相处，我确认齐是个非常有分寸的人，他会参观家里的许多地方，但极少动手，更不会做翻箱倒柜的逾矩事，而主动打扫房间，完全不符合他的性格——也不符合我的。

为什么？为什么？他想干什么？

我艰难地站了起来，深呼吸，转身，刚一抬头，就看见一道长长的人影站在门口，冷冷地、面无表情地注视着我。

这是一张无比熟悉的脸！

这是我的脸！

是齐！

他什么时候站在我身后的？

"啊！"我尖叫着向后跳了一步，顺手抄起桌上唯一的可以当武器的物件——父亲的金属镇纸，横在胸前。意外的是，齐并没有动，他两手垂着，身体姿态显得相当松弛，只是眉头微皱，表情有些困惑。

"你什么时候来的？"我大叫。

"我听见外面有动静，以为你还没睡，想找你说说话，就看到你……"

齐站在原地，苦笑着摊开双手，像是想"自证清白"，我并没有因此放松，死死盯着他的眼睛，齐和我对视了四五秒，忽然展颜一笑，说："你怀疑我扫地的事？"

我愣住了，齐居然主动承认了？

"昨晚等医学顾问的时候，我没事做，端了杯咖啡在家里转了转。在爸妈的卧室，手抖了一下，洒了点咖啡在地板上，你了解我的，咱虽不是勤快人，但咖啡都洒地上了，总归要扫一扫的。"

这理由很简单，但也很合理。死无对证，我无从反驳。

"你怀疑我？"

我不愿回答这个问题，于是保持沉默，我很清楚，这种时候，沉默已等同于承认。齐也沉默了，深深看了我一眼，走回了房间。

这一夜注定无眠。

6月23日，凌晨。

天色未明，我愈发怀疑，在几小时前的子夜，医学顾问其实已经降临，但出于某种目的，齐对我隐瞒了。早晨起床后，我又发现了一个细节：冰箱、厨房里的食物少了几样——齐自然有权吃家里的任何食物，但根据前两天的观察，他对冷藏食品、零食都不感冒，而是喜欢上街，吃那些热腾腾的、满含烟火气的饭菜。

上午，齐出门后，我做了一个不太艰难的决定。

我走进小区保安室，递了两包烟给保安，要求看小区中心路口，当天零点到一点半的监控录像。

如果医学顾问已经降临，那他一定是这个时间段离开的。只要出小区，就必须经过那个路口。而且极有可能，还是齐把他送出去的。

保安相信了我拙劣的理由——"我家好像进贼了，我看看有没有可疑的人"，熟练地调出了监控，然后就去玩手机了。我在电脑前坐了下来，开始目不转睛地观看监控。

这是凌晨，小区里自然很冷清，前10分钟，监控画面里都没有一个人出现，直到0:11，路上终于出现了两道人影，我激动了半秒，但很快失望了，这两人是从监控画面右边出现的，那是小区大门的方向，是"从外面回来"，方向反了。十来秒后，两人走到离镜头最近的位置，是一对情侣，男的我见过，住4号别墅的富二代，女的是生面孔，两人靠得很近。

我摇了摇头，继续播放监控，20分钟后，0:33，又有人出现了，独行，而且出现的位置是画面最左，对得上！我激动起来，把视频放慢到0.25倍速。这人穿了一件长袖套头衫，走路时又侧对镜头，所以看不见五官长相。

我拿鼠标的右手颤抖起来，很明显，这人很可疑——然而这怀疑也只维持了半分钟，半分钟后，神秘人走到路口正中的绿化带边，然后，做了一个"可爱"的动作。

只见他（她）两腿一并，蹦上一旁大约20厘米高的花台，旋即又蹦了下来，接下来，他（她）便用这种蹦蹦跳跳的方法前进，消失在画面的另一端。

我啼笑皆非。毫无疑问，这样活泼的脚步，通常只出现在孩童、少年身上。很快我又发现，这人的身形很瘦小，身高只有160厘米左右——这是我反复对比参照物得出的结论。而且，基本确定是女性——虽然衣服有点宽大，但还是偶尔显露出身材曲线。我把这段监控反复播放了三遍，得出结论：这个穿套头衫、半夜走出小区的"神秘人"，是一个走路带风，蹦蹦跳跳的活泼少女。

齐确实没说过医学顾问的性别、年龄，但你要告诉我，一个说出"神不以真面目示人"的医学顾问，会是一个稚龄少女，我是打死不信的。

我继续播放监控。0:44，又有人出现了，可惜是个中年醉汉，走路摇摇晃晃；0:47，一对老夫妻进了小区；0:52，一个身材中等的男人，骑着电动车，戴着头盔，从路口疾驰而过。

说实话，刚看到这个男人时，我完全没有生疑，直接跳过了——最重要的原因，自然是他骑了电动车，我家没电动车，而且，我也不太相信，一个自称"神"的未来人类会骑电动车。然而半分钟后，我打了个激灵，把视频倒回去，逐帧慢放，仔细看了两遍。

这人戴着头盔，侧脸看不太清晰，自然也无法判断年龄——即便性别，也只是推测：他穿了一件浅色的短袖T恤，牛仔裤，着装、身材线条都比较符合男性特征。只看感觉，并不是我认识的邻居，他戴着眼镜，电动车是踏板款式，我大约算了一下他的骑车速度，时速30千米左右，挺快的。

是的，我家没有电动车，正常情况下，医学顾问也不应该骑电动车离开。但如果放在齐希望隐瞒他降临的前提下，就说不准了。

我喊过保安，问："你记得这人吗？凌晨0:52分。"

保安看了一眼："不记得，他是出小区，也不用刷门禁；只有进小区，又没门禁卡的外人，才会登记、问身份。"

我大失所望，只能把这段视频又反复播放了四五遍，最后用手机录了下来。

相当可疑，但也只是可疑罢了。再往后半个多小时，监控里再没人出现。

会不会，医学顾问翻墙出去了？我有些怀疑，但实在无法将"神"这个身份和"翻墙"联系到一起。

我懊恼地离开保安室，回家，想找部电影打发时间，电话响了，来电人：秦文。

我颤抖地接了起来。

"秦教授。"

"您好。"秦文的语气很严肃，"我回国了，有空见一见吗？"

我的大脑空了几秒，完全不知如何回答。这段时间，齐与秦文都交流了什么，包括相约见面、之后又临时延期的理由，我一无所知，只知道齐自称的身份是我的朋友，现在，秦文忽然打电话给我，和这事有关吗？

我思索了几秒，决定去见一见秦文——并且，不把这件事告诉齐。

最近这两天，出现了太多意外，齐似乎对我隐瞒了许多事。而秦文，或许就是突破口——齐不肯告诉我他说服秦文的理由，说那是秦文的隐私，但如果当事人愿意主动说出隐私，我自然愿意倾听。

"我现在就有空，您呢？"

"那就现在，你定地方，我去。"

我愣住了，本以为秦文会说"你来医院找我""你来某某地方"，但他居然问起我的意见。我犹豫了片刻，还是说："我去医院找您吧，半小时内到。"

"可以，我等你。"

我挂断电话，出门，打车——不开车的原因是怀疑齐在监控我——赶到医院。秦文办公室的门虚掩着，我轻轻敲了两下，听见了"请进"的声音。

我走进门，秦文立刻站起身，迎了上来——旋即用力关上门，接着反锁上了。

我有些心惊，但没有表露出来。

秦文没有说话，只是静静地看着我，目光十分复杂，似乎包含了许多内容。我更紧张了，也不知该坐着还是站着，只能沉默地和他对视。秦文摇摇头，对我伸出右手。

他要和我握手？有必要吗？

我有些困惑，但还是伸出手，秦文握紧我的手，用无比认真的语气说："谢谢你那位朋友。他说这几天临时有事，把见面的时间推到了明晚，我不知道他是不是不愿意见我，如果真是那样，请你务必帮我转达我最诚恳、真挚的谢意。如果不是他，那我的父亲……唉……"

秦文的脸上，泛出些微的怒容，但看向我的目光依旧饱含感激，我目瞪口呆，秦文的父亲？听他的意思，齐居然帮助了秦文的父亲？我闭上嘴，不敢说一个字。

"语冰的病，我会尽一切可能想办法。"秦文又说，"你先不要告诉语冰，等时机合适的时候，我来跟她说。"

这一次，我彻底惊呆了，毫无疑问，这是个天大的好消息，我一时几乎忘了呼吸："谢谢！"

"其实，我本来想问一问你朋友的身份，但想想还是算了，如果他不愿意告诉我，那我也不该问你。我只是想不通，他这么杰出的人，我为什么一直不认识，甚至没有听说过。"秦文的目光很热烈，似乎，还夹杂了一些崇拜。

我深吸了一口气，说："秦教授。"

"嗯？"

"我能问您几个问题吗？"

"你说。"

"我那位朋友，到底帮了您父亲什么忙？"我说。

"他没跟你说吗？"秦文有些惊讶，但很快便释然了，他说，"没事，这也不是什么秘密，我上次跟你说过，欧洲出了一种治疗阿尔茨海默病的新药，我的父亲得到了一个名额，但没想到，分组时被分入了双盲试验的对照组。"

"对照组？"我深吸了一口气。对照组与实验组相反，实验组服用新药，而对照组则用"安慰剂"姑息治疗，两相对比，获得科学、准确的数据。这过程冰冷、残酷，却又是医学、科学发展的必须。

"作为一个医生，我理应接受这样的安排，但作为一个儿子，我无法接受。"秦文的目光很冷，"谢谢你的朋友，告诉了我这个事实。"

"他……他怎么知道？你确定吗？"

"确定，他告诉我，这种新药里有一种三苯环结构，可以用试纸测出来——我找到了那篇关于新药的论文，用试纸做了两次测试，确实是安慰剂。"

"然后呢……"

"然后能怎么样？去理论？力争？有用吗？我一个医学教授，却不能遵守最基本的双盲试验规则？唉，我曾经以为，以我的人脉关系，学术地位，对方不会将父亲分入对照组的，但我还是高估自己了……我曾经以为自己享有特权，并欣然接受，但当发现事实并非如此时，就反戈倒向？不，这太无耻了，我觉得，我还没有无耻到这地步……"

我深吸了一口气："真有特权阶层，可以在双盲试验里确定分入实验组？"

"那当然，你不会相信，美国总统需要一种正在临床试验的药物来挽救生命，也会抽签决定进入实验组还是对照组吧？权力能改变命运。唉，这也怪我，毕竟父亲得的是阿尔茨海默病，全世界至少有几十个前元首、巨富急需这种新药，这么想，父亲被归入对照组，也很正常吧。"

我默然无语。

秦文的目光更加热烈："无论如何，只有极个别人，有机会知道一位患者是被归入了实验组还是对照组。就我所知，这种新药，核心研发人员都是欧洲人。而你那位朋友却是中国人……至少中文很标准，我实在想象不出，他是哪方神圣。"

我苦笑起来，齐的身份，我自然无法透露，正当我犹豫该如何跳过这个话题时，秦文已说："你不用为难，我确实对他的身份十分好奇，但既然他不愿意说，我也不会问你。更重要的是，我感觉，他似乎真的有办法，治愈阿尔茨海默病……"

"什么？"

"你知道，我的科研方向是脑科学这一块……你那位朋友，他直接告诉了我一个分子式，这分子式和我之前参与研发的一种药物非常接近，只存在一处关键结构差别，之前那种药最终没通过毒理学评测，但你朋友说的这个分子式，我认为非常有可能，是解决阿尔茨海默病的最终答案……"

"仅仅是一个分子式，就能得出结论吗？"

"当然不能，但你的朋友还说了这种药物的简单机理，他解释得非常简短，但直切要害……他甚至跟我说了一些有关阿尔茨海默病、海马体蛋白与记忆、意识联系的知识，这些知识是目前人脑研究中最困难、也最重要的盲区。不瞒你说，他刚开口时，我以为他是个民科，但我错了……他只用了两三分钟，就让我醍醐灌顶，我只恨当时没有录音！我现在唯一想不通的是，他既然知道这些，为什么不发论文、研发药物，冲击诺贝尔奖……"

是的，如果在常人的角度去看齐，他自然是个处处无法解释的"异类"，言多必失，我只能继续沉默。

"我也问了一些问题，但他没有解释，只说自己是你的朋友，而且欠你一个很大的人情，他只给我提了一个要求，那就是尽力帮助语冰。他甚至告诉了我另一个分子式，说是能治语冰病的药物。这个分子式，以及药理简述，我发给了一位相关领域的专家，他的回复是，很有希望。"秦文的目光更加热烈，他说，"齐楚，我一度怀疑，你是不是救过飞碟失事的外星人。"

"秦教授……您的想象力，有点太丰富了。"

"太疯狂，这世界太疯狂了，如果这都是真的，我想说，你的这位朋友，就是一位神……"

我颤了一下，秦文提到了"神"。"神不以真面目示人"。当一个世纪后的人类降临这个时代，他们就是"神"。秦文显然还不知道，再过不到两天，他也会获取"神格"，成为这个时代、这个世界的"神"。

"关于他的事，我真的不能多说，抱歉。"

"我想问，你朋友，他真会见我吗？"秦文问。

"会的。"我说，"至少我知道，他一定会见你，对了，到时候，他会再带一个人，他跟你说了吧？"

"我知道……好，好，好，明晚，我一定准时赴约。"这一刻，我甚至在秦文身上，看到了些许局促与紧张，他说，"请您一定帮我转达，我最真诚的谢意。"

"我会的。"

秦文将我一直送到电梯口——其实他本还要送下楼的，只是我坚决推辞才作罢，如此"礼遇"让我生出一些一人得道鸡犬升天的飘飘然，见完秦文后，我对齐的怀疑、不满也消释了大半，齐确实藏了些秘密，但至少在最重要的事情上，他没有骗我：他有能力救语冰，也正在这么做。想到这里，我觉得一切都不那么重要了。

电梯门关上了，缓缓下降，在某个瞬间，我很想按下2楼，去见一见语冰，但终究忍住了。毕竟，我们还会有很久、很久的未来。

第十章

神　降

出乎意料的是，我最终还是见到了神。

据齐说，25日0点，医学顾问准点降临在我家地下室，一刻钟后出了门，由齐开车护送去了城郊租下的房子——又一次，我调看了监控，齐说的是真的。

0:15，齐引着一个身材瘦高的男子，在我家方向的路口出现，男子穿了一件深色的长风衣，穿运动鞋，帽檐压得很低——这几件衣物都是我的，面容被口罩遮得严严实实，由于有住户陪同，保安也没有盘问。我屏住呼吸，将视频录了下来。

医学顾问身高180厘米左右，走路姿势有些别扭，并不平衡，右脚略跛，身体重心明显偏向左侧，即便如此，我还是从他身上，感受出沉稳的气质——这也非常符合我对他的想象，他和齐并排而行，但全程都没有交流，至少看不出来。

我本以为，这段不到10秒的录像，便是我能看到的神的全部影像了。然而我错了。

齐跟秦文新约的见面时间是医学顾问降临的46小时后：26日晚22点，我吃完晚饭，正要出门回避，齐忽然对我说："不用出门了，你可以在家。"

我又惊又喜："医学顾问愿意见我？"

"算是吧，反正你不用出门了。我知道，最近你对我有许多想法，这也难怪，遇到这么多事，怀疑也正常。实话说，我不希望咱俩之间出现太大的隔阂，毕竟未来我还需要你的帮助。正因如此，我刚才跟医学顾问提了一下，他没有反对。不过，他到时候会戴口罩、墨镜，甚至不一定会理你，请你做好心理准备。"齐说，"我、医学顾问、秦文，我们三个人谈话，全程会在别墅地下储藏室，到时候，还是请你留在楼上。"

储藏室，我愣住了，那不是存放"棺材"，也就是信标的房间吗？那里适合见面？

"为什么在储藏室？"

"他选的，因为储藏室隐蔽，门还可以反锁。我会提前把信标用布盖好，再堆一些杂物，至少看不出棺材的形状。以秦文的品性，是不可能翻别人家的家具的。等会儿我们搬一套桌子椅子下去。我们会聊两小时，0点，医学顾问就会返程，爬进信标，回未来世界。他认为，在这个世界多待一分钟，都会有危险。"

我点头，但心头生出一丝异样的感觉。是的，这次见面，医学顾问将告诉秦文超越时代的医学知识，这是一次"神格"的恩赐，但我无权参与，甚至没有旁观的资格。

"你需要知足。"我对自己说。

秦文是在晚上9:30到我家的，比约定的时间早了半个小时。他穿了白大褂，全身一尘不染，不仅如此，他甚至染了头发，短发漆黑整齐。很明显，他对今晚的见面相当重视。齐去接医学顾问了，家里就我一个人，秦文坐在沙发上，局促地等了20分钟，直到门铃又一次被摁响，我们便立刻迎了过去，门开了，两个"特别"的男人静静地立在门外的黑暗中，仿佛两尊沉默的雕像。

是齐和医学顾问。

两人都戴着口罩、帽子，齐穿着挺随意：白衬衣、牛仔裤，修了眉毛，做了眼妆和皱纹——这样就不会跟我太像，令秦文怀疑。而我的全部注意力，则被另一侧的医学顾问全部吸引了过去。这是一个被黑色包裹的男人：风衣、帽子、口罩，都是纯黑色的，鼻梁上架了一副黑框眼镜，镜片后面，闪烁着一双深邃的漆黑瞳孔。

一身黑衣的医学顾问，恰好站在一袭白衣的秦文正对面，两人身高相若，黑衣人站在阴影中，白大褂立在灯光下，一黑一白、一阴一阳，两道人影对面而立，构成奇异的视觉影像。

"你好。"秦文怔了片刻，显然，这两人的造型让他惊疑甚至恐惧，但他还是伸出了手。医学顾问点点头，从风衣袖口里伸出手，他的手倒很白，两只白皙、光洁的手交握在一起。这两人手指都很修长，指甲剪得很短，食指内侧有明显的老茧——这是柳叶刀留下的痕迹，相比之下，医学顾问的手甚至更白净、光洁一些，手背上皱纹略浅，血管、青筋更加明显。

"他比秦文还年轻？"我很快想到，一个世纪后，人的年龄，已无法依靠肌肤外观判断。

"我是秦文，请问该怎么称呼您？"

"秦教授，您好。我，只是一个无名之辈。""神"开口了，他的声线很奇特，带有明显的气泡颤音，略显沙哑，又不乏柔和，似乎刻意为之。

下一秒，我也惶恐地伸出手去，想和"神"握手，"神"没有拒绝，他的手很温暖，明显属于人类。不知为什么，我生出一种感觉，那便是面前的神，似乎并不如外表那么漆黑、冰冷。

齐不动声色地看完这一切，缓缓说："秦文教授，我们下楼聊。"

"下楼？"秦文再次愣住，白皙的额头上隐隐渗出几滴汗珠，很明显，跟两个不露真容的神秘男人去地下室，他有些忐忑。医学顾问笑了笑——口罩边缘的肌肉微微牵动，从黑风衣口袋里，取出一叠A4纸，纸上印着密密麻麻的文字、公式。秦文略一犹豫，还是接了过去，半分钟后，秦文深吸了一口气，脸颊上的肌肉微微颤动，又过了半分钟，他的十指已颤抖到无法翻页了，目光里放射出狂热之色。

"走吧。"齐再次发出邀约，这一次，秦文毫不犹豫地答应了。齐带头往楼梯走去，秦文跟在后面，脚步虚浮不稳，医学顾问则走在最后，和视频里一样，他的右脚有些跛，走路时身体左倾，右脚则在地板上拖行，鞋底与地面发出很不悦耳的摩擦声。下楼时，由于扶手在右侧，他只能靠着扶手，用左腿单腿一层层地往下蹦，很快，秦文惶恐、虔诚地扶住了他。

来自未来的"神"，竟治不好自己的脚？我有些困惑，莫非，齐说他迟到的原因，那场意外，是一次不太严重的车祸？或者运动扭伤？算了，不多想了，这与我无关。

我站在客厅中间，目送一黑一白两道身影，渐渐变矮，消失在视野中，下意识地，抬头看了一眼挂钟，21：55。

按照计划，他们会在储藏室聊两个小时，然后送走秦文。0点，神会准时进信标，返回未来，这两个小时，我要做、能做的唯一事情，便是等待。

别墅的隔音很好，听不到楼下的任何声响。我强忍好奇、忐忑、期望，把身体钉在客厅沙发上，看着挂钟的秒针艰难、坚决地顺时针转动。一圈、两圈……十圈……一百圈……23：45，离会面结束只剩不到一刻钟，一句来自脚下的模糊人语钻进耳膜——听不见内容，也辨不清身份。我惊了一下，很快意识到，储藏室里，刚刚有人高声说了句什么。

是谁？为什么忽然放大嗓门了？我有些忐忑，但还是忍了下来。"可能是临别前激动道别？"谁知5分钟后，23：50，我又一次听到了储藏室里的人语声。

"你是？怎么可能？！"

这声音很响，以至于突破木门、墙壁的重重阻碍，刺入我的耳膜，尽管不太清晰，但依旧足以听清内容，以及说话人的身份，是秦文？我怔住了，旋即冲进厨房，趴下，耳朵贴在地板上，细听楼下的动静……几秒后，耳膜里，传来一个沉闷、清晰的声响：咚。

似乎是某件重物倒在地上的声音。

我的呼吸、心跳同时停滞了，全身冰冷，天旋地转。

楼下发生了什么？！

我再也顾不上约定，跌跌撞撞地爬起来，奔下楼，敲门。

"谁？"是齐，声音微微发抖。

"怎么了？"

"没事。"齐说。

"可是……我听到有动静。"我想伸手拧门锁，但忍住了。

"相信我，没事。"齐说。

"到底怎么了？"我大喊，"这是我家！"

"真的没什么，有一点小误会，但无伤大雅，再过一刻钟，我们就出来！"

一刻钟？我下意识地看了一眼时间，23：54。"你之前不是说，0点之前结束见面，送秦文回家的吗？秦文呢？你让秦文说话！"

这一次，房间里沉默了，10秒，20秒，30秒……我等了足足一分钟，再没有任何回音。相反，一个令我毛骨悚然的声音，在门内响了起来，吱嘎……这是信标，也就是石墨"棺材"顶盖打开的声音。

储藏室里，到底发生了什么？

他们把秦文怎么了？

不！即便是"神"，也不能随意伤害凡人！

我再也忍不住了，用力去拧门锁，但纹丝不动，门被反锁上，我呆了一瞬，旋即用力捶门，"你们在干什么？！住手！"我疯狂地喊，大约一分钟后，我咬了咬牙，后退了两步蓄力，然后猛然前冲，右边肩膀狠狠撞在了门上，咚，我被弹飞了出去，整个人几乎散了架。

但木门的门锁附近，也多出了一道明显的裂缝！

我强忍疼痛、弓腰，正要再次撞门，忽然，门里传出一个沙哑、冷漠的声音："齐楚。"

我的双脚钉在了原地——这是医学顾问的声音，是"神"的声音。

"不，你现在不能进门，如果你强行闯入，我将撤回对你的爱人语冰的帮助。"

我呆住了，这句话击中了我的软肋，我双腿一软，几乎跪在了地上。

"除此之外，我还要提醒你，不要把我们降临的事，告诉任何人，包括你的父母、爱人。""神"的声音更加冰冷，"我以神的身份向你保证，秦文没事。10分钟后，齐会让你进门。"

我看了一眼时间，23点57分30秒。

"可是，之前不是说0点……"

"你答应我。""神"冷冷地打断了我。

我艰难地说："如果你说的是真的，我一定保守秘密。"

"现在，上楼，坐回你原来的地方……"

我仿佛被抽空了，意识、力量，全部被剥离身体，我木然转过身，靠在楼梯上，一步步往上挪，身体竟如此沉重，令我呼吸困难，举步维艰。上了七八级后，我不得不停下来，呼哧呼哧地大口喘气。"吱嘎"，双耳又一次听见摩擦声。我扭过头，死死盯住那扇已有了裂痕的木门，几秒后，我感觉双眼花了一下，门被扭曲了，长方形的四边同时畸变，一会儿变成椭圆形，一会儿又成了平行四边形，我抬头看了一眼时间，0:00。

我如行尸走肉般爬上一楼，瘫软在沙发上，我因自己的懦弱而羞愧、愤怒，我为什么是这样的人？

"楚。"

我恍若未闻。

"楚！"

似乎是齐在叫我。

"下来吧。"

我下了楼，储藏室的门居然开了，我屏住呼吸，往里看了一眼，就这一眼，我整个人活了过来。

秦文坐在正对大门的椅子上，却没有看我，目光直视前方的白墙。他很虚弱，后背瘫在椅背上，额头上有一层汗，头发、领口都乱了，就连身上的白大褂，也多了一些皱褶、灰尘。和两小时前相比，秦文显得失魂落魄，好像一下子老了四五岁。但无论如何，他还活着，也没有受伤——他的精神状态显然不对，但这太正常了，甚至可以说，如果此刻他精神正常，那才是不正常的。

齐站在秦文身边，医学顾问则不见了踪影，在储藏室靠墙的位置，石墨信标依旧被白布遮盖得严严实实——白布的位置、形状都有些改变，显然刚被动过。齐走到我身边，把我拉进隔壁房间，对我耳语道。

"放心了吧，刚刚时间紧迫，来不及解释。"

"怎么回事？"

"今晚，医学顾问向秦文传授了29KB的知识信息，这些知识，足以让他成为这个时代的神。秦文非常激动，一度怀疑我们是外星人……然而事情坏就坏在这里，秦文求知若渴，23点50分，本该结束见面的时间，但他一直在追问几个技术的关键细节——事发突然，秦文的情绪又有些失控，为了确保安全，保证医学顾问准时返程，无奈之下，我们对他用了短效麻醉药……"

"你们麻醉了他？"我有些惊讶，在印象里，秦文一直是个沉稳、睿智的人，他居然会失态，可想而知，这一晚，"神"带来的知识是多么震撼、颠覆。

"是的，你放心，秦文没事，你刚才也看到了。我刚刚说服了秦文，让他竭力利用这些知识造福人类，不必继续追究我们的身份。"

我点点头，问："医学顾问已经走了？"

"是，秦文麻醉后，医学顾问就进了信标，返回了未来。"齐说，"整个跃迁过程，秦文都处于麻醉的昏迷状态，没有丝毫意识。他现在还处于短效麻醉后的恢复阶段，10分钟后才能基本清醒，我再跟他聊一会儿，然后送他出门。"

果然，五六分钟后，秦文缓了过来，他的呼吸很慢，很深，每一次呼气、吸气，都像是要把所有肺泡填满，再彻底排空。又过了10分钟，秦文站了起来。"我送您回家吧。"齐说。秦文点点头，走向楼梯，他的脚步有些迟钝，但依旧稳定。上楼时，秦文没有去扶身侧的扶手，双手始终插在白大褂的口袋里。我仰着头，目送他上楼，洁白的身影在灯光下显得异常瘦削高大。临别时，秦文转过身，一字一顿地对齐说："尽管我不知道你们的身份，但是，谢谢。"

齐微笑——尽管戴着口罩，但依旧能看出嘴唇的轮廓，说："再见。"

秦文又转过身，用同样的语速跟我说："你放心，我会治好语冰的病，他们给了我这个能力，我有这个信心。"

这句话宛如仙乐，我的一颗心几乎从胸腔里蹦了出来，一晚上的紧张、疲惫一扫而空。是的，没有比这更好的事了，秦文、齐，两人的身影在灯光下熠熠生辉。我哽咽，用力点头："谢谢。"

"你应该谢谢你的朋友，还有你朋友的朋友。"

"我开车送您吧。"我对秦文说。他却摆摆手："不用，我自己走。"我有些失望，我宁愿他像上次一样，说"你上我车，我在路上和你聊"。秦文走到车边，将手探入口袋，摸索钥匙——先是上衣，之后是裤子，把钥匙放到眼前，一把把寻找，整个人显得失魂落魄。汽车一连熄火了三次，这才跌跌撞撞地启动了，两秒后，双跳灯居然闪了起来。今晚的"神启"摧毁了他原本的精神世界，而重建的世界尚未打完地基。我心情复杂，有些同情秦文，但更加羡慕、嫉妒，忽然，我的肩头被拍了一下，是齐。

"回去吧，我还有些话要跟你说。"

第十一章

大人物

翌日，6月27日，晨。

我和齐合力把信标从地下室抬上楼，搬上一辆问朋友借的皮卡，盖好。齐会开车把它带到新租的房子——一口"棺材"放在家里，父母万一回来，实在没法解释。

"我这几天也住那边。"齐说。

"到地方你怎么卸货？"

"不用担心，我准备了工具。"齐说，"等我离开那天，我会把房子地址告诉你。"

我自然有些不爽，齐几小时前说，他打算再逗留五天。这五天依旧是他出门，我居家，不仅如此，他还要走了我的身份证、记者证，说要办一些"绝对合法、绝对有益无害"的事。

我犹豫了一会儿，最终还是相信了他。

最过分的是，齐竟让我给他十万现金——那一瞬，我甚至怀疑对面的这个"自己"是个江湖骗子。

我把塞满人民币的挎包递给齐，齐也不点，漫不经心地把包扔在副驾驶座上。"放座位下面！"我赶紧提醒，齐嘿嘿一笑，照办了。皮卡车不快不慢地开出小区。我吸了口气，走回客厅，打开了手机上的一个软件。

屏幕上，一个红点在地图上缓缓移动。

是的，我跟踪了齐，把皮卡的行车记录仪和手机做了同步——毕竟他最近瞒了我太多事。以及，他在外面做的一切，最终的买单人，是我。

我也不确定，齐有没有注意到行车记录仪——再说一百年后，还有行车记录仪吗？总之从轨迹看，齐开车很规矩，从不超速，皮卡车一路向西，最终停在城乡接合部的红叶小区，我查了一下，小区里是三十多栋拆迁安置的独栋双层别墅，入住率非常低，确实很合适。记录仪的定位很精准，我看到，皮卡车最后停在了小区东北角，11号别墅院子里。

"这就是他租的房子？"我决定，如果有必要，就去一探究竟。

皮卡在11号别墅停了三个多小时，在下午3点再次发动，一路驶向市中心——途中曾经过我家附近的路口，最后，在离市政府大楼不远的一处空地停了下来。

我把地图放大，以便显示周边的建筑、地名，旋即目瞪口呆。

齐停车的位置，竟是公安局停车场。

他居然去了公安局？"他找到了那个害我的人，所以去报案？"这是脑海里蹦出的第一个念头。为什么不让我去呢？更何况这件事，完全没必要瞒着我啊！难道他只是停车在那，去路对面的商场、步行街？不，公安局的停车场并不好进，至少要出示记者证，再说，商场也有停车场啊。

我又惊又疑，决定去现场一趟，于是戴好墨镜、口罩，走到小区门口，上了另一辆租来的SUV——我一早就计划跟踪齐了，只是前两天他都打车。我把车停在公安局对面的路边，这里能看见齐开的皮卡车，至于他在哪儿，在做什么，我无从知晓。

当然，我的主要注意力，都放在一旁的公安大楼上，大楼共12层，门口挂着国徽，庄严肃穆。

半个小时，齐没有露面。

一个小时，依旧没有动静。

两个小时，5点半，天色微暗，齐的车依旧停在原地，我怀疑，是不是齐察觉到被跟踪，故意换了交通工具。我正想放弃、回家，只见公安大厅门口，出现了一道熟悉的身影。

是齐。

他是被一个警察送出来的，警察个子不高，年纪不大——通过照相机的长焦镜头，我看清了警察的面容，国字脸、浓眉大眼，从警徽看，是二级警司，两人热情地握手道别，从表情看，似乎相当熟络。

我呆住了，这警察我并不认识。难道说，就在刚刚，齐跟这位年轻的二级警司，聊了两个小时？齐可是一个世纪后的"大人物"，这会不会太屈尊了？我继续变焦，想看清警察的警号，可惜距离还是远了点。就在这时，齐已转过身，往停车场走去，上车、发动。我不假思索地跟了上去。

此时是下班高峰期，车很多，我在十字路口堵了两三次，幸亏有行车记录仪才没跟丢。齐开了两公里，最后居然开到了大学城，在一家露天大排档坐下来，要了四五个菜，两瓶啤酒，自饮自酌，期间有两个女大学生过来拼桌，齐也泰然自若——很显然，他已经融入了这个时代、这个世界。我起初还偷窥得挺起劲，但不久便失去了兴致。

然而很快，又出"状况"了，7点30分，一个男人不知从哪出现，走到齐身后，拍了拍他的肩膀，齐立马站了起来，和男子热情地打招呼。我赶紧取出相机，用长焦镜头对准他们，当看清男子面容的一刻，我愣住了。

来人竟是一个金发碧眼的白人小伙，五官分明，四肢修长，肌肉线条相当完美。他穿得很时尚，一身名牌、潮牌，以至拼桌的两个女生，都朝他行注目礼。齐和白人帅哥寒暄了两句，然后一并走向路边，钻进了一辆造型夸张的跑车。

我赶紧发动汽车，跟上这辆价值百万的跑车——为了不跟丢，甚至咬牙闯了黄灯，幸好，跑车只开出六七百米，就在一处商业街停了下来。两人下了车，径直走向不远处一家人头攒动的酒吧。

酒吧门口立了一面巨大的霓虹灯招牌，"绯闻"，灯光暧昧。下一秒，原本聚在酒吧门口的六七个年轻女孩立刻迎了上去，围住齐身边的白人男子，热情地互打招呼——随后便一起进了酒吧大门。

这六个女孩里有两个白人，其他四位亚裔女孩，看穿着、气质，也不太像中国人，更偏日、韩风格，像是一群留学生。除此之外，这六个女孩还有一个共同的特点，那就是漂亮，不仅漂亮，而且性感时尚，刚才酒吧门口，至少十几个男性都盯着她们看。

看齐的样子，像是与她们初次相见，但表现得很自然，更与一位金发美女拥抱致意。我不禁摇头、苦笑——齐之前向我保证，他在外面会表现出"社交恐惧症"，避免与他人近距离接触。现在看来，他哪是社交恐惧症，应该是"社交恐怖分子"才对。

那男人是谁？齐今晚来干什么，只是单纯的喝酒？我很好奇，于是决定跟进去。

我对着后视镜，给自己梳了个莫西干发型，修眉，打脸颊阴影——这一套下来，至少别人看到我和齐站一块儿，只会觉得是一对"亲生兄弟"，而非"孪生兄弟"。我走进酒吧，音乐很吵，空气里弥漫着香水和荷尔蒙的气息。我很快在里面的VIP卡座上发现了齐，他坐在那个白人帅哥右侧，似乎喝了些酒，脸色微红，在和一个穿热裤的亚裔女孩玩骰子，两人互动得非常亲密。这老小子。

我哭笑不得，同时有些愤怒，哭笑不得是没想到齐居然如此"开放"。愤怒的原因有两个：齐的身体毕竟是义体，和异性如此亲密的肢体接触，很可能会被察觉不对劲；更重要的是，这酒吧在本地非常出名，他今晚的所作所为，万一被我或语冰的朋友、同事看到，回头我怎么解释？

我咬牙切齿，但偏偏无可奈何，只能找了一个座位坐下：正好在齐的侧后方，不太容易被他发现。我点了一杯果汁，几样零食，东西还没上全，就看见齐身边的白人男子离开了座位，往舞台上走去。

难道说，他想要上台跳一段？这也正常，毕竟他算是全场最靓的那个。

白人男子走到台前，却并没有走台阶，而是下蹲，两腿并拢，轻轻一跃，便跃上了舞台。我愣住了，这舞台至少有一米四高，看他的姿势动作，明显还有余力，这至少是二级田径运动员的身体素质。我很快发现，自己还是低估了他，白人男子上台后，只用了半分钟就成了全场的焦点——单手支撑、倒立、侧翻、旋转，一套舞蹈酷到炸裂。好几次，就连现场DJ都没跟上节奏。

这身体素质，令人艳羡。

我暗自咋舌，转过头，重新看向卡座，却惊讶地发现，刚刚还坐在座位上，"左拥右抱"的齐，居然也不见了。

他的座位空在那里，旁边，六个漂亮女孩倒一个不少，正为台上的"舞王"鼓掌喝彩，唯独齐不见了踪影。

莫不成，齐也上台了？

我可不会跳舞啊！这老小子啥时候会的？难道是在床上瘫痪的那几十年里学的？！

我转过头，往舞台上看……迷幻的灯光下，以白人男子为中心，十几个年轻男女在扭动身躯，里面并没有齐。

难道去厕所了？

我深吸了一口气，环视四周，下一秒，我猛地哆嗦了一下，险些从座位上跌了下来。

面前，不到半米的地方，站着一个熟悉的身影。当然，更熟悉的是他的面庞——一张我每天早晨照镜子都会看到的面庞。

不知什么时候，齐居然来到了我对面的座位上，手里端着一杯色彩鲜艳的鸡尾酒。他似笑非笑地盯着我看了七八秒，最后把鸡尾酒递到我面前。

我也笑了笑——虽然没有镜子，但我知道，这笑容一定无比尴尬、僵硬，我端起鸡尾酒，又不知道该不该喝。

"你……看到我了？"我问。

"其实，我一大早就知道你跟踪我了。"

我的右手猛颤了一下，鸡尾酒从杯口洒了出来，溅了几滴在桌上，折射出淡青色的光芒。

"你是不是对我有点意见？"齐笑得更灿烂了。

我不说话，意思显而易见。

"你是不是以为，我在体验生活？"

"难道不是？"

下一秒，齐收敛起笑容，伸出食指，指向舞台上热舞的白人帅哥，一字一句地说："亚历山大·仲马，跟著名作家同名，二十一岁，法国留学生，他的父亲是政府议员，七十年后，这位'种马'先生的身份，是欧盟主席。"

欧盟主席？我难以置信地看着台上的花花公子，这世界太疯狂了，魔幻到难以置信。

"当然，你们这条世界线已经发生了改变，但他的能力、背景没变，就算世界线发生偏差，他混得也不会差。"齐说，"你别不信，好几任美国总统年轻时也这吊儿郎当的样子。"

我苦笑："好吧，至少能看出，他的交际能力很强。"

"下午，我见的那个二级警司，何平，未来的政法委副书记。他和亚历山大两个人，都是我未来的好朋友。我了解他们的性格、爱好，所以就越俎代庖了。我今天做的一切，都是在给你的前途铺路、搭桥。"

"你……为什么不提前说。"

"这不是为了给你惊喜嘛。"

我哑口无言。

"好的，我要回去了，毕竟还有六个美女等着啊。"齐意味深长地说，然而下一秒，他的眉头皱了起来，我一愣，跟着他的目光看去，只见他们原本的卡座那边，不知何时，多了两个陌生的男人。

这两个男人一高一矮，体型都挺壮硕，肩膀是常人的两倍宽，就像一大一小两个石墩。两人都有文身，平头，一看就不好惹。只见两人毫不客气地坐在齐和亚历山大留下的空座上，与一旁的亚裔女孩搭话。女孩露出嫌恶的表情，缩了缩胳膊，往旁边挪了一点，但男人很快又凑了过去。

我看向齐，他也看向我，同时苦笑起来。显然，这是两个酒喝多了，到处搭讪的肌肉男。"怎么办？"我问，然而很快，卡座旁又多出一道身影，是亚历山大，不知什么时候，他居然回来了。两方对峙，交流了几句，从表情、动作看绝不友好。

亚历山大以一对二，只看体型，对面两个人都比他高三四个重量级，我不禁有些忐忑："要不要喊保安？"

齐笑了起来，一副云淡风轻的模样。

"你不怕……"

我话音未落，就看见高一点的肌肉男伸出手，搂住了一旁的亚裔女孩，女孩反应不及，被搭住了肩头，想要挣脱，但男人明显发了力，妹子花容失色，尖叫了起来，是韩语。

酒吧的灯光闪烁，骤亮骤灭，就在灯灭的瞬间，我清晰地听到两声"哎哟"，半秒后，灯光又一次亮起，只见一高一矮，两个形似石墩的肌肉男，一个捂鼻、一个掩裆，同时向后仰倒，跌倒在地，几个留学生女孩惊恐地跑开了，现场一片混乱。

我惊呆了，脑海里反复播放刚才看到的一幕，是的，就在刚刚，短短半秒内，那位被齐戏称为"种马"的白人小伙，骤然出手，击倒了两个体型健硕的"石墩"——由于动作太快，灯光迷离，我根本没看清他出手的过程，只能大概看出，他先用肘击凿在矮个子的鼻梁上，顺势膝撞，撞上了高个子的命根子。两人瞬间失去反抗能力，但没有受伤，保安立马围了过去，维持住了场面。

"对了，这位亚历山大，还是一位半职业的橄榄球四分卫，练过六年自由搏击。"齐拍了拍我的肩膀，说，"有这么一位好朋友，是不是很有安全感？"

齐大笑，从我手里取过鸡尾酒，一饮而尽，往卡座走去。我的大脑嗡嗡作响，欧盟主席，外加下午那位"政法委副书记"，齐，不，我居然能"高攀"上这样的朋友？但很快我失笑起来，是的，这两位未来的"大人物"，在这个年代，还不过是一个花花公子和一个二级警司罢了。

祝我前程似锦。

接下来的四天，他又拜访了七八位未来的"大人物"：包括一位互联网巨头、一位宗教领袖、两位部级领导——当然，这都是这些人几十年后的身份。

齐把这些人的资料（爱好、性格、弱点），外加见面录音，都整理打包，留给了我。临别前一天，齐独自坐高铁，去见了父母。

见面时我自然没在场，但齐回来后变了不少。如果说此前，他在我面前，多多少少保留了一些高深的"神性"，那么见完父母后，"神性"消失了，我甚至感觉，齐的心态一下子老了许多，尽管外表依旧年轻，但给我的感觉已像是一个不折不扣的老人了。

"这是我成年后，第一次拥抱父母。"齐说，"父亲很诧异，问我是不是遇到什么事了，母亲，她掉眼泪了。"

我心头一震，是啊，自从成年之后，我便再也没抱过父母了，这也是大多数东方男性的习惯：习惯将爱隐藏得很深，羞于表达。所以当某一天，我们忽然去拥抱最亲近的人时，亲人的第一反应往往是惊讶甚至担忧。尽管爱不会因为含蓄而消失、磨损，但也失去了滋养的可能。我决定，下次父母回来，也要抱一抱他们。

"你们聊了什么？"我问。

"没什么，就是工作生活的那些事，顺便关心了一下我的女朋友。"齐笑了，"对了，前两天，我在医院门口见到语冰了。我坐在咖啡店二楼，语冰在公交站台等车，我们的距离，也就三四十米吧，那天她穿了一件白裙子，扎了马尾辫。那趟公交车晚点了二十分钟，她一直在站台的铁皮长凳上坐着，到后来越来越焦虑，两只手放在膝盖上，握着手机，但也不看，而是每三四秒就要抬一次头，看看车有没有到，那一刻，我的心都在隐隐作痛……"

我静静地听他说完，一些奇异的复杂情绪在心头交织，有些担忧、有些庆幸，还包含了一些嫉妒。是的，齐刚刚说"我的女朋友"，尽管我明白他的意思，但还是嫉妒了。

"今天晚上，7月1日凌晨0点，我准时离开，回到我的世界。今天下午，你去做一件事。"

"嗯？"

"我前两天拜访了何平，他现在是公安局宣传处处长，他们最近刚破了一个跨国诈骗案，下午4点，要开新闻发布会，我跟他约好要去采访，到时候，你去。"

我微微一愣："好。"

"何平这人挺正直、讲原则，你工作上跟他好好合作，平时走动走动，他会认你这个朋友。"齐说，"发布会结束后，应该会留媒体记者吃晚饭，饭桌上，你再跟他多交流交流。"

我暗自苦笑，这些采访交际常识，我自然门儿清，齐却像前辈、兄长一样教导我，我笑他啰唆多虑，但也有些感动。

"对了，晚上10点，咱俩吃个饭吧，就算为我送别。地点，就在我租的那个房子……你知道在哪儿的。"

我用力点头。

下午的新闻发布会很顺利。何平确实如齐所说，是个勤恳、正直的宣传干部，待人接物很得体。晚饭时我坐他身边，我并不喝酒，他喝，但交流无阻，何平不劝酒，但别人敬他也一饮而尽。喝完三杯后，他站起身，认真地对所有人说："我只能喝六两，今天已经到了，为了不在各位朋友面前丢丑，我就喝水敬陪各位了。"——这时我愈加相信，这个年轻、自律的二级警司，会是未来的"大人物"了。我与何平相谈甚欢，8点20分，即将席终人散之际，何平忽然接了个电话。

"知道，知道，好的，领导再见。"何平的语气很严肃，微红的脸色变得铁青。

我愣住了，看他的语气，多半是遇到事了。自然，我也不方便发问，但何平站起身，对桌上的所有人说："有一件事，想拜托在座的媒体朋友。"

大家瞬间安静下来。

"今天下午5点半，有一位企业家坠楼身亡，现场有人拍下了照片，并发到了网上——我们警方已经介入调查了，这位企业家是市政协委员，各位如果发稿，可以提前和我沟通一下，我会把警方的即时调查进度发给各位。"

桌上的一大半人，同时打开手机看新闻，我自然也做了，半秒后，我的手猛地抖了一下，手机险些摔在地上。

"远山集团董事长张远坠楼身亡"。

闪电击中我的脑海，耳朵里嗡嗡作响，眼前，何平和几位同行的面容变得模糊、扭曲，我滴酒未沾，这一刻却像是喝了一斤假酒。张远，正是我半个多月前采访、曝光过的那位强制捐款的企业家，也是我两次遭遇意外，最大的怀疑对象。刚刚，他死了。

我几乎瞬间想到了齐。一种本能的，源自内心深处的直觉告诉我，这件事，和齐有关。不，不只是有关，这就是他干的。他就是凶手。

他疯了吗？

在这个世界，他是"齐楚"，他杀了人，就等于我杀了人。

我成了杀人犯？！

我深呼吸，艰难地喝了一口水，夹了一片水果，慢慢咀嚼——以此掩盖嘴唇、牙齿的颤抖，旋即，我加入了几位同行关于这起突发新闻的讨论。"我前段时间曝光过他，半强制员工捐款。"我说，在这种时候，"没有顾忌、实话实说"才是最正常的表现。何平此时正在门口接电话，并没有听到我的这句话，这很完美，否则的话，很可能会认为这是"线索"，问我一些问题。

插曲之后，饭局很快散了，我开车，一路赶往齐租住的房子——小区是农村拆迁安置小区，挺新，但入住率很低，一大半房子都一片漆黑，我把车停在小区门口，步行进门。11号别墅的灯亮着，齐在家，此时刚到9点半，距离约定的时间还有半小时，我深吸了一口气，走上前，敲门。

门没有锁，只是虚掩着，我敲了两下，便开了一条缝隙，我也不客气，直接推门走了进去，却与过来开门的齐迎面相遇，几乎撞了个满怀。

齐站定了，微笑看我："喝茶，还是咖啡？"

"不用，我有事问你。"

"嗯？"

"张远的事，你干的？"

齐愣住了，看样子，他没有想到，我会这么快知道这消息，但很快，他便恢复了轻松的模样，说："茶，还是咖啡？"

"你回答我，是不是你？"

齐沉默不言，不点头，也不摇头。

"为什么？！"我怒不可遏，一个箭步上前，揪住齐的衣领。他没有反抗，只是静静地，居高临下地看着我——其实我和他一样高，不知为什么，我却生出这种错觉。

"我这几天调查清楚了，张远，就是尤志的雇主，是你遭遇的那几场意外的策划人。杀人者人恒杀之，这很公平。"

"你可以把证据给我，我去报警，让法律制裁他！你无权为我做决定。"

"但你别忘了，他也是我害我瘫痪几十年的仇人。你的仇人，就是我的仇人。"

我怔住了，双手的力道下意识地松了一些，齐觉察到了，说："我的世界，张远在五年后去世了，时间磨灭了一切线索、证据，我没能找出真相。但你知道吗，那几十年，我躺在病床上、轮椅上，几乎每一秒都盼望找到凶手、食肉寝皮。如今，我找到了，尽管只是平行世界，但你觉得，我能原谅他吗？"

"那你也……"我很快闭了嘴，我是个极度厌恶站在道德制高点上谴责别人的人，未经他人苦，莫劝他人善，我说，"你确定，是他要杀我？我只是曝光他强制员工捐款，这算不上深仇大恨吧？"

"没错，这件事并不重要，但张远担心，那篇报道会成为一个导火索——这么说吧，张远这个道貌岸然的家伙，其实坏事做尽：漏税、阴阳合同、违规竞标，甚至灌醉女下属，强行发生性关系。但这个人很有'能量'，之前有记者曝光过他，但最后都石沉大海，你是第一个将曝光新闻发出来的记者。这件事本身或许不重要，但苗头很危险。"

"苗头？"

"是的，那篇新闻，让很多之前忍气吞声的员工、合作伙伴，意识到张远并非无所不能。我了解到，那个被他强奸的女员工，一度想联系你，请你曝光他，后来张远花了两百万才摆平。"

我深吸了一口气，齐说得很有道理。

"那你为什么不告诉我？"

"我告诉你，你会同意我这么做吗？"齐冷冷地说，"最后，我没有杀他，他是意外坠楼，多行不义必自毙，是吧。"

"怎么可能？"

"等公安通报吧，放心，就算最后被定性成案件你也是绝对安全的。今天下午，你在公安局参加新闻发布会，晚上则和几位公安局局长、处长一起吃饭，还有比这更好的不在场证明吗？同卵双生子杀人，电影里最经典的完美犯罪，不是吗？过了今晚，我这个'同卵双生子'就会从世界上消失，永远不再出现。"

我无法反驳。

"我知道，你一定会怪我，但是没关系，未来一段时间，关于这个人的丑闻会接二连三地被曝光出来。而且，如果他活着，等风头过去，一定会继续报复你——他是个有能力制造'意外身亡'的人，你明白。"

齐转身走进厨房，倒了两杯茶，我瘫软在沙发上。我依旧愤怒、不甘、惶恐，但更加无力、疲惫。齐的每一句话，都准确击中了我的内心弱点，我端起茶杯，抿了一口，很烫，尝不出味道。

"好了，再过两小时，我就要走了，聊点别的吧。"齐的目光很悠远，他与我聊了很多，包括语冰，包括父母、包括他"过去"的历史，也就是我原本的"未来"："残疾之后，我消沉、绝望了四年，这才重新振作起来。你想一想，一个高位截瘫，生活无法自理的调查记者，依旧执笔疾书——不对，是用语音输入软件，写下许多针砭时弊、拷问社会的稿件。我坐在轮椅上，被人推着，采访社会新闻，尤其是采访边缘人群，许多不愿意敞开心扉的被采访者，却愿意跟我说实话，我知道这是因为同情，准确一点说，是共情，往往只有可怜人能理解可怜人……"

齐的追忆很琐碎、真挚，打动了我，把心头的阴影驱散了大半。两小时后，他已讲到了六十年后的未来——对他而言，四十年前的历史。"后四十年的事，我们去未来说吧。"23：50，齐站起身，走向一扇锁着的木门，掏出钥匙，打开，这是一间二十平方米左右的空房间，窗帘很厚，不留一点缝隙，在内侧墙边，一块巨大的白布，将一个规整的长方体盖得严严实实。

我自然知道那白布下面盖着什么。

"我要回未来了，你看一遍过程，到时候，照样做一遍就行。"齐打开灯，这灯非常亮，刺得我几乎睁不开眼。齐掀开白布，露出下面的黑色石墨"棺材"，吱嘎，伴着榫卯的摩擦声，顶盖被推开了。齐小心翼翼地将顶盖整个卸下来，靠"棺材"外侧放好，然后打开手电筒，认真检查了一遍内部："出发前要检查一遍，确定信标内部没有杂物，尤其是苍蝇、蟑螂。"

我点点头。

齐伸手，解开衬衣的扣子，一件件脱掉衣服，我想转过头，避免尴尬，却被他叫住了："你认真看，别不好意思。"

我只能继续看，齐脱得赤条条的，双臂发力，把刚刚卸下的石墨顶盖盖了回去——不过只盖上了一半，留了一个一米见方的口子，他看了我一眼，从口子里跨进"棺材"，坐下，说："下面，我要躺下来，然后从里面把顶盖扣好。石墨的材质很光滑，这有点难度，所以前几天，我给信标做了一点改装，在顶盖内侧做了两块手掌大小的防滑区域，你一摸就能感觉到。"

"自己给自己盖棺材盖儿，挺有意思。"我说。

"是的，有一点要特别注意，一定要确保顶盖和下面的信标主体严密贴合，不留一点缝隙，这也是为什么当初要设计榫卯。"齐说，"这房间的灯是我特制的，特别亮，如果顶盖完全盖好了，信标里是黑得伸手不见五指，但凡有一点亮光，那就说明没盖好。"

我点点头，下意识地问："万一没盖好会怎样？"

齐脸色微微一变，说："好一点的结果，是安全自检失败，跃迁取消，损失一点能量，价值几百万美元吧，如果运气不好，会出安全事故。"

安全事故，这四个字刺激得我后背一凉，我说："到时候，我一定会认真检查的。"

"那就好，其他的问题，我们未来聊。"齐看了一眼墙上的挂钟，23:57，"我要走了。"

齐端坐在漆黑的"棺材"里，只露出脑袋和肩膀，他的脸色依旧平静，但赤裸的肩头微微颤抖，他是在怀念这个世界吗？也许吧。他仰视我，我俯视他，我忽然有些舍不得他走，是的，他只降临了短短两周，却带来了神迹。他给了我太多，却索取甚少——他似乎瞒了我一些事，做了一些令我生气、难以接受的事，但就客观理性而论，这一切，都是为了我好。

"齐。"我哽咽着说。

"楚，这不是生离死别，不久后，你要来我的世界帮我。"

"我会的。"

"我们，未来见。"

"未来见。"

第十二章

彩　虹

24小时后，酒吧。

这酒吧不大，但生意挺好。舞台上，白裙似雪的驻唱歌手正在唱一曲悠扬的英文歌。我和语冰并排坐在窄窄的吧台前，温柔的灯光，在语冰美丽的脸庞上流过，我看得几乎痴了。

语冰低下头，用力把奶茶里的最后一颗珍珠吸进吸管，谁知失败了四五次，还险些呛到，咳嗽了好久，我起初有些担心，当确定只是虚惊一场后，便调笑了她两句。她赌气不理我，低头看手机，但很快就忍不住了，抬起头与我对视，眼睛弯成美丽的月牙形。

她的心情似乎不错，我决定说一件重要的事："下星期，我要暗访一个传销团伙，很可能会失联几天。你放心，这团伙挺文明的，没啥人身安全问题……"

这是谎言——我要去的是未来。我直视语冰，以免被聪慧的心理医生发现端倪，语冰没有生疑，而是叮嘱了两句小心。这一晚她笑得很多，每次都轻咬嘴唇，眼波流转，我感觉，语冰的心情，似乎比我以为的更好一些。

甚至，与她在一起这么久，我还从未见她这么开心愉悦过——是的，语冰一直很乐观、开朗，但我能感觉出，那是一种"明知时日无多、生命残酷，仍微笑面对生活"的乐观，但今天，在她身上，似乎发生了一些奇妙的变化。

"上午，秦文老师很认真地跟我说了一件事，我的病，有希望了。"

"啊？"

"他没具体说，只是说有一种新药即将投入研发，而且大有希望。"语冰说，"以秦老师的性格，他能这么说，一定真的大有希望。对了，老师还给我换了一种临时药，这种药原本是治亨廷顿舞蹈症的，我中午、傍晚各吃了一片，明显有效果！"语冰伸出尾指，竖在我眼前，确实，尾指的震颤幅度、频率都轻微了一些。

我怔怔地看着这根尾指，全身僵住，喝到一半的果汁从嘴里流了出来，滴到前襟上，语冰扑哧一笑，但我跟傻了一样，浑然未觉。

这"惊喜"至少有一半是我装出来的，这表演能打10分。至少观众没有怀疑，非但如此，语冰甚至被我的反应感动了，她握住我的手，说："过去我以为，余生很短，短到来不及好好陪伴一个人，现在忽然发现，余生很长，我还没来得及适应，但余生有你，我很幸运。"

我再次怔住，哽咽——这一次没有任何表演成分，我仰起头，努力不让眼泪从眼眶里流出来。

"你有没有想过，我们生一个女儿。"我忽然说。

语冰愣住了。

"她一定很像你，温柔、恬静、坚强。她会是世界上最漂亮的女孩子。"

语冰沉默了，几秒后，她也将头仰了起来。

这一刻，我想到了齐。是的，他给我带来了奇迹，对我恩同再造，我无法用语言形容这份感激。不过，感激他，也约等于感激自己。

我和语冰都没有说话，唯有十指紧扣，四目对视。最后她先不好意思了，喝了一口奶茶，移走了眼神，但没过多久，语冰忽然重新看向我，笑着说："你今天是不是特别帅？"

我傻了，不知这话什么意思。

"那边有个漂亮小太妹，一直在盯着你瞅。"

我哑然失笑，循着语冰指的方向看了过去，果然，在六七米外的一张卡座上，坐着一个闪亮的少女。

没错，这少女给我的第一印象，便是"闪亮"：赤、橙、黄、绿、青、蓝、紫，她的头发竟是七彩的，而且颜色很纯，很靓，毫无廉价感——什么时候有这么高档的染发剂了？我有些困惑，少女不过十六七岁，在灯光下闪耀夺目，但绝不"辣眼"，这大约是因为她太漂亮了：这是一种单纯且放肆的美丽，会让你想起高中校园里最漂亮的不良少女，或者电视荧幕上超人气偶像扮演的正点辣妹。少女个头不高，但窈窕有致，穿着一套潮牌T恤、热裤，妆不太浓，但也有眼影、唇彩。我一度怀疑，这是从"赛博朋克"游戏里走出的女孩。少女发现我瞅她，一点儿也不避讳，反而嘻嘻一笑，举起手里的酒杯，酒杯里是半杯不知名饮料，和我隔空碰杯。

语冰扑哧一笑，问："前女友？"

"天地良心，我不认识她。"我说的是实话，"再说，人家好像还没成年。"

"那就是你太帅了呗。"

我闭上嘴，不再说话。语冰放过了我，忽然，她电话响了。

"我爸，我出去接一下电话。"语冰苦笑，"他这个人太古董，要是听到我在酒吧，只怕会啰唆半天。"

我微笑，点头，语冰快步走了出去，我正想玩会儿手机，却忽然感觉有些异样，于是茫然抬头，眼前一花，一道夺目的美丽身影居然出现在近在咫尺的地方：居然是她！那个闪亮少女，不知什么时候，竟走到了我身前，手里的杯子几乎碰着我的肩膀。

我吓得一哆嗦，下意识地站了起来。

"有事吗？"

少女又笑了，整个人似乎都在发光："没事，找你喝一杯。"

"我们……认识？"

"小气。"少女嘟起嘴，将手里的杯子放在桌上，身体又靠近了一些，我很慌，正想躲开，少女却做出一个匪夷所思的动作，忽然张开双臂，抱住了我……

一个柔软、温暖的身体，贴在我的身上，她个头不高，恰好到我下巴的位置，彩虹色长发上的清香窜进鼻窍。我彻底懵了，大脑空白了两秒，才想到应该伸手推开，没想到少女抱得很紧，我又不好意思用力，一时间，竟没有推开。

"你干什么？"

"你喝不喝？如果你再不答应，我就这么抱着你，回头让你女朋友看见，看你怎么解释？"

"好……好，喝一杯……但我没点酒，只有果汁。"形势逼人，我不得不屈服，少女嘻嘻一笑，撒开手，叮，玻璃杯口碰撞出清脆的声响，她看着我，忽然说："我叫彩虹。"

彩虹，好美的名字，人如其名。不知为什么，我并没有讨厌她，或许这是男人的通病，也可能，还有一些我自己都说不清道不明的原因。

"彩虹妹妹，你能走了吗？"我说，"我女朋友也快回来了，她很凶的。"

彩虹并不挪身，反倒毫不客气地坐在了语冰的位置上："我偏不，对了，你觉得，你女朋友和我哪个漂亮。"

不等我回答，彩虹洋洋得意地说："我觉得还是我更漂亮一点。"

我选择闭嘴，这辈子，我从未见过这样的女孩。

"听到这句话，你应该高兴才对。"彩虹说。

这句话驴唇不对马嘴，我更认定这丫头不太对劲，低头喝了口果汁，专心看手机，希望她发觉没趣后自己离开，谁知事与愿违，她非但没走，反而又将脸凑到面前，如晨星般的眼睛忽闪忽闪地看着我，问："你喜欢我吗？"

扑哧，刚喝的果汁险些喷了出来，我慌忙摇头。

"那就好，你一定不能喜欢我。"

"你放心，不会。"

"不，我说错了，你一定要喜欢我，但不能是那种喜欢。"少女忽然又问，"你是不是很怕我，大叔？"

这应该是我第一次被人叫"大叔"，我哑然失笑。

"你被叫大叔，是不是很不开心？"少女说，"其实你应该高兴才对，长得好看的才叫大叔，长相普通的，那叫老伯，难看的，就叫……老东西，是这么说吧？"

我又一次被呛到了，拿起手机，外套，打算跑路，这少女太野了，我完全不是对手。没想到下一秒，一个熟悉的身影出现了，是语冰回来了。她怔怔地看着坐在她位置上的少女，露出和我同样发蒙的表情。

彩虹见到语冰，小小的身体颤了一下："啊……美女姐姐……你好。"

"你们，认识？"语冰温柔地问。

"不认识呀，就是觉得这个大叔很帅，过来聊聊咯。"很快，彩虹就恢复了过来，不但如此，还换了一副可怜巴巴的表情，"今天是我生日，但我只有一个人过，大叔、姐姐，你们可以请我喝一杯吗？"

语冰和我对视一眼，同时无语。

"你今年多少岁？没到18岁，不能喝酒的。"语冰说。

"那，请我吃一根棒棒糖总可以吧。"

"可以。"语冰居然答应了，她似乎和我一样，也对这个闪亮的、精灵般的女孩生不出恶感，她伸出手，摸了摸彩虹五颜六色的脑袋。彩虹又笑了，居然像刚才抱我一样，又抱住了语冰："姐姐真好。"

语冰也愣了，但没有推开她，半分钟后，女孩放开语冰，伸出手，"报复"似的摸了摸语冰的脑袋："我叫彩虹，这名字是不是和我很配？"

语冰笑了，叫来服务生，要了一根20元的硕大的棒棒糖，递给彩虹："送给漂亮的彩虹妹妹。现在很晚了，你早点回家吧。"

"谢谢姐姐，再见！"

这个闪亮的，名为彩虹的女孩，一手接过棒棒糖，捧在怀里，往门外走去。我摇摇头，深呼了一口气，和语冰继续聊天，很自然地，我们聊到了彩虹，语冰思索了几秒，说："一个叛逆的、缺少父母关爱的青春期女孩，本性不坏，不是啥不良少女，可能出自单亲家庭。"

"你……怎么看出来的。"

"直觉，我是个心理医生嘛。"

"你好像不讨厌她。"我并不确定刚刚语冰看到了多少，于是坦白从宽，

"她……刚刚也抱了我一下。"

语冰怔了半秒，旋即微笑："没事，我不吃醋，毕竟，我今天心情特别好。"

我也笑了，是的，在今天，应该不会有任何事能影响语冰的心情吧，我和她干杯，喝完最后一点果汁，往酒吧门口走去。我们在停车场拥吻，告别，语冰说："余生很长，希望有你。"

夜很凉，风吹在身上，暖得很。我开车，发动，却没有回家，而是径直开向齐租下的那处城郊住所，前一晚和齐告别后，我心情激荡，钱包遗落在了那里。小区的路灯坏了一小半，黑灯瞎火，显得格外荒寂。四周只听到蝉鸣、蛙叫声，我掏出钥匙，正要开门，忽然听到身后有些响动，扭过头，却什么都没有看到。

心跳骤然加速，不是别的，这间房子里，藏着一个重要的秘密："信标"。该不会被小偷惦记上吧？我有些忐忑，其实我更怕房东哪天回来看看，并对那个锁着的房间产生怀疑，毕竟正常人是不会在房间里摆一口黑色棺材的。

我忍住双手的颤抖，一连试了两三把钥匙，终于打开大门，吱嘎，屋子里一团漆黑，我又不知道灯的开关在哪儿，只能伸手去摸手机……

嗒……嗒……又一次，我听到了身后的响动，居然是——脚步声！而且，离我的距离，大概只有一两米。

我打了个激灵，谁？！

这一次，我没有原地回头，而是一个箭步冲进房间，然后才转身，保证和对方拉开一些距离。旋即，我的头皮一麻，全身的汗毛同时竖了起来。

眼前，果然立着一个小小的人影，站在外面，微笑地看着我。

居然是她！刚刚在酒吧见到的那个神秘少女，彩虹！她歪着脑袋，用天真无邪的目光打量我，手里还攥着那根语冰送的棒棒糖。

砰，我下意识地关上门，四周一片漆黑，我打开手机电筒，摸索到电灯开关——灯亮了，我心头稍安，但更加困惑，于是走到门前，从猫眼里往外看。

少女还站在原地，也没有任何动作，就这么看着大门。我犹豫了片刻，隔着门问："你怎么在这？"

"我来找你啊，大叔。"彩虹似乎知道我从猫眼里看她，嘴角微微翘起，露出人畜无害的笑容。

"你跟踪我？"我忽然想到，刚刚在车上，有两三次，在后视镜里看到一辆天蓝色的出租车跟在后面。

"答对了，大叔。"

"找我干什么？"我说，"我们应该不熟。"

"因为我喜欢你啊，大叔。"

喜欢？我哭笑不得，现在的非主流少女，都这么大胆了吗？

"我不喜欢你，你快回家吧。"

"我不。"

"那你就站着吧，外面冷，小心着凉。"

"要不这样，你帮我一个忙，我就走。"

"不了。"我脱口而出，但很快又有些后悔，是的，这道俏生生、孤零零的身影，让我不由自主地生出一些同情、怜悯之情。"一个叛逆，缺少父母关爱的青春期女孩。"我想起了语冰的话，说："什么忙？"

"借我一点钱。"

"多少？"

"10万。"

我瞠目结舌，一种荒诞感从心底升了起来，10万？这小丫头是把我当成傻子了吗？

"那就5万……啊啊啊，算了，2万好了。"

我下定决心，不再给她好脸色，说："不可能，你再站在门口，我就打电话给警察了。"

"那你打呀，911，要不要我帮你打？你准备怎么说？有一个天下第一美丽、可爱的小妹妹喜欢你，跟踪你？警察叔叔会相信吗？到时候我就说，你在酒吧里把我骗到你家……你觉得警察叔叔会信谁？"

我瞬间头痛起来，没错，我确实没法报警，却并非她说的原因——等等，她刚才说的是911？彩虹是在美国长大的"ABC"？也对，看她的性格确实像"西方文化"熏陶出来的一代。

"我真报警了啊。"我拿出手机，打开公放，随便拨了三个号码——我在诈她，希望她隔着门听见拨号声，知难而退。没想到完全没用，她笑得更灿烂了，说："对了，大叔，刚才开门时，你试了好几把钥匙，这里不是你家吧？"

我全身震了一下，心跳瞬间加速，只能装聋作哑。

"大叔，你这么紧张，门都不敢开，你该不会是什么罪犯，例如……连环杀人犯吧？"

杀人犯？我嗤笑，感叹这小姑娘想象力之丰富。然而很快，我像是被闪电击了一下，空白感从大脑瞬间传遍全身，整个人被抽空了气力。

我不是杀人犯，但齐是，他就是我，我就是他。

"大叔，你怎么不说话了？该不会尸体就藏在这屋子里吧。要不我打个911……不，110，请警察叔叔来看看？"

我全身发冷。

"大叔，你别紧张，我开玩笑的。不过你租的这个别墅，位置这么偏，不会是养了哪个漂亮小姐姐吧？你女朋友知道不知道呢？你要是再不开门，我就告诉你女朋友这件事喽！对了，她是叫夏语冰吧，我记得她的车牌号，你觉得，我能找到她吗？"

我瞬间一个头有两个大……门外，这个人畜无害的漂亮少女，简直就是一个小恶魔，她就是我的命中对头，是我的克星。

我深吸了一口气，进房间，从柜子里取出一叠现金——这是齐先前没花完留下的。我数了一百张出来，用垃圾袋装好。

"给你一万，你拿了钱，立刻走，可以吗？"

"成交！"

彩虹答应得很爽快，以至我都有些意外，我把门打开一条小缝，把装着人民币的垃圾袋扔了出去——我本想立刻关门，但忍住了，因为这并没有什么意义。彩虹弯下腰，从草地上捡起垃圾袋，看了一眼，也不清点，随手揣在了热裤的口袋里。

"谢谢大叔。"

"只有这一次，如果再有下次，说不定，我这个杀人犯真会灭口。"我忽然意识到，自己在不太清醒的情况下，做了一件可能遗患无穷的事，于是决定吓唬一下她。彩虹自然没被我吓着，她眨了眨眼，脸上绽放出灿烂的笑容。

"你不想再抱抱我吗？"

我愣了，这算啥？旋即赶紧摆手："不了。"

"哼，那我走了，拜拜。"

彩虹吹了声口哨，冲我挥挥手，往小区大门走去，她的脚步很轻快，就像一只小鹿，带着风，蹦蹦跳跳的。在某一秒，如鬼使神差一样，我的心弦被什么神秘的力量拨动了，我说："等等。"

"嗯？"

"把钱往里面里塞一点，这样别人一眼就能看见，这地方偏，你一个人走在路上，不安全。"

彩虹低下头，看了一眼，照办了。"谢谢你，暖男大叔。"她转过身，继续往前走，她的脚步慢了一些，不再跳跃，就像被什么粘在了地上，影子被路灯拖得很长，但终究还是远去，消失了。

我站在夜风里，伴着蝉鸣声的节奏深呼吸，一下、两下……大脑从混沌中渐渐清醒，但我依旧看不懂、猜不透这个名叫彩虹的神秘少女。她是谁？她认识我？她的哪些话是真的，哪些话是假的？以后，我还会遇见她吗？她的出现，和我最近这些匪夷所思的经历，有关系吗？无数问题在大脑里盘桓、生长，却找不到任何一个答案。

我关好门，离开了这间"见不得光"的别墅。到家时已是凌晨2点，我又辗转了个把小时才睡着，刚入睡，梦又来了——齐在另一个时空，开启了意识共鸣。

梦境的地点依旧是我家客厅，我与齐两人面对而坐，没有寒暄，齐开门见山地说："三天后，7月4日凌晨0点，你进入信标，我这边同步启动降临终端，把你接到我的时代。下面，轮到你回报我了。"

"好的。"我是个信守承诺的人。

"为了感谢你，我会给你额外的回报，包括给你安排一次端粒酶改造手术——手术很简单，个把小时就能完成，改造后，你的衰老速度将延缓至正常速度的1/4，未来，你可以做更深层的基因改造，从而完全摆脱衰老、年龄的桎梏。"

这无疑是极大的诱惑——甚至远超一切金钱、权力，我尽力保持平静，说："谢谢。"

"到时候，化妆师会改变你的形象。我会带着你，参加公司的董事会，认识一些关键人物，你要学许多知识，同时熟悉我工作、生活，以便日后代替我，接管一切。"

"这次我要待多久？"

"一周吧。"齐说，"你需要提前给'失踪'找好理由。"

"明白。"

"你还要学习我们这个时代的语言、行为习惯：要看大量的纪录片、新闻；跟我出门，吃饭、购物、乘坐公共交通工具。毕竟一个世纪后的世界，和你现在身处的世界，天差地别。你能想象一个清朝人穿越到现代吗？就是这种感觉，你必须熟悉、习惯我们的生活方式，否则做任何事都会显得不正常，处处像个异类。"

我点点头，旋即想到，对一个世纪后的未来，我确实所知甚少——之前我和齐聊天时，也听他说过一些科技、生活的细节：像动脉静脉、毛细血管一样连接城市每一间房屋的物流管道；智能伴侣、人造子宫带来的婚姻和生育革命等，但这些只是太仓一粟，是"一斑"而非"全豹"。

"你能简单描述一下，一个世纪后的世界是什么样子吗？跟我们现在最大的区别是什么？"

出乎意料地，齐沉默了，他低下头，目光聚焦在交握的双手上，一动不动，我以为他在思考、组织语言，于是耐心等待。齐抬起头，认真地与我直视，说："我们的世界，或许并不如你想象的那么美好。"

"嗯？"一瞬间，我的大脑里浮现出无数可能性，这些想象大多源于那些废土、末日题材的游戏、电影，"怎么不美好？"

"很复杂。无疑，我们的科技比你们进步了许多，但在道义上，人类从未有过长足进步，老龄化、贫富差距、阶级固化问题愈发严重。最重要的一点，我们的世界，正在进行战争……"

战争？我有些窒息，爱因斯坦说过，他不知道第三次世界大战会用什么武器，但第四次世界大战，人类的武器很可能是石块与木棒……在这个时代，核战争已足以让人类文明倒退到石器时代，更何况一个世纪后的未来。

"战争波及了哪些国家？"我问。

"全世界。"但齐很快便说，"放心，没有热核战争，也没有更具杀伤力的正反物质、暗物质武器被使用。"

我更困惑了，但齐很快打断了我："关于一个世纪后的世界，这个话题太大了，意识共鸣的时间有限，这些，等你来了之后，可以慢慢了解。现在，我有更重要的问题问你。"

"嗯。"

"你这两天跟语冰见面了吧，她的病怎么样了？秦文有没有对她说什么？"

我愣住了，齐怎么忽然关心这个？要知道，这一切的希望，支撑这希望的知识信息，原本就是他带来的。下一秒，我反应了过来：齐并非怀疑自己，也并非怀疑那个分子式和药物制程，他怀疑的对象，是秦文。

"你怀疑秦文？"我问，"你们没有谈妥吗？"

"谈妥了，但人性复杂。"齐说，"现在，秦文至少掌握了四种足以改变世界，让他被奉为'神明'的医学技术……我担心，他会不会把宝贵的时间精力，放到并不能带来太多名利的一种罕见病的药物研发上。当然，我认为他是值得信任的，问你只是以防万一。"

我的心跳放缓了一些，说："从昨天开始，秦文给语冰换了一种替代药物，这种药是治亨廷顿舞蹈症的，秦文还告诉语冰，针对她的病，有一种特效药即将进入研发阶段，语冰的心情很好。"

齐点点头："那就好，下一个问题，之前，我们的仇人，那位董事长坠楼的事，有官方调查结论出来吗？"

奇怪的感觉浮上心头，没错，仇人是齐杀死的，但在这个世界，他就是我，即便东窗事发，也由我承担一切，而非他。齐是在关心我吗？这个问题，对他来说很重要吗？

齐看穿了我的心思，他说："我是担心，万一我在现场不小心留下了什么痕迹，那你降临我世界的事，就必须延期。毕竟你一旦被列为命案嫌疑对象，那忽然失踪一周，是存在巨大隐患的。"

我点点头："不用担心了，前两天公安出了公告，意外坠楼，排除他杀……你做得很完美，怎么做到的？"

"你不需要知道这个，否则只会带来额外的心理压力。下一个问题，你这两天，有没有遇到什么奇怪的人和事？"

奇怪的人和事？我几乎一瞬间，便想到了彩虹，毫无疑问，这个蓦然出现，来去如风的美丽少女，便是我近日遇到的最奇怪的人，我刚想开口，但忽然犹豫了起来——我也不知道这犹豫从何而来，或许只是直觉，或许包含难以用言语表达的因素。我露出微笑的表情，说："最近这段时间，我遇到的最奇怪的人和事，不就是你吗？"

"除我之外呢？"

"除你之外，好像一切都挺合理，至少在科学能解释的范围之内。"

齐点点头："那就好，至于降临的事，你必须永远保密。我知道，你是个善于保守秘密的人。"

"可秦文，他未来几年，发表的论文……不会让人怀疑吗？"

"这件事不需要你操心，这会是个循序渐进的过程，最开始，秦文发表的论文，只和他的专业方向——脑科相关，这些知识值几个诺奖，但还不足以颠覆世界，三年后，他才会跨越领域、发表那篇最重要的论文：《衰老的分子学原理与延缓衰老的基因疗法》，那个时候，你的使命已经完成，我会切断两个世界之间的通道，并删除时空坐标数据——数据一旦被粉碎，我们两个世界，将永远失去联结的可能。"

"如果秘密提前泄露会怎样？"

"好一点的结果是，我提前切断通道，你无法实现对我的承诺，也无法得到我的回报。坏一点的结果是，通道没有切断，你们那个世界，所有的国家、政权，会争相和未来文明接触、联系，毕竟谁得到未来的启示，谁就能瞬间全球制霸。世界陷入混乱、动荡、战争。最坏的结果是，这个秘密，在我的世界也被泄露，来自未来的野心家，会发动对你们的入侵、殖民战争。"

入侵，殖民？侵略者、殖民者是来自平行世界的未来的人类？我有些窒息，但冷静之后，我意识到这绝非危言耸听，甚至，是天经地义。

人类最危险的敌人，从来都是人类本身。

第十三章

神性、人性

"我觉得，秦老师这几天有点奇怪。"语冰面带忧色地对我说，"还有，他好像挺关心你的，老是问我有关你的问题。"

我发现，揣着明白装糊涂，是一件很痛苦的事，只能问："怎么奇怪？"

"之前的秦老师，是个很专注、执着的人，你也见过他的工作状态。但最近这几天，秦老师没去病房查过房，甚至给他带的几个博士都放了假，我两次找他，都看见他坐在办公室发呆，他好像忽然就'躺平'了，不，不是躺平，秦老师就像变了一个人，变得对什么都无所谓了。我甚至怀疑他是不是得了绝症，但仔细观察之后又不像，他就像是……忽然大彻大悟了。"

语冰的观察非常细致，没错，秦文不但"大彻大悟"，甚至"立地成佛"了，我假装一无所知，认真聆听，最后问："他关心我什么？问了什么关于我的问题？"

语冰笑了："秦老师没说能告诉你，所以，我不方便跟你讲。"

"那我自己去找他聊聊。"

"按照他以往的性格，应该不会答应和你聊天，但现在，我说不准。"

有些意外的是，当我约秦文见面时，他一度犹豫了几秒，之后才答应。我本以为，因为之前的事，他会表现得很热情，至少不该犹豫才对。但我很快又想到，秦文毕竟是个骄傲的智者，未来不久，更会成为比肩神明的伟人，这段时间里，他身上的"人性"将逐渐消退，而"神性"日益滋长。然而当见到秦文的一刻，我意识到，自己依旧错了——人的改变往往并非一个缓慢的过程，而是一瞬间的事，时隔两日，我见到的秦文，与之前的那个他相比，已脱胎换骨、判若两人。

我敲门，然后听到"请进"，这声音很温和，但偏偏没有温度，我进门后，秦文抬起头，平静地看了我两秒，站起身，走过来与我握手——他握手的力道不轻不重，时间也不长不短，让我感觉很程式化。我的个头比秦文要高一些，但我觉得，自己在仰视他，而他在俯视我。

确实，在空间之外的维度，他远远比我高大、伟大。

"请坐，喝茶。"秦文的每句话，每个举动都很客套，给我的感觉却恰恰相反，没错，这只是"伟人"对"凡人"的一种姿态，一种"居高临下"却又"平易近人"的姿态——此时的秦文，已成为那种只是站在面前，就让人感觉莫大压力的上位者。我嫉妒秦文，也害怕他，毕竟三五年后，他将成为这世界最有地位、权势的人物之一，只要他想，完全可以"抹杀"我，至于动机，那就是我是这个世界上唯一知道他秘密的人。

内心深处，我开始腹诽齐的做法——为什么他不把来自未来的知识告诉我，哪怕只是秦文的一半，不，十分之一也行！那样的话，我也能成为伟人。谁不想成为伟人呢？这诱惑，远比金钱、权利更高尚，也更难以抗拒……下一秒，我听到秦文问："你想不想，成为伟人？"

我愣住了，第一反应是"我是不是听错了"，当意识到不是的一刻，大脑里闪过的念头则是：秦文会读心术？他怎么知道我此刻的所思所想？我深深吸气，用牙齿咬住下唇，努力冷静下来，和秦文对视。

他依旧静静地看着我，面庞熟悉又陌生。

"你想不想成为伟人？"秦文又重复了一遍，"未来几年，我会发表一些轰动世界的医学论文，包括治愈阿尔茨海默病、治愈癌症，甚至战胜衰老，我可以把你的名字，作为第二作者，署在我的后面。"

大脑似乎被抽空了，很快，又被混沌填满，我一动不动，茫然看着秦文，这张近在咫尺的面庞，似乎无比熟悉，又似乎无比陌生。

"这，是他们的意思吗？"我颤抖着问。

"不，这是我的意思。"

我想问"为什么"，但没有勇气问出口，只能说："你要我做什么？"

"暂时不用。"

暂时，这个词意味深长，它的潜台词很明显，"以后需要"，我更恐惧了，因为我完全想不出，未来秦文会让我帮他做什么，我又有什么价值，能让秦文如此看重，并施以如此恩惠。是的，我不值，我不配，我很不想承认这一点，但事实确实如此。

"你很爱语冰，是吧。她会恢复健康，一定。"

我颤了一下，但沉默不语。

"他能给你的东西，我也可以。"

这句话如重锤般砸在我的心上，我深吸了一口气，这是什么意思？秦文在拉拢我？我有什么值得拉拢的？不对，这句话似乎还包含另一层意思，秦文在暗示我，不一定要绝对依赖、听命于齐？——我打了个寒战，秦文是想让我背叛"自己"？不不，秦文应该不知道齐的身份，不知道齐即是未来的我。忽然，我想起那一夜他们在地下室见面，我听到的那些异响。秦文、齐和医学顾问之间，无疑发生过争执，他们到底为何争执？他们都聊了什么？达成了怎样的合作关系？秦文想摆脱齐对他的掌控，这是我想到的第一种可能。可是，齐似乎并没有掌控秦文的想法啊，是秦文误会了，以为自己成了两个外星人或穿越者的傀儡？不，这不现实，跟秦文刚刚的话也对不上。我穷尽想象，却无法思考出任何一种合理的可能。

"齐楚，你并不是个热衷于名利的人，但如果有机会成为伟人，你也不会拒绝，而是有些向往，是吧。"

我深呼吸，反问道："那么，代价呢？"

"代价？这个词太沉重了，换成'条件'吧。条件我现在不能告诉你，但我保证，我希望你帮我做的事，不需要牺牲生命，不会伤害你的爱人、家人、朋友，不会违反最基本的道德、法律。我可以告诉你，你帮我，某种程度上，也等于帮你自己。"

帮他也等于帮助我自己？这个"自己"，是指我，还是齐？我更迷茫了，然而又一次，直觉告诉我，秦文没有骗我——如今的秦文，一言一行似乎都带有一种奇异的魔力，让人不由自主地信任、服从他。

秦文没有继续解释，只是缓缓站了起来，我仰视他——物理、心理双重角度。他静静地看着我，等待我的回答，我被他的目光慑住了，屏住呼吸，沉默地，不那么坚决地，点了点头。

"很好。"秦文走到我身边，将手放在我的肩头，这双手仿佛带着一种奇异的力量，让我颤抖的身体平静下来。我想到了两个词"受戒""降福"，和一句诗"仙人抚我顶"，我的内心依旧纠结、挣扎，秦文到底想干什么？要不要把这件事告诉齐？然而很快，我听秦文说："有时候，不要太相信自己。"

我的大脑，连带全部的思绪、意识，似乎都被某种神秘力量抽空了。

每个夜晚，或者白天独处的时候，我都会犹豫，到底要不要在约定的时间躺进信标，去齐的世界。毫无疑问，对一个完全未知的世界，一次匪夷所思的时空跃迁，我心存恐惧。我不知道齐说的那些话到底有多少是真的。没错，齐帮过我，带给语冰活下去的希望，还承诺下巨大的、充满诱惑的条件，但我依然忧心忡忡。见完秦文后，这怀疑、担忧更沉重了。倒不只是秦文说"他能给你的东西，我也可以"，更因为那句"有时候，不要太相信自己"。

不要太相信自己？

这里的"自己"，指的是齐？

难道说，秦文知道齐的身份？？

我不知道。

这几天我自然失眠了，浑浑噩噩，魂不守舍，我没有再做梦，心中有万千个疑问，但毫无解题头绪，只能痛苦地自我摸索。在三十个小时的挣扎、权衡后，我做了一个艰难的决定。

去未来。

做出这个选择的最大动力，还是齐所说的，我去未来世界的任务：保护他的女儿。另外，我忽然想通了一件事：

如果齐对我并无恶意，那么，我单方面失约无疑是可耻的，不只是可耻，这还意味着我放弃了"女儿"，日后一定会悔恨、羞愧终生；相反，如果齐对我怀有恶意、图谋，那么，即便我失约，逃避，他也一定会再次降临，找到我，报复我。

以及，至少在最重要的那件事上，齐没有说谎——每一次，我与语冰对视，看着她秋水般的瞳孔，无边的幸福感都会将犹豫、恐惧冲淡几分。

3日，傍晚。

又一次，我陪语冰走进了那间城市书屋，夕阳将落，透过胭脂色的云彩，再透过一尘不染的玻璃窗，斜照在语冰精致的侧脸上。我温柔地，久久凝视眼前心爱的女孩，下意识地，在脑海里勾勒出另一个小小的、美丽的剪影。是的，我想象的，是念冰的模样，那个活在一个世纪后的，"我们"的女儿。再过六七小时，我就要走了，虽然已下定了决心，但真正和语冰告别时，一种强烈的离别感还是涌了上来。

一周之后，我能回来吗？

这一周，她能照顾好自己吧。

我为自己的多虑感到可笑，语冰一向很坚强、独立，更何况最近这些日子，是她二十多年来，最乐观、美好的一段时光。不知为什么，我察觉到，语冰有些心不在焉，偶尔左顾右盼，亮闪闪的瞳孔里，似乎带着一抹异样的颜色。

"你放心。"我说，"我去暗访传销组织，最多被赶出来、没收录音笔，不会有危险。"

"不是这事。"语冰说，"刚刚来的时候，好像有人跟着我。"

"什么情况？"

"我是打车过来的，后面有一辆红色的宝马跑车，连续跟了四个路口……我也是无意中发现的，刚开始觉得这车颜色挺漂亮，特别正，就多看了几眼，后来发现，这车居然一路跟在我后面，前面那个红绿灯，出租车是压着黄灯过的，那宝马直接闯了红灯。对了，那司机戴了墨镜、帽子、口罩，完全看不见长相。"

戴墨镜口罩开车？我的心一下子提了起来，下意识地往窗外停车场看去，并没有符合描述的红色宝马。

"后来呢？"

"我下车后，那辆车好像一直往前开了。"

我沉默不语，语冰又说："不止这次，我这两天下班，或者进小区的时候，都感觉，附近有人在注视我。我昨天晚上回家，听到身后隐约有脚步声，但回头看时又没人……"

我眉头紧锁，这显然不像是单纯的多心，谁在跟踪语冰？为什么？语冰看出了我的担忧，笑了起来，她伸出手，在我眼前晃了两下，说："你担心我？"

"嗯……"

"我觉得，应该是哪个暗恋我的男生吧。"语冰笑了，"吃醋了？"

"你以前常常被追求者跟踪？"我说，"都有经验了？"

"不然呢？我一个小小的心理咨询师，又不是大老板、社会名流，用警察的话说就是社会关系简单，谁会故意跟踪我啊？还有，如果跟踪我的人是劫匪，犯罪分子，他会开一辆红色的跑车吗？这车又贵，又显眼，甚至连后座都没有，真要绑架，肯定是面包车更合适吧。"

我点点头，这话非常在理，但语冰不知道的是：她确实只是一个普通的心理咨询师，并不特殊，她的男友、老师，却极其特殊。我和秦文，都被卷入了一个巨大、科幻、离奇的旋涡里，未来的一举一动，都可能影响、改变整个世界的命运。

"等等……"我的呼吸一下子急促起来，就在刚刚，我透过书屋四壁的落地玻璃窗，扫视了一遍周围。就在我们的侧后方，五六十米开外，泊了一辆红色的宝马跑车——停的位置挺隐蔽，不在停车场，而是夹在人行道边两棵枝叶繁茂的桂花树中间，若不是我眼尖，还真不太容易发现。正如语冰所说，这车颜色很亮，红得像火，造型时尚，除此之外，司机的技术好像不太行，又或是停车时很急、很随意，总之，车停的角度很别扭，既不是跟马路平行，也非垂直，而是呈30度夹角，甚至连车轮都没回正。汽车的前保险杠上贴了一个大大的笑脸，乍一看有些滑稽。

驾驶座空着，车上没人。

"是那辆车吗？"我伸手指了指。

语冰扶了下眼镜，认真看了一眼："是，这么说他在附近？"

我扫视四周，书屋里还有五个人，一对年轻情侣，一个大学教授打扮的老者，两个中学生。外面有三四个行人，都在神色匆匆地赶路，人工湖边有十来个散步、锻炼的男女，都挺正常。

"好像，没什么可疑的人。"语冰皱眉说。

"我上二楼看看。"我说，我上了楼，走到露天阳台边缘向下张望，依旧一无所获。我有些焦急，是的，如果不找出这个人，我终究无法安心。我思索了两分钟，下楼，说："我有一个计划。"

"嗯。"

"从这儿向北走六七百米，明月公园，你去过吧？"我说，"我车上有航拍的无人机，等会儿我先走，到公园找个角落躲起来。十分钟后，你也去明月公园，假装散步，我提前把无人机升上去，居高临下，看看有没有可疑的人跟着你。"

语冰微笑："没必要这么大动干戈吧。"

"不怕一万，就怕万一。"

语冰犹豫了片刻，还是答应了。看样子，她也对那个神秘的，戴墨镜口罩的"跟踪者"有些担心。我出门，上车，开到公园附近，然后七拐八绕，从侧门进了明月公园。这公园是沿河修建的，面积不小，水域占了一半，但人不多。我一路走来，只看到十几个跳广场舞的大妈、一对情侣，外加三五个遛狗的中年人。我找到公园最隐蔽的角落，在一座石拱桥的桥洞下，发消息给语冰："你可以过来了，到门口发我消息。"

十分钟后，我收到了语冰的消息，此时天色已暗，好在公园的照明还不错，到处都有路灯、地灯。无人机带着螺旋桨的嗡嗡声缓缓升空，最终停在五十米的高度，在这个高度，恰好可以拍到公园的全景，几秒后，我在镜头里找到了语冰，她似乎有些紧张，散步时脚步匆匆，两三分钟后，她找了张河边的长椅，坐了下来，开始玩手机。

我把手机上实时传回的航拍画面放大，寻找附近可疑的人与物，然而并没有，公园里，依旧只有之前那十来人，并没有新的陌生人出现。

那人没有跟过来？难道对方发现了我们的跟梢，注意到了无人机？不，不太可能，无人机已飞得很高，地面完全听不到螺旋桨的声音。

我心头纠结，又等了三分钟，依旧一无所获。手机屏幕上，已跳出"无人机电量少于30%"的警告。我叹了一口气，正准备点下"自动返航"键，一个奇怪的身影，忽然出现在画面边缘，也就是公园的大门口。

这人穿了一件连帽灰色外套，遮住了头发，戴了墨镜、口罩，由于画面是空中俯拍，也难以判断身高，我只看出这人不会太高，不胖，体型绝不健硕，这个神秘的家伙进了公园后，便不断左顾右盼，当他的目光转向语冰坐着的长椅的一刻，脚步立刻停了下来，也在附近找了一张椅子，坐了下来，装作玩手机，但目光时不时地飘向语冰那边。

语冰对此毫无察觉——这人在她的侧后方，位置很刁钻、隐蔽。

我的心几乎跳了出来，几乎在一瞬间我就判断出，这个人就是语冰说的那个开宝马跑车的跟踪者。我想操纵无人机飞近一些，拍下这人的正脸，然而下一秒，航拍软件发出"嘟嘟"的报警声，"无人机电量低于10%，即将自动返航"的红字出现在屏幕正中。

我又气又恨，差点把遥控手柄摔倒地上。无人机盘旋、降落在不远的河滩上。我一咬牙，也不管无人机，拔腿往公园大门那边跑去。

我决定，去当面会一会这个跟踪者——此时多犹豫一秒，对方就多一分跑掉的可能。

我跑得很快，几乎用了百米冲刺的速度，当我跑过语冰身前，她抬起头，惊讶地看向我，但我没有驻足、解释，而是继续狂奔。那个神秘、鬼祟的家伙，坐的位置离语冰只有二三十米，很快，这人就看到了我，从椅子上蹦了起来，想要转身逃跑，然而来不及了，我已跑到了他面前，伸出手，去揪他的衣领，然而手刚伸出一半，我整个人便僵住了，好似一尊木偶。

"怎么是你？"眼前这人，竟然是彩虹。

那个古灵精怪，令我无比头疼的"闪亮少女"。

彩虹见我伸手抓她，下意识地往后跳了半步，眼睛里流露出一丝惊惶，但这惊惶转瞬即逝，她很快便重新神气起来，抬起头，吐了吐舌头，看样子，就像是一个打碎了花瓶被父母抓到，有恃无恐的孩子。

"你干吗？"彩虹问。

"你干吗？"我反问，"你为什么跟踪语冰？"

"我……"彩虹一时语塞，但很快便镇定下来，眨了两下眼睛，漆黑的眼睛仿佛更亮了，"我没有啊。"

"还狡辩！"

"哼，那就跟踪好了，因为我喜欢你啊。"

我懵了，这是哪跟哪？喜欢我，所以跟踪语冰？我忽然有点心虚，下意识地抬头看了一眼语冰那边，她还坐在原来的长椅上，茫然地看向我们，似乎还没决定要不要过来。在这个距离，应该听不到我们说话。

"你认真点！"我小声说。

"我就是喜欢你呀，我喜欢你，那姐姐不就是我情敌了？我观察情敌，知己知彼，百战不殆。"

我的头又开始疼了，这逻辑，还真通顺合理，但是鬼都能听出是胡扯。

"你能不能说实话？"

"不能。"

"不说，就别想走。"

"我就走，你还能抓我？你抓我我就喊非礼，看别人信我还是信你。"

我彻底无语，彩虹朝我做了个鬼脸，一副"你能拿我怎么样"的神情，我又气又累，不知如何是好，忽然，一个熟悉的声音在耳边响了起来："彩虹妹妹，你好。"

不知什么时候，语冰已走了过来，她温柔地看着彩虹，语气里没有一点愤怒、责备。

彩虹一愣，旋即大大咧咧地说："姐姐好。"

"又见面了，真巧。"语冰并没提跟踪的事，只是问，"你有什么话想对我说吗？"

"啊……没有。"

"我是心理咨询师，如果你有心事，可以跟我说的，我保证不告诉别人。"

"真没有。"

"你父母呢？他们平时不陪你玩吗？"

不知为什么，这一刻，我发觉，彩虹晨星般的眸子暗了一下，露出一丝忧伤的表情，我很难想象，这样表情，会出现在这样一张脸上。就像是玉盘般的明月忽然被乌云遮蔽，又或者，怒放的鲜花被大风涂上一层沙土。她张了张嘴，似乎想说什么，但终究没有发出声音，洁白的牙齿用力咬了咬嘴唇，她转过身，往公园大门的方向走去。她的背影瘦瘦小小的，脚步起初有些沉重，但很快又蹦蹦跳跳起来，运动鞋踩在石板路上，踢踢踏踏的，一下下拍在耳膜里、心房上。

"很可爱，又很可怜的女孩子。"语冰说。

"跟踪你的人，真是她？"我问，"会不会误会了，只是偶遇？"

语冰摇摇头，笑了起来："除了她，还会有谁开红色宝马跑车跟踪人。"

"你觉得，她有什么事？"

"应该是一个父母离异，孤僻叛逆的小女孩吧，可能想找我做心理咨询，但又有什么顾忌，例如怕被确诊为抑郁症，被写进档案影响读书升学——无论如何，她肯定不想伤害我的。"

我点点头，是的，最后这一点，我也能感觉出来，既然这样，今晚，我也可以放心离开了。走出公园后，我与语冰挥手告别："再见。"

"再见。"

此一去，不知何日再见。

第三部

未　来

Wei Lai

第十四章

文　明

7月3日，23:58。

咔，眼前的亮光在榫卯嵌入的一刻完全消失，我陷入一片伸手不见五指的黑暗里，这是我此生从未经历的，最纯粹的黑暗。我慢慢躺下，背后冰凉的触感提示我，我还活着，活在三元宇宙里。我伸出手，去摸信标的顶盖，却摸空了，前方一片虚无，恐惧瞬间淹没了我：时刻未到，怎么空间便错乱了？我挣扎着，背靠后壁慢慢坐起来，咚，额头触到坚硬的东西。我这才意识到并非空间出了问题，而是这"棺材"有一米高，我仰面躺卧，手臂并不足以够到顶盖，我再次躺平，深呼吸，一次，两次，密闭空间里的空气令人窒息，时间变得格外漫长……当呼吸到第24次时，降临发生了。

这是一种奇异到无以复加的感觉，我感觉身体开始分离，从一个整体，分离成独立器官，又从器官分裂成细胞，分裂成分子、原子、质子、中子。我感觉自己漂浮了起来。用"漂浮"并不准确，但我想不到更合适的词。旋即，我失去了五感，视觉、听觉、嗅觉被一一剥夺。但不知为什么，我并未失去意识，仿佛意识这种存在，原本就独立于五感之外——这与我之前做手术全麻的感觉截然不同。我的意识或者说灵魂跳脱了时空桎梏：我便是宇宙，宇宙便是我。"要有光"，灵魂想，于是有了光——灵魂没有双眼，但确实有了光。"要有时间"，灵魂又想，于是时间按照普朗克单位，开始一节节跳跃，原子开始衰变，物体开始运动。这些文字不足以形容这奇异感的万一，但已是极限。"降临"仿佛转瞬即逝，又仿佛万古恒长。

冷，我忽然感到，旋即意识到五感已重新凝聚，与之相伴的是肉身的"重塑"，骨骼、肌肉、五脏六腑一并归位。我睁开眼，依旧是漆黑一片，不见五指，我向两侧伸手，四壁柔软滑腻——是石墨特有的触感，我还在信标里？跃迁失败了？恐慌瞬间吞噬了我，我颤抖着半坐起来，用力去推顶盖，没想到竟失败了。并不沉重的石墨顶盖似乎被焊牢了，怎么推都纹丝不动。

"有人吗？"我惊恐地大喊。

"稍等。"一个声音令我安定了下来，是齐。

很快，耳边传来"嗒"的一声，似乎是机簧被弹出的声音，一缕微弱的光驱散了黑暗，眼前出现一个方形"井口"，并缓缓扩大。我很快发现，我身处的容器依旧是一个四四方方的"黑棺"——主材质似乎还是石墨，但是内嵌了精密的机械制动结构，控制顶盖的打开、闭合。我很快又发现，在这个信标之外，还套了一层更大一些的长方体容器，容器的四壁是浅黑色、半透明的，像墨镜镜片。但这"镜片"正不断变色，黑色迅速变淡，从"墨镜镜片"变成了"透明玻璃"。

"好家伙，这是内外棺都给整上了。"我自嘲道。"外椁"和"内棺"的尺寸相差不太大，中间只有20厘米左右的空隙。

头顶有一盏白灯，明亮却不刺眼，一道熟悉的身影站在"外椁"旁，一脸微笑地看着我，正是齐，在他身侧，立了另一个穿西装、中等身材的男人，手里捧着一套白色衣服。

"这是未来？"我举目四望，这房间极大，至少200平方米，天花板有五六米高，房中1/3的面积，都被一台巨大的、银白色金属外壳的仪器占据。仪器的外形有点像心脏，向外延展出无数管线——仿佛动静脉血管，这便是超时空物质传输的终端，也就是"时光机"吧！我想。我置身的这两层"棺材"，却是独立存在的，和"心脏"及其他设备之间，并没有可见的管线连接，我坐起身，伸手去推透明"外椁"的顶盖，没想到纹丝不动。

"外面是安全层，需要按下右手边的解锁键才能开，就是那个闪烁的UNLOCK光标。"

我依言而行，只听见"嘀"的一声，"外椁"的顶盖也开了，我毫不费力地爬了出来，齐走到我身前，说："欢迎你，楚。"

一旁的男人也走了过来，把衣服递到我手上，这是一套休闲卫衣，剪裁合身，材质柔软，我说了声谢谢，穿好衣服，略微整理了一下头发，齐笑了起来，对男人说："王，给他做身份验证。"

王点点头，双眼笔直地看向我的瞳孔，"您好。"他的五官端正，皮肤白皙，但我注意到，在他额头偏右的位置，有一个指甲大小的字母"A"，像是文身，但闪闪发光，很是显眼。男人朝我伸出手，我们双手交握，他的手很温暖，略粗糙。"面部身份：齐楚。虹膜身份：齐楚。DNA身份，齐楚……"王的声音很有磁性，但忽然，尖锐的报警声从王的眉心——而非嘴巴里发出，额上的

"A"字也开始高频闪烁，下一秒，他伸出右手，一掌推向我。

我吓了一跳，下意识地后退了一步，左脚绊右脚，差点摔倒在地。王却立在原地，说："视野内检测到两名唯一超管用户：齐楚。进入二级警戒状态，需要高级安全认证！请尽快完成高级安全认证！"

我倒吸一口凉气，这才意识到，这位西装革履的助理是智能AI机器人，只是外观、语言和动作与真人几乎无异。这一刻，这个房间里，出现了两个"齐楚"，这显然超出了AI的理解范畴，触发了警戒状态。王的五官出现了奇怪的变化，两只瞳孔，分别死死盯住我和齐——有点儿像斗鸡眼，但又不全是，让这张斯文的面庞变得恐怖诡异。

齐快步走到王身前，伸出右手食指，摁在AI助理平举的右掌掌心，同时嘴唇翕动，快速念出一串音节，声音很小，似乎是一串七八位的数字，完全听不清楚。

警报声骤然消失，王放下右手，恢复垂手站立的姿态，说："已确定一号超管，警报解除，请超管确认另一人的身份与权限。"

"楚，贵宾，一级贵宾权限。"齐淡淡地说。

"收到。"

我瞠目结舌。

"看到王额头上的A了吗，那不是文身，而是身份标识灯。王是最新一代的AI助理，市场价1500万美元。"齐淡淡地说，"王是靠面容、虹膜、DNA进行身份识别的，刚才握手时，它对你的表皮DNA做了快速检测，我俩的面容、虹膜、DNA都一模一样。通常来说，出现这种情况，99%是同卵双胞胎，1%是紧急突发情况——例如有人弄了一个我的替身。我后来做指纹识别、报安全口令，都是高级安全认证程序——这是王服役的4年里，第一次用到高级安全验证。"

"现在呢，它能分清我和你了？"

"直到我和你同时离开它的视线前，王都不会再搞混。"齐微笑着说，"这一周，要麻烦你戴美瞳、口罩，不然，AI助理会频繁出故障。等到交接的那天，我会告诉你超管口令密码，并修改指纹存档——毕竟我的手是义体，指纹和你的不一样。"

我呆立当场，旋即僵硬地点了点头。

这便是未来吗？

这个房间的布置，是极简的"赛博朋克"风，有着巨大的金属仪器，诡异的"棺材"，没有一样平常的家具，门外的世界是什么样子？齐看穿了我的好奇，他说："跟我来。"

他引我走出房间，这房间有两道金属安全门，分别需要面部和DNA认证，戒备森严。出门后，我回头看去，发现门楣上闪烁着"2号安全屋"的红字，外面是一道长廊，空无一人，两边有十来个房间。说实话，这一切都没什么惊奇感：和我们那个年代的办公大厦相比，无非多了些功能繁杂的智能设备、全息屏幕而已。每个房间都有编号和门牌，包括"办公室""运动房""物流间""休息室"等。唯一引起我兴趣的是一间"链接室"。

"这是脑机连接，也就是意识接入元宇宙的房间。"齐解释说。我们穿过长廊，走进一个巨大、豪华的会客厅：依旧没啥惊喜，直到我看到会客厅巨大落地窗外的景象。

我看到了地球。

准确地说，是地球的一角，包括山脉、河流、城市，全部笼罩在朦胧的夜色里，云层里有几个移动的亮点，像是飞机。难以置信，我脚下的大楼竟不是在地表，而是在空中：我向下鸟瞰，没错，我们正身处一座巨大的浮空城市，浮空城很大，有三五个大学校园的面积，灯火通明，运动场、医院、商业中心等设施一应俱全，在城市四周有一层半透明的罩子。我脚下的大楼有三四十层高，位于浮空城的边缘，站在窗口，刚好能看见下方的地球。

我举目远眺，发现数十公里外（目测距离），有另一座浮空城。更远的地方则有更多，像一座座明亮的孤岛。这些"空中楼阁"到地表的高度基本相同，城市大小也相近。说实话，这场景在科幻片里并不罕见，但当身临其境地目睹时，我依旧产生了巨大的震撼感，仅仅一个世纪后，人类文明就发展到如此高度了吗？

"2600公里高度专用轨道，太空城，目前全球有75座建设完毕，40座在建。太空城内的建筑都是由超轻材料构成，与正下方的地表保持相对静止。每座太空城的修建成本——折合到你们那个年代，大约500亿到1000亿美元。我们脚下的这座城市，是我投资建设的，名为'楚'。怎么样，是不是很像回到了战国时代？"

我张大嘴，我应该感到自豪吗？应该吧。

我问："过去这个世纪，又发生了几次颠覆性的技术革命？这座太空城市，是哪年建成的？"

齐坐在离落地窗三四米的沙发上，淡淡地说："巨型卫星城市、跨时空意识交流、物质传输技术，这些颠覆性技术，都来自未来——我们的未来。大约15年前，一批来自一个世纪后的未来人类忽然降临，给这个世界带来了天翻地覆的变化。"

未来？一个世纪后？大脑瞬间混沌，是的，齐身处的世界，对我来说，已是一个世纪后的"未来"。现在他又说，在这个"未来"世界，还有一群来自23世纪的、"未来的未来"的人类？我所见的悬空城、跨时空意识交流、物质传输，这些匪夷所思的科学技术，则来自这"未来的未来"？是啊，既然22世纪的人类能给21世纪的人类以"启示"，同理，23世纪的人类文明也可以启示22世纪的人类文明。然而这就是终点吗？在23世纪的世界里，会有来自24世纪的"穿越者"吗？以及为什么，在我的世界，史书中，并没有"未来人类"降临的记录呢？这些"未来人类"为什么不去20世纪、19世纪、18世纪，见证、改写历史呢？

"当然，也有许多科学技术，包括延缓衰老、义体移植，都是我们被未来干预前，自然发展出的。而未来者的降临，带来的并不只是科技的进步，还有……动乱和战争。"齐说。

动乱？战争？我顿感呼吸困难，这有些难以接受，但并不难理解。没错，即便只是一个普通人，穿越到一个世纪前，他大脑里的知识，也足以改变世界格局，颠覆世界秩序。

"战争爆发的日子，是14年前的元旦，起初是某个常任理事国，向这些不请自来的未来人类宣战，要求他们离开这个世界，并永不再来。虽然'降临者'并没有携带武器，但他们拥有更强大的力量——知识。很快，投敌者、叛徒出现了，有两个发展中国家宣布，与未来人类结为坚定盟友。"齐对着虚空做了一个手势，身前，一面全息屏幕亮了起来，画面里，是一座城市的航拍景象。下一秒，城市的无数个角落，忽然绽放出无数的"烟花"，我怔住了，这些"烟花"都是爆炸，镜头里出现了鲜血、碎肢、无人机，令人作呕。这场面并不"科幻"，与21世纪，甚至20世纪末的战争并没有本质区别。

"这是昨天中午，南美洲的一场局部冲突，至少2500人死亡。去年一年，全球有1300万人死于战乱，幸好，除去战争爆发的第一年，所有参战的国家、组织，都默认不使用热核武器以上能量等级的武器。"

"为什么要宣战？"我艰难地问。

"因为怀疑……"

"怀疑？"

"这些降临者自称是为避难而来，他们说，23世纪，地球已一片疮痍，即将毁灭。但许多人怀疑这只是借口，这些来自23世纪的穿越者，即将入侵，殖民我们。还有消息说，这些未来人类的家园，23世纪的地球，也正被24世纪的人类文明降临、侵略。"

大脑有些不太够用了，这是"时空跃迁"技术问世后，人类文明的必然走向吗？24世纪的人类入侵23世纪的地球，23世纪的再入侵22世纪的？这不科学……

不，这其实很科学，但不"文明"。

或许，"文明"这个词，本就是宇宙里最大的谎言。

至少，"文明"这个词的释义，从来就与"和平"没有任何关系。

南极洲、格陵兰岛、西伯利亚都有广袤的无人区——绝不"宜居"，但至少"能住"，然而大航海时代的昂撒人，依旧毫不犹豫地踏上美洲、非洲的土地，屠杀了数百万、甚至数千万的原住民。

"跃迁技术出现前，我们无力跨越时空，探索宇宙。而当这项技术问世，人类发现，最适合居住、性价比最高的殖民地，并非火星、仙女系V208、杜鹃系345B。对每一代地球文明来说，最完美的殖民对象，永远是一个世纪前的地球。"

我思索了半分钟，说："这不应该。"

"怎么？"

"未来入侵现在，现在入侵历史，我能理解，但战争不应该是摧枯拉朽的吗？"

"他们的科技领先我们一个世纪，但毕竟无法瞬间征服世界，奴役全体人类，我们有核武器，反物质武器，得到一片核污染的焦土，绝非他们所愿。"

"那为什么不选择更大的时间跨度？例如，直接回到19世纪，那时候，大清还没有亡国。"

"噢，这一点忘了给你解释了，时空跃迁的空间、时间跨度，是受宇宙精细结构常数制约的，在不同的时空，物理学常数存在细微区别。每一次跃迁，空间跨度不能超过104光年，时间则是104年，一旦超过这个尺度，人体在量子化重组的过程中，就会产生无法修正的误差，导致死亡。"齐说，"这就像潜水，潜水的人是不能快速浮出水面的，否则必死无疑。"

我点头，但更多的疑问浮了出来："为什么，他们不以你们、我们做跳板，一直跃迁回19世纪？还有，你说23世纪的未来人类入侵了你们，24世纪的人类入侵了23世纪，这样的递归，还有多少轮？"

"我先回答你的第二个问题，关于'入侵历史'的溯源，就我所知，入侵我们纪元的侵略者，那个23世纪的地球文明，正被24世纪的地球文明入侵。但再往前就没有了，这个24世纪的地球文明，是一切的起点，被称为'第一文明'，也是唯一的'一级文明'。而被他们入侵、殖民的23世纪地球文明，则被定义为'二级文明'，到我们则是'三级文明'。至于为什么没法继续溯源，最悲观的一种猜测是：24世纪的某年，人类文明彻底走向了毁灭。至于为什么不通过'跳板'，跃迁回18世纪、19世纪，这问题没有确切答案。最合理的猜测是，能量桎梏。你之前在房间里看到的巨型设备，便是时空跃迁终端，是降临的硬件基础。

我可以在这里，依靠这个世界的能量，让人往返于两个时空之间，但如果你想回到20世纪，就需要在你那个世界建设终端——除了技术，更大的障碍的是能量。要把80千克的物质送回一个世纪前，要耗费10万吉瓦时的能量，对23世纪的人类来说，这是全球10分钟的发电量，他们节能环保一周，可以让300个人降临我们世界。而我们的发电效率是他们的1/3——别惊讶，最近这15年，我们的科技发展水平已经快追上他们了，但对你那个时代来说，10万吉瓦时，是全球10天的发电量，全世界省吃俭用一年，最多送20个人回大清……错了，应该是民国。所以想要建设'跳板'，首先要做的就是'征服'，征服那个时代，加速科技发展进程，才能实现下一步跃迁。"

身体更冷了，庞杂、纷乱的知识涌入脑海，冲击我本就不牢靠的世界观，这便是我，以及无数人憧憬的未来吗？我隐隐感到，这一套理论依旧存在不少问题。是的，即便是23世纪，"未来的未来"，人类文明的物质传输效率，也远不足以支撑一次"殖民"。

我问了出来，齐说："据官方记载，第一文明是唯一能让千万级民众时空跃迁，具有跨时空殖民能力的文明，他们先后创造了12个二级宇宙副本——每打通一条时空跃迁通道，就会有一个新的平行宇宙被创造出来，这12个二级宇宙与第一文明宇宙的时间差都是100年。第一文明依次入侵、殖民了这12个二级宇宙里的地球；而和我们世界建立通道的，则是第7号二级宇宙，科学命名为'07-ⅡU'，07是编号，Ⅱ代表第二级，U则是universe的缩写，我们现在身处的世界，则是'07-05-ⅢU'，第一文明创造的7号二级宇宙里的地球文明所创造的5号三级宇宙。"

"那我们呢？"我问。

"你们？"齐笑了，"我们这个世界，目前一共开通了3条时空通道，创造了3个有编号的四级宇宙，但你所在的世界，不属于其中任何一个。"

"为什么？"

"因为这条通道，并非官方打通的，而是我，与几位合作伙伴私下为之，除了极少数的参与者以外，根本没人知道……"

"你，还有合作伙伴？"

"是的，构建一条新的时空通道，所需的金钱成本是千亿美元级别的，之后维持通道的费用，每年也要数十亿美元，外加各种技术、人脉的门槛，例如最重要的能源，也就是电力。只凭我的财力、资源，还远远不够。但是你换个角度想，几千亿美元，就能创造一个新的平行宇宙，是不是很便宜？事实上，这样由私人、非官方组织打通的时空通道，以及对应的二、三级平行宇宙有很多，至少比有编号的宇宙副本要高出一个数量级。"

"那，我所在的世界，是黑户？"我哭笑不得。

"黑户好，至少不会被全面入侵。"

我愣了几秒，旋即悚然点头。

"在你这个时代，你们的未来、未来的未来，都没有外星文明的干预吗？"我问。

"没有，地球入侵地球、未来殖民历史，这，便是宇宙史的全部。"

第十五章

替　身

翌日——一个世纪后的翌日，7月4日，晨。

我戴上墨镜、口罩，跟着齐，参观了这座以"楚"为名的浮空城。它就像一个巨型空间站，其核心是位于城市"地面"下方的能源中枢：它可以保证整个城市的基础运转，以及维持城市外围那层防护陨石、卫星碎片袭击的能量护罩。而绝大多数生活物资则需要地表供应——城市正中的"停机坪"上，停满了无人客机、货运航天飞机，如毛细血管般的物流通道，将分类完的物资送至每栋大楼的每一个房间。城市里有两座医院、一所学校、一个商业中心。商业中心里有许多人，全都衣着光鲜，神情悠闲，完全是"太平盛世"的感觉。

"你不是说，这个世界正处于战争状态吗？"

"战争的范围，被严格限制在了地表……一号战争公约约定，任何组织禁止用任何武器攻击浮空城。"

"为什么？"

"官方理由是，浮空城被攻击，失去动力，可能会撞向地球，造成恐龙灭绝级别的世界灾难。"

"这是官方理由？那真实原因呢？"

"真实原因是，这是特权阶层达成的默契。"

"默契？"我有些眩晕，"那么，什么人住这里，什么人在地表？"

"上面的人在上面，下面的人在下面。"

齐说得很含蓄，但一点都不难懂，空调是恒温24摄氏度，但身上很冷。

"全世界，有多少人住在浮空城？"

"2000多万。"齐看穿了我的全部想法，"现在的地球总人口，是40亿。"

40亿，这数字比我的年代要少了几乎一半，我生出一种冲动，那就是去下方的"地表"看看。是的，那才是家乡，是真正的、脚踏实地的"地球"，我并未立刻说出这个念头，只是问："这两天，你怎么安排我的日程？"

"学习，学习这个时代的生活、语言习惯，学习我的日常生活习惯，熟悉工作流程，等等。对了，我还要带你去一次医院。"

"医院？"

"是啊，我之前承诺过，给你安排一次端粒酶改造，延缓衰老。对了，还可以顺便做一次癌症免疫激活。说实话，你们那个时代，用我们的话说，只是'现代医学的启蒙时代'。"

我点点头，心脏几乎从胸腔里跳出来。长生，这是古往今来，无数帝王将相梦寐以求的"特权"，而我，即将拥有它。

"要不，我们现在出发？"

我欣然点头。

端粒酶改造的过程出其意料地简单—— 一次由AI全自动医学设备完成的，没有疼痛的静脉注射。这让我一度怀疑，齐是不是在忽悠我。

"你和我基因一样，所对应的，用于端粒酶改造的RNA病毒载体也一直有备份，"齐说，"明早醒来，你会觉得全身充满活力，3天后，你会感到回到了20岁的身体状态。"

齐又带着我走进另一间注射室，这一次，智能设备抽取了我100毫升的血样，"设备会改造、激活这部分血液里的巨噬细胞，使其吞噬癌细胞的效率增强130倍。"抽完血后，齐带我回到大厦。站在33层的会客厅窗前，望着脚下蝼蚁般的人群、蔚蓝的地球，我有些眩晕，这一切太梦幻了，一个世纪后的我，竟成了这颗星球上，最富有、出名的精英，是一座"天空之城"的主人，这令我感到骄傲、自信，且不可思议，我扭过头，问半躺在沙发上的齐："能给我讲一讲，你是怎么走到今天的地位的吗？"

"这是个漫长的话题，先说最关键的一步吧，32岁那年，我在病床上，和一位程序员朋友，合作开发出了一种具有跨时代意义的，能真正实现'精准推送'的信息智能生成、推送算法。"

精准推送？我有些茫然，这概念并不新鲜，你喜欢什么，手机程序就给你看什么，这技术早已问世。

"那只是初代技术。第二代精准推送，核心竞争力是帮助公众人物，尤其是政治人物塑造多面人设，并根据用户、受众喜好，推送最合适版本的信息。"

"我不太明白。"

"看。"全息屏幕上浮现出9张照片，是一个40来岁的混血男人的连拍，每张照片的表情、角度、光照都不太一样。仔细观察后，我发现不止如此，就连男人的五官长相、肤色都存在些微区别，有几张酷肖东方面孔，另几张则偏金发碧眼。一人千面？一定是化妆师、美图软件的功劳，我心想。

"你看哪张最顺眼？"

"7号。"

"哪张最不顺眼？"

"2号。"

"这人是我们的白名单客户。你打开任何智能终端，看到的新闻、资讯、短视频里，他都会以接近7号的形象出镜。反之，如果他是我们的竞争对手，你就只会看到他2号照片里的模样。"

我愣住了。

"这人是现任的美国总统，约翰逊，混血，父亲是白人，母亲是东亚与黑人混血。从他竞选那年开始，大多数黑人日常看到的新闻里，他都是一副标准的黑人面孔；而白人看到的他则更像白人，亚裔会相信他至少有1/2黄种人血统。总之，无论你是什么族裔，看到新闻里的总统先生，都感觉是'自己人'——除此之外，如果你喜欢单眼皮，看到的总统就是单眼皮，你喜欢双眼皮，总统就是双眼皮。"看到我脸上惊诧的表情，齐说，"摄影师和化妆师会拍摄多组照片，然后借助智能算法，将不同的照片、视频组合，生成不同的新闻资讯、花边信息。精准、正确地推给受众。约翰逊发表的女权演讲，只会让女权人士看到，男人只会看到他生活中强势、主导婚姻的一面；他的'呼吁和平'演讲只推送给反战人士，而战争狂热分子会看到他阅兵时激昂的鹰派演说。"

"这，真的可能吗？"我打断了他，"这样矛盾的人设，很容易崩塌吧。"

"从你那个时代算起，未来10年、20年，信息茧房越来越厚，越来越坚固。政治人物，见人说人话，见鬼说鬼话，拿捏自如。"

我抬起头，用无比复杂的目光与齐对视。是的，这算法问世，无疑将媒体的舆论操控能力上升到了全新的高度。然而这并非舆论的进步，而是谎言的进步：更高明、更完美的谎言出现了，可以更有效地塑造"正确的群体记忆"，操控人心。齐面无表情地与我对视，深邃、冰冷的目光让我感到恐惧。是的，我"变了"，齐是我，但又不是我，是那段瘫痪经历改变了他吗？应该吧，即便最坚强、乐观的人，如果失去脖子以下躯体的控制权，在病床、轮椅上苟延残喘数十年，也会变的吧。

"我事业的第二次起飞，则是开发出了一套适用于元宇宙的舆论管控、信息推流算法，同时创办了元宇宙里，最大的媒体公司。"

我屏息，继续倾听。

"这一点，回头你可以去元宇宙亲自体验。"齐说，"不早了，休息吧。"

齐给我安排的房间很奢华，房间里有二三十样我从未见过的未来科技产品，但我并没有太多兴趣，临睡前，我忽然想到一个人：念冰。她是齐的女儿，也是

"我的女儿"，齐邀我来未来，正是为了她：未来数年内，我需要以齐的身份保护她，修补父女关系。此时我忽然意识到，自己还不知道念冰的模样，我猜她一定很像语冰，具备那种内敛、端庄、独具东方特质的美丽，但转念一想，她毕竟才17岁，在这个年纪，更应该像一朵肆意绽放的鲜花吧。

我带着想象入睡，我无比希望能梦见她，我的女儿，可惜事与愿违。

我是被清晨的第一缕阳光刺醒的，全息挂钟指向6点，我只睡了4个半小时，但毫无倦意——我几乎是从床上弹起来的，每一块肌肉都充满了活力，每处关节像是上了润滑油。不但如此，我还觉得很饿，狼吞虎咽地吃完了智能管家送来的食物。这一切的改变让我相信，齐确实给了我先前承诺的，那无价的恩赐：久葆青春的身体。

正因如此，当我见到齐时，心中满怀感激。

"我身体感觉非常好，谢谢。"

"没什么，对我来说，这是举手之劳。"齐说，"你未来几年需要考虑，如何在社会上隐蔽不会衰老的身体特征。我建议你加入柬埔寨国籍，每隔几年换一个全新身份，以华侨的身份在国内居住。"

"谢谢。"

"你还有什么要求，我可以一并满足。"

"我想，见一见念冰。"

齐皱起眉："念冰前些日子离家出走了，还没有回家……"

"我可以去找她。"

"你找不到的。"齐说，"我都找不到她，更别说你了。"

"她不在浮空城？"我的心悬了起来，"她在下面的世界？你说过，这些年，地表正发生战争。"

"是的，她在下面。但你放心，世界确实很乱，但并不是每一个国家、每一个地表城市都在战乱状态，至少，我们下方的这片土地，最近这几年，是相对安全的。"

"我想去地表看看，正好顺便去找找她，你有线索吗？"

齐微眯起眼，细细地看我，不难看出，他并不赞同我这么做："这真的毫无意义，就算找到，她也不会跟你说话，你知道，她正在生我的气。"

"我试试，毕竟我和她之间，没有你们那么大的代沟。"

齐笑了，这微笑很友善，似乎又透着一丝神秘："好吧，一会儿王带你下去。我们正下方的这座城市，叫疋城，人口在10万左右，和浮空城同年建成。"

"雅城？"我皱了皱眉，"文雅的雅？"

"不是文雅的雅，是这个疋。"齐手指轻点，全息屏上出现"疋"字，"这是楚字的下半边，多音字，官方读法是'yǎ'。疋城是浮空城的附属城市，浮空城受制于体积、质量，许多设施无法配套齐全，这就是廷城存在的意义。"

我点点头："念冰现在就在廷城里，是吧？"

"只能说大概率在吧，念冰在廷城租过一套房子，是那种最简陋的记忆金属方楼，前几次离家出走，她都住在那里，但这一次她没去，可能是她已经发现，我知道这个秘密住所了吧。"

我有些惊喜："有地址吗？"

"β区11街道3号楼2楼，门牌4A。"齐说。

我默默地记下了这个地址："对了，我还不知道，念冰长什么样子。"

齐又笑了，他微眯起眼，眼神变得分外温柔。半秒后，我们身前浮现出一道清晰的3D全息人影：这是一个扎马尾辫、身穿校服的少女，端庄、乖巧，全身洋溢着青春气息，我走近了一些，仔细端详她的五官，她的眉眼很像语冰，鼻子和嘴唇像我。从头到脚，这身影都让我感到一种强烈的熟悉、亲近感。"我是不是见过她？"我有些恍惚，这也正常，我在语冰身上见过她、在镜子里见过她、在梦里见过她。

或许，这便是父亲和女儿之间，跨越时空的心灵默契吧。

我的心正在融化，想去摸她的脸颊，右手却毫无阻碍地穿过了虚像，我摇摇头，笑了起来。

"这是两年前，念冰上高中时，照的全息影像。"齐忽然说，"但我要提醒你，她最近这两年，变化挺大的。"

"怎么？"

"五官变化不大，主要是叛逆了，会化妆了。毕竟女孩子化完妆，可能连爸妈都认不出来。去年她跟我吵架，当晚去把头发全漂白了，打了夸张的黑色眼影、唇彩，还在脸上贴了文身贴，我回家一看，差点没被气死。"

我愣了几秒，旋即大笑："我有办法了。"

"怎么？"

"我也搞一个赛博朋克的造型，如果她看见这样的爸爸，很可能会主动找我说话，到时候，我再劝她回家。"

齐目瞪口呆地看着我："用你们时代的话说，还是年轻人会玩啊！"

第十六章

倪小姐

7月5日，早晨，降临的56小时后。

在踏足地表前，我曾无数次在大脑里构想，这座以"辺"为名的未来小城的模样。光怪陆离、霓虹闪烁的赛博朋克小镇？满眼虚实难辨的3D全息影像、飞行器漫天飞行的立体城市？甚至，到处是残垣断壁的战争废墟、漫天风沙和雾霾的废土荒漠？但当飞行器穿过云层，我从舷窗向下张望的一刻，发现自己猜错了。

辺城给我的第一印象是"整齐"，整齐得不像是一座人间城镇，而是一座采用标准模型搭建的模拟城市：建筑有高有低，但无论是高楼大厦还是低矮平房，都是绝对标准的长方体，同时都是绝对的坐北朝南朝向，数十条街道都是标准的平行、垂直相交线，从上方俯视，就像一方方巨型积木，抑或万吨货轮上整齐排放的集装箱。

在这一栋栋积木般的建筑里，一条条仿佛用直尺划出的街道上，行驶着数以千计的汽车。大多数汽车都匀速前进，只有极少数"偏快""偏慢"的异类，偶尔变道，超车。这些"不守规矩"的汽车，以及人行道上慢慢挪动的、沙粒大小的人影，给城市增添了些许烟火气，将它从一片建模规整的虚拟空间，变成一个生机勃勃的地表小城。

停机坪在市中心，飞行器缓缓降落，我跟着导航，步行前往"β区11街道"。街道极宽，笔直，平坦，延伸至视野的尽头。我发现，这马路两侧的长方体建筑，并非钢筋混凝土结构，而是从骨架到血肉都由金属构成。

"这是最新的'记忆金属建筑'技术：一块6米×3米×3米的记忆合金，一旦激活，便自动延展，'生长'成一栋800平方米，高8米的3层方楼，整个过程用时不到两个钟头。就算是30层的摩天大楼，也只要一周就能'生长'完成。"王对我说。它是个很尽忠职守的贴身助手，与我的距离永远保持在3米以内，解答我提出的一切问题——它的任务是保护、帮助我，想必一定也包括监视我。

"这么快？"我问，"这么说，一天就能建成罗马。"

"一天不至于，一周吧。其实，这种方楼80%的建筑周期，是放在了建筑模块，也就是记忆金属的设计、编程、生产环节，也就是出厂前。记忆金属延展、生长成建筑的过程，只是最后一步。"

"就像是花蕾打开，怒放成鲜花。"我说，"又或者是，游乐场的充气城堡。"

"很好的比喻。"

很快，我们来到了"β区11街道"。这一片环境很不好，楼层低矮，一方方两层的记忆金属建筑表面，留有明显的锈迹、污渍，好几座建筑的外墙上，还能看到夸张的、五颜六色的油漆涂鸦，路边有许多瘦骨伶仃的流浪猫狗。不止如此，这一带的空气也比前几条街道污浊一些，烟味、垃圾臭味混杂成一片，让我厌恶地皱起眉头。路过的行人多半戴着口罩——我自然也戴了，"我"是名人，是头顶那座空中楼阁的掌控者，更不适合暴露身份。

路边站着一些人，也不知道年纪——毕竟22世纪的科技已战胜了衰老，但从他们身上，我能感到明显的暮气，眼神空洞，瞳孔黯淡无光，明显对生活早已失去兴趣与希望。偶尔有几个稍微有活力一些的人，看我的目光，仿佛都有些不怀好意。

"……用您那个时代的话说，这一带，大约是城乡接合部，外加拆迁安置小区，再外加流动人员、社会闲杂人员聚集处。"王解释说。

我点点头，很快，我找到了念冰的住处，这是一栋二层小楼，只有五六米高，表面覆了一层人工培育的、适宜在金属表面攀爬的藤蔓植物。小楼的背面外墙上，有一个巨大的涂鸦，图案是三个人：一家三口，女孩挽着妈妈，爸爸则在一旁独行。我心头一颤，尽管画面简陋滑稽，但我还是依稀觉得，这涂鸦的"母亲"形象，有些像语冰，短发、安静，端庄且略显忧郁。小女孩偎依在母亲身边，男人则面无表情，又似乎苦着脸，在男人的身上，还被打了一个大大的叉，看得出来，画这画的孩童，多半很讨厌父亲。

"这涂鸦是出自念冰之手吗？"我问王。

"不知道。"

我摇头苦笑。

小楼一共有八间屋子，楼上下各四间，有三四间里能看到人，在一楼靠楼梯的房间门口，坐了一个干瘦的老妪——其实也没多老，只是额头、两颊能看到明显的皱纹。老妪戴着口罩、帽子，眯着眼，用好奇的目光打量我。我旋即发现，在她的右边脸颊上，斜着一条三四厘米长的疤痕，很深，从眼角下方一直延到鼻翼，如果再偏半厘米，只怕一只眼睛就没了。

不知为什么，即便有这条醒目的疤痕，老妪的面相却不显凶恶，这或许是因为她在笑——尽管隔着口罩，但我依旧能看出，她在对我笑。又或许因为她长相不坏，眼睛很大，皮肤白皙，即便岁月流逝，也能看出年轻时多半是个美人。我不由得对这老妪生出一些好奇，这个时代，大多数人都将身体、容貌保持在年轻的状态，只有极少数人例外。

但此时，我还有更重要的事要做。噔、噔，我爬上二楼，走到4A门前，轻轻敲门——这是念冰租住的"秘密住处"。门里静悄悄的，没有一点儿响动。

"念冰。"我说，"是我，我给你带了礼物。"

鸦雀无声。

"你要不要看看，我今天的形象，保证吓你一跳。"在来这之前，我特地整了个很"另类"的发型，希望和叛逆的"女儿"拉近一些距离。

门里依旧静悄悄的。

我叹了口气，开始仔细观察四周的环境。窗帘拉得不算严实，能从缝隙里看到很小的一片空间，房间里没开灯，很暗，地板上丢了些杂物，床上的被子胡乱堆成一团，没人。不止如此，窗台外面的两盆绿植都蔫了，土壤干裂成一块一块的，门把手、金属地板上都积了一层浮灰。这些细节证明，这间屋子，已经很久没人进出、居住了。

念冰，真的很久不住这里了？

我大失所望，回头望了王一眼："念冰在这座城市，还有常去的地方吗？"AI助理摇了摇头。我懊恼地转身，下楼，正要离开，下意识地又看了楼梯口那位老妪一眼，意外的是，老妪依旧在看着我，即便发现我回视她，也毫不避讳，目光深邃而神秘。我的心颤了一下，走上前，打了个招呼："阿姨，您好。"

老妪又笑了，口罩下的五官轮廓舒展开来："你好，帅小伙。"

"请问，住在二楼的那个女孩子，您认识吗？"我说，"她叫念冰，17岁，长这样……这是她两年前的照片，跟现在比，可能有一些变化。"

老妪眯起眼，看向我手里的全息屏。"是她呀。"老妪的声音比外表年轻不少，像是个中年妇人，声线很温和，仿佛春风拂过水面，我隐隐觉得，这声音似乎有些熟悉，但怎么都想不出和哪个熟人相似。她的帽子很低，一点发丝都没露出来，口罩遮住了几乎三分之二的面庞。老妪又说："她不在家，出门了，好久没回来了。"

"您知道她平时会去哪些地方，有哪些朋友吗？"我问。

这一次，老妪沉默了，她静静看着我，10秒、20秒，我有些奇怪，正要发问，老妪却偏过头，将目光从我脸上移到我身后的某个位置，她忽然压低声音，说："我可以告诉你，但不能告诉他。"

他？我恍惚了半秒，旋即意识到，老妪说的"他"，是我身后的AI管家，王。很快，一种如芒在背的感觉爬遍全身。难道说，老妪猜到了王在监视我，而非我的私人助理？她怎么看出来的？要知道，从头到尾，王都忠实地、一言不发地跟在我身后，没有任何动作和语言，完全一副忠仆的模样。

"外面热，进屋说吧。"老妪笑了，同时做出一个令我惊诧的举动，居然用她的手，拉住了我的手，往门里走去。她的手并不粗糙，温暖而柔软，我一时面红耳赤——若非老妪的外表年龄足以做我的母亲，语气又和蔼慈祥，我甚至怀疑，她是不是对我有意思。我犹豫了半秒，还是顺着她进了屋，屋子不大，只有60平方米左右，一室一厅，布置极简。我正想关门，王却机敏地跟了进来，我皱起眉，我进屋原本是想甩掉这个尾巴，谁知……

"没事。"老妪说，她伸出手，按下床头的某个按钮，下一秒，只听到一声刺耳的"嘀"声，王的额角，那个字母A的标志闪烁了两下，熄灭了。

"这是？"

"电磁干扰，专门针对AI智能助理的核心CPU。死机、自检、修复、重启，最少10分钟。"老妪说，"好了，齐楚，现在，我们可以交流了。"

齐楚？这老妪叫出了我的名字？！我几乎跳了起来，没想到这看似平平无奇的老妪，竟认出了我的身份。我旋即意识到，她的家里，居然准备了能让AI助手死机的电磁干扰设备，后背、额头的冷汗瞬间冒了出来。我死死盯住老妪，脚步慢慢往门外挪，是的，她蒙着面，脸上还有疤痕，一进屋就"废掉"了王，到底有何居心？毕竟，我的身份绝不一般。

"齐楚，你可以信任我。"

不知为什么，听到这句话，我的心脏莫名镇定了一些。是的，这陌生老妪一直在看我，她的目光很复杂、深邃，但似乎并不包含恶意。我又退了一步，双脚离大门只有不到半米。我说："你是谁？"

"我？我姓……倪，你可以叫我倪小姐。"

"倪小姐，您好。"我说，"您认识念冰？"

"是啊，我当然认识她，多么神气、漂亮的小姑娘，一看到她，我就想起我年轻的时候。"

我苦笑，在感觉到倪小姐确实对我没有威胁后，便坐了下来。屋子里只有两张沙发，我坐了一张，倪小姐坐在另一张上，我看着她，她看着我，气氛重新融洽起来。

"您多大了？"我说，"绝大多数人都保持年轻的模样，您为什么不这样？"

倪小姐眯起眼，说：“正因为大多数人都选择了二十岁的体貌，所以我才这样，我不喜欢和大多数人一样，再说了，这很酷，不是吗？”

我微微一怔，没错，在一群“永葆青春”的人里，让自己正常地老去、沧桑，这确实很特别，特别到能让人一眼记住。再说身体健康状况与容貌年龄也不挂钩。我认真地看着她，说：“您留着脸上的这道疤痕，而不做手术去掉它，也是这个原因吗？”

“不全是，这疤痕确实很酷，但我留着它，是因为我和一个重要的人有过约定。这样，无论何时何地，我们再度相遇，即便只是远远看一眼，他也能认出我。”

重要的人？约定？我的脑海里，下意识地想起一些浪漫、狗血的爱情故事，她是因为他受伤的？是为了保护他？那个男人一定很有魅力吧。倪小姐似乎看穿了我的心思，额头上的皱纹荡漾开来，说：“你猜错了。”

“嗯？”

“不是爱人。”

不是爱人？那是最好的朋友？父母？儿女？看她的年纪，最重要的人，多半是儿子或女儿吧，她为了保护孩子受的伤吗？他们失散、离别了？好奇心被激发了出来，面前的倪小姐，也在不知不觉中变得高大起来。没错，她是个很酷的女人，是个慈爱、勇敢、具有牺牲精神的女人，是个独一无二的女人。

“你们一定会相遇的，说不定就是明天。”

“一定。”倪小姐的瞳孔里，似乎有什么在闪烁，“也许比明天更早……例如，今天。”

我笑了起来，说：“您知道，念冰去了哪里吗？”

“她应该去找她的妈妈了吧。”

妈妈？大脑一瞬间放空，念冰的妈妈？那不是语冰吗？不，这不可能，这是未来，在这个世界，语冰早就去世了！

“念冰的妈妈，不是不在了吗？”

“我没说是这个世界啊……”倪小姐看着全身僵硬的我，悠悠地说，“也可能，是元宇宙呢？”

“元宇宙？”说实话，倪小姐的前半句话让我从沙发上蹦了起来，“不是这个世界，难道她知道……”幸好，她的后半句话帮我灵魂归位。是的，元宇宙，一个在我那个时代就出现的概念，在元宇宙里，已经去世的人可以以“代码”的形式永生：只需要套入精确的外表建模、性格数据，那么，“虚拟人”完全可以以假乱真，与接入意识的“玩家”在虚拟空间内交流、接触，技术水平越高，真实感就越强。

我旋即想到，如果能在元宇宙里找到念冰，和她“意识交流”，或许，我可以和她成为朋友。

我点点头，问："您的意思是，念冰，她的意识可能正在链入元宇宙？"

倪小姐笑而不语。

"那我去元宇宙找她。"我说，"谢谢您，倪小姐。"

"等等。"

我愣住了："还有事吗？"

"我有一样东西，要送给你。"倪小姐颤颤地站起来，走到床头，从枕下摸出一样物件递到我手上。那竟是一个小小的沙漏挂饰，手感冰凉，透明的玻璃里装着半管银白色的沙粒，泛着迷人的光泽。

"这是什么？"我愕然，"为什么要送我这个？"

"算是幸运物吧，念冰那孩子很可爱，你也是。你带着这挂饰，遇到危险，能保佑平安。"

我摇摇头："我过几天要去很远很远的地方，这样东西，我带不走。"

"带不走的话，就把它交给重要的人保管吧。"

重要的人？在这个世界，我哪有什么重要的人？有，念冰就是，但我能找到她吗？如果找不到呢？那要把它交给谁？齐？平行世界的自己，算重要的人吗？我犹豫了几秒，还是接过了这份奇怪的礼物，挂在胸口。挂饰很沉，凉凉的，刺得胸口的肌肤微微收缩。

"好了，这位休眠的机器人助理也快醒了。"倪小姐悠悠地说。她将我送到门口，与我挥手告别，早晨的太阳刚好爬过楼顶，照在她满是皱纹的沧桑面庞上，仿佛洒上了一层薄薄的金粉，倪小姐又笑了，双眼眯成一条缝，脸颊的疤痕弯出奇异的弧度。

"再见。"

"再见。"

第十七章

DPC

7月6日，早晨。

"我要去元宇宙。"我对齐说，"念冰最近有上线吗？"

"不知道，元宇宙的登录数据，是这个时代最重要的个人隐私。即便我是念冰的监护人，也无权查看，再说她可能是匿名登录，如果是匿名，那ID、容貌外形、动作模组都随机生成，就算站在你面前，你也认不出来。"

"我想去试试，反正没有坏处吧。"我说。

"可以，用我的ID，可以匿名，也可以实名，我不介意。"

我犹豫再三，最终选择了实名登录——首先，这样的话，如果念冰正匿名登录元宇宙，至少可以一眼认出我，不至于两个人都"相见不相识"；其次，匿名登录元宇宙的话，行动权限都受到严格限制。

齐带我走入大厦顶层的一间房间，面积不大，布置也极简单，唯一的"家具"便是房间正中，类似球形舱的元宇宙接入设备——这是最豪华的款式，平民只要躺在沙发上，戴上类似头戴式耳机的脑机连接设备即可。我按照说明提示，将三块拇指大小的电极片贴在前额、两边太阳穴上。3、2、1。随着倒计时结束，与电极片接触的肌肤感到轻微的酥麻感，我"坠入"了梦里。

眼前，是一座熟悉又陌生的城市：地点是我家乡云城，年代则是公元2100年，在元宇宙的服务器编号为2100-CN015（年代、国家、城市代码）。该服务器的日常在线人数是2万到5万，虚拟城市里，所有的建筑建模、NPC都取材于当年的真实数据。齐告诉我，这是念冰在元宇宙里最常去的服务器，其次是2000-CN015，依旧是我的故乡云城，我出生的那个年代。

我"降生"在城市中心广场，和记忆中相比，除去满街的全息屏幕、满天的载人飞行器、路人的衣着外，变化并不太大。"去××小区。"我刚浮起这个想法，一台单人飞行器便"凭空出现"，从头顶缓缓降落在身前。

是的，这是元宇宙，一个由人脑意识、计算机程序支撑起的虚拟世界，用户一念之间，便可以创造出"实物"。这飞行器很漂亮，拥有形似飞禽的流线型外壳，渐变的银色涂漆，耳边响起柔美的电子音。

"大疆公司隼41型单人飞行器，支持无人、手动、半自动驾驶模式，实物售价7000万元人民币，最高时速1.4马赫，0~1马赫加速7秒……该产品已通过4R认证，您在元宇宙的驾驶体验，与真实世界的体验接近度为99.5%。"

我有些讶然，这便是元宇宙里的广告植入吗？这台飞行器，无论外形还是性能，都完全在我的审美兴趣点上，价格则正好和齐的身份匹配。在我那个时代，手机程序还需要收集或者说"窃取"用户的行为数据，进而推送最具吸引力的广告，然而在这里，在元宇宙，我的爱好，我的性格，我的一切思想，都暴露在服务器内。想必这便是齐引以为豪的杰作——元宇宙舆论管控、信息推流算法吧。难怪他能成为这个时代的人上人。我心念微动："前进。"伴着一阵强烈的推背感，飞行器启动、加速，以0.2马赫的速度，平稳地往北部某小区飞去。那是"语冰"DPC在元宇宙里的住所。

DPC，一个全新的名词，在元宇宙里，它代表根据已故之人的外形、性格数据创造出的虚拟人物，相当于亡者在虚拟世界的"重生"——有别于由真实玩家操控的玩家和由程序生成的NPC，DPC的额头有明显的"D"字光标。DPC分两种，一种是逝者本人在生前签署授权、上传数据；另一种则是逝者亲友签署复杂的承诺条约之后代办——为了区分，前者的D字光标是大写，后者则是小写d。语冰自然属于后一种，毕竟她去世那年，元宇宙还只是个很不成熟的概念雏形而已。

这也意味着，这虚拟世界里的"语冰"，不过是齐凭借自己的记忆，重塑、创造出的人物罢了。

我颤抖着伸出手，敲响了眼前的那扇门。

"谁？"

"我。"

门开了，眼前立着一道无比熟悉的身影，我怔怔地看着她，忍不住流下泪来。

是的，太像了——完全一模一样，她就是语冰，五官、身形，甚至微笑时，眼神、唇角的细微变化和真实的语冰别无二样，若非额前闪烁的"d"字光标，我甚至怀疑，自己回到了过去，又见到了语冰。我生出一种冲动，走上前，抱着她——在元宇宙里，一切触感、包括拥抱、接吻都能做到99%拟真，我张开双臂，语冰却怔怔地看着我，说："怎么？"

我用力呼吸，努力冷静下来。是的，根据法律规定，元宇宙里，由亲友提供数据创造的dPC可以和玩家聊天、握手、一同吃饭、逛街、运动。如果对方是父母、子女，也会与他们拥抱、亲昵。但唯独不能"约会""恋爱"，即便dPC生前是上传者的法定配偶，上传者也无权给dPC加上"我的爱人"等标签。诸如"恋爱""约会""性行为"的权限，只有亡者生前自主创建、授权的DPC才拥有。例如某人在车祸意外身亡前，便将自己的全部数据上传至元宇宙，并立下遗嘱："如果我意外亡故，DPC的设定将是××的忠贞伴侣。"毫无疑问，这法律是符合人权、人伦的，能规避无数"亵渎亡者"的投诉。

我可以和dPC语冰聊天、喝茶，但不能拥抱她、吻她——她是我的朋友，好朋友，仅此而已。

"对不起，能一起聊聊天吗？"

"当然可以，齐楚，要喝茶吗？"

这一刹那，我忽然觉得，眼前的语冰变得陌生了。她叫出了我的名字，那个在现实里，她无数次叫过的名字，但这一次，这两个字不带丝毫温度。我抿了一口茶，清香顺着味蕾渐渐扩散——味觉体验极度拟真，甚至更加敏感，大脑里，有一个声音"恰到好处"地告诉了我这种茶叶的品类、价格，这无处不在的广告植入让我苦笑。我说："最近，念冰有找过你吗？"

"念冰？"语冰微微皱眉，"最近没有，上次她找我，是两个月前的事情了。"

我心头一空，两个月前？要知道，元宇宙和真实世界，时间流速是一致的。两个月前，那会儿齐还没有降临，甚至还没第一次和我意识共鸣。我问："上次找你，念冰和你说了什么？"

"对不起，这是我们的秘密，我不能说。"

我有些失落，但也在意料之中。这个问题已经涉及了隐私的范畴，其实之前我问"念冰最近有没有找过你"就已在"越界"边缘了。dPC语冰察觉到了我的沮丧，于是转移话题，和我聊最近的趣事、新闻，但我已意兴阑珊。我怔怔地看着这张熟悉的美丽面庞，一种难以言喻的悲哀从内心深处涌了出来。

是的，她不是她。

她不是语冰。

语冰，已经不在这个人世了。

在我眼前的，不过是一段由数十万段代码组成的程序，一个活在他人记忆中，容颜清晰但人格模糊、徒有其表的虚像。如果是语冰本人授权、上传数据，并加入"齐楚的爱人"设定的DPC，又会是什么样子的呢？我不知道。想到这里，我忽然想去见一见元宇宙里的父母。母亲依旧会唠叨着关心我吗？父亲依旧是那不苟言笑的模样吗？

以及，这便是未来世界的"悼亡"吗？

是的，在一个世纪后，至爱、至亲离世后，我们依旧可以在元宇宙中，与生前一模一样的"人"互动，而非面对一座冰冷、沉默的墓碑。但为什么，我依旧会感到悲伤呢？这大约是我的错吧，我不属于这个时代，所以才做不到自己骗自己吧。

我陷入沉思，以至于忽略了眼前人。她伸出手，在我眼前挥了两下，我猛醒过来："啊，对不起！刚才说到哪了？"

"我一会儿要出门，参加我老师秦文的'出生礼'，你要陪我一起去吗？"

"出生礼？秦文？"我顿时怔住。"出生礼"，这个词有些陌生，但"秦文"这个名字无疑格外熟悉，秦文的"出生礼"？这个消息激起我无比的兴趣，"那是什么？"

"秦文老师前些天去世了，按照他生前的遗愿，以及上传到元宇宙的数据，他去世后，DPC会在元宇宙上线，日期就是今天。这个上线仪式，我们通常称为出生礼。秦老师是著名脑科专家、诺奖学者，应该会有不少人参加他的出生礼吧。你不也认识秦老师吗？我们一起去吧。"

这个世界的秦文去世了？我的脑袋嗡嗡作响。照齐所说，我们这代人，是全面享受到基因改造技术，进而长生的第一代幸运儿，秦文只比我年长十多岁，能活到现在也正常——毕竟他是伟人，能第一时间享受大多数特权。然而，他既然能活到今天，又怎会忽然去世？

"他怎么死的？"

"新闻说是自杀，这是这些年最主要的死因之一，占全部死亡案例的40%。大约半年前，秦老师出现了厌世情绪，还早早立下了遗嘱……"

我是在宽敞明亮、完全1∶1拟真的市政大厅里，见证"秦文DPC"的上线仪式的，到场的人不算太多，只有三四百个玩家。

"无论哪个时代、哪个国家，科学家的人气、粉丝数量，都远远比不上明星偶像。去年，一位摇滚歌手的DPC出生礼，吸引了200多万的玩家参加。"语冰淡淡地说。

仪式主持人是一个男性NPC，这位穿黑礼服的司仪用沉痛的语调，介绍了秦文的生平成就：三个诺奖，两篇名垂医学史的柳叶刀论文，"21世纪最具影响力的十位科学家"。我瞠目结舌，旋即联想到，在这条世界线中，秦文便已如此伟大，那么在我的世界，接受了"未来启示"的那个秦文，又会达到怎样的人生高度？

"如今，这位伟大的医学家已摆脱皮囊的桎梏，灵魂与智慧在此永存。"伴着庄严的交响乐声，鲜花包围的演讲台上，缓缓浮现出一道熟悉的清癯身影，是秦文。模样甚至比我记忆中更年轻一些，他穿着白大褂，额上闪烁的"D"字光标证明，他是由秦文本人生前上传数据、授权建立的"DPC"。

四下响起不太热烈的掌声，巨型全息屏幕上，浮现出秦文的"简历"，包括生卒年月、主要成就等——大部分内容司仪都念过，我也没什么兴趣。然而下一秒，我左边眼皮猛地跳了一下，全身不由自主地颤抖起来。

21××年6月26日

这一行，是秦文的死亡日期——这个世界的秦文。

很熟悉，这日子很熟悉。

回忆如电影胶片般，在脑海里飞速倒放，我忽然回忆起，"医学顾问"降临的日期，是6月25日，当晚，秦文（我那个世界的）、齐，以及那位蒙面的医学顾问，在我家地下室见了面，我没在场，却清晰地听到了他们的争吵、冲突，26日23时50分，地下室里发出了那声异响——像是重物坠地的声音，那一刻，他们对秦文做了什么？

我是个懦夫，面对医学顾问的威逼、利诱，放弃了破门而入。

等到27日凌晨，大约是0点5分，门才打开，我看到秦文毫发无损地坐在椅子上，只是意识不太清醒，而医学顾问已"回到了未来"——这是齐的解释。彼时已过了午夜，冲突发生时正好是6月26日。

这意味着，在我们世界，秦文与医学顾问、齐见面的时间，恰好对应这个世界的秦文去世的日期。这两者只是巧合吗？不，绝不可能！

那一晚，在两个世界，到底发生了什么？

思维更乱了，无数凌乱的记忆片段在脑中漂浮、组接，构出一幅幅奇诡、虚幻的画面，我在这些画面里看到了人脸：齐的，秦文的。那一晚，医学顾问与秦文相对而立，一黑一白，仿佛太极的阴阳。我还看到了鲜血，鲜血从何而来？有人受伤吗？可是那一晚，当门打开后，我明明看到秦文坐在椅子上，衣服凌乱，但整个人完好无损啊，为什么会有鲜血？为什么会如此巧合？在某个瞬间，这无数幅画面中的一幅，忽然变得明亮、清晰起来，其他则迅速暗淡、消失。是的，我猜到了一种可能，一种黑暗、可怕，却最符合事实逻辑的可能，我全身冰冷，每一寸肌肤仿佛都有虫子爬过。

那一日，降临我世界的"医学顾问"，是未来的秦文。对了，那次见面，他的右脚微跛，走路时身体左倾，想必这也是"障眼法"，因为只有这样，才能掩盖他行走、上下楼梯时，身体姿态、动作习惯与秦文一模一样的漏洞！

他杀死了我们世界的，我认识的那个秦文，杀死了一个世纪前，平行世界的自己，取而代之。被装入信标送回未来的，只是一具没有呼吸的尸体，并凭此伪造出这个世界，秦文"自杀"一事。

为什么，他们为什么要这么做？

一个更加可怕、令我毛骨悚然的联想旋即浮现，我的心脏瞬间漏跳了两拍。

齐做的这一切，莫非也是为了取代我？

他们有这么做的动机吗？有，这"未来"并不美好，相反危机四伏，人们相互倾轧。战争、浮空城、"未来的未来"的侵略和干预，这些不安因素随时可能让文明走向毁灭。想必，齐、秦文，这些人上人已嗅到了危险的气息，嗅到了末日的气息——与之相比，我所在的世界，一个世纪前的"故土家园"，岂不是一个完美的避难所？

不仅如此，齐只要取代我，便可以与语冰——拥有血肉之躯、真实情感的语冰重逢，和父母，"真实世界"的父母相伴。如今的齐身居高位、寿命无限，或许人生最大的痛苦，便是孤独吧。

然而我依旧困惑。在降临的那两周，齐曾有无数次机会杀死我——我确实有所防备，但那点防备，面对有心的、筹划周密的谋杀，几乎比纸还要脆弱，那么，他为什么没有杀死我？甚至没有露出一丁点端倪？

难道是我猜错了，秦文在这个世界的死亡日期只是巧合？或许，给一个世纪前的自己启示，只是这个世界的秦文"最后的心愿"？思绪更乱了，我茫然望着眼前"秦文DPC"的身影，做了一个艰难的决定。

我断开了链接，离开了元宇宙。

我从密闭、幽暗的链接舱中醒来，链接室里一片安静。我打开门，沿着长廊往前走，这一层大都是齐的私人房间，空无一人。在走廊尽头，能看见AI助理王雕像般的身影。循着记忆，我走到"2号安全屋"门口，跃迁终端机、信标都在这里，与我仅一墙之隔，那是"回家"的唯一通道。

毫无疑问，在元宇宙的见闻让我心生疑惧，我此刻最想做的，就是逃离此处——更准确地说，逃离"此时"，回到那个属于我的世界。心跳倏然加速，是的，只要摘掉美瞳、拿掉口罩，我就能以齐的身份，通过这两扇门，进入信标。然而这不够，我并不知道跃迁终端的操作方法。启动需要密码吗？终端充能完毕了吗？是否需要设定时空坐标？坐标是多少？我渐渐认清一个事实：自从来到这个世界的那一刻，我的生命，我的命运，就完全掌握在了齐的手里。

人为刀俎，我为鱼肉。

我继续前进，王就在前方不远处，对我行注目礼，我不能表露出丝毫异样。我走到王的面前，说："我要见齐。"

"好的，请跟我来。"王说，"主人正在1号办公室办公，他特别交代，任何人都不能打扰他，但你除外。"

这是我第一次踏入1号办公室，若非此刻心怀忧惧，我一定会被这房间的奢华所震慑。办公室至少有两个篮球场大，十余米宽的落地窗外爬着一些绿色藤蔓，疏密均匀，遮蔽了大部分日光——这藤蔓是一种特殊的"功能植物"，对某个波段的光敏感，可以借助特制的照射仪，让藤蔓的叶子像含羞草一般，快速打开或合拢，实现窗帘的效果。

齐坐在由一整块实木切成的4米多宽的办公桌前，戴着耳机、眼镜，目光投向面前空无一物的某处，表情专注凝重。我先是一愣，旋即明白过来，他是在看全息投影。这投影具有防窥功能，只有在特定的位置、角度，配合特制眼镜才能看见画面——我轻轻咳嗽了一声，齐没有察觉，于是我说："齐。"

齐抬起头看了看我，微笑着说："等我3分钟，我在看一封重要的工作邮件。"

"好。"

这邮件应该很重要，齐摘下眼镜后，低下头，双手用力搓了两下脸，深呼吸。我忽然忐忑起来。我看到，当齐低头、搓脸的一刻，那张熟悉的脸上，五官扭曲成了奇异的形状，皱纹起伏，藏在灯光照不到的阴影里，显得格外陌生。

应该是错觉吧，毕竟无论是谁，只要用力搓脸，五官都会变形的。很快，齐就抬起头，露出熟悉的、友善的微笑，说："元宇宙的体验怎么样？有念冰的消息吗？"

"没有。"我说，"对了，我见到语冰了。"

"嗯？"齐皱起眉，似乎有些惊讶，想问什么，但终究没有开口。

"以你的身份地位，也无权给语冰加上'齐楚的爱人'人设标签吗？"我问。

齐认真地看着我，说："其实，我有，但我没有这么做。"

"为什么？"

"因为不需要。"齐说，他似乎看出了我的疑虑，于是轻轻按下座椅上的某个按钮。身后的墙上，一扇暗门缓缓打开，一道无比熟悉的身影缓缓走了出来，我呆住了，身体瞬间僵硬，竟是语冰。

是的，这是一个拥有实体的AI智能伴侣，容貌、身形都与我记忆里的爱人别无二致。她看见我和齐，程序出现了故障，怔怔地站在桌前不再有任何动作。齐说："你可以和她握握手。"

我坐在原地，没有动。

"她的肌肤材质、说话声调、性格特质，都和语冰一模一样——至少，和我记忆里的语冰一样。她可以陪我说话、逛街、做饭、约会，那么，我为什么还要动用特权，让元宇宙里的语冰dPC成为我的女朋友？嗯，现实里能做的事……就没必要在元宇宙破坏规则了。"

我沉默了，不知该说什么。

"好了，停止探讨这个问题。"齐说，"今天是你到的第三天，未来几天，我要告诉你许多东西，除去公司基本架构、工作流程外，更重要的，是没有保存在任何文档里的，错综复杂的人际关系。明天我带你参加董事会，你全程旁观。

这两天晚上，我会给你布置一些作业。"

"我如果学得快的话，能不能早一两天回去？"我忽然问。

"嗯？"齐抬起头，说，"不是说好一周吗，怎么了？"

我的头皮一阵发麻，齐察觉出什么了吗？他看向我的表情有些奇特，双眼微眯，似乎很坦荡，又似乎很复杂，我说："我怕语冰等得着急，毕竟，我失踪一周……"

"之前说好一周，那就一周，绝不拖堂，但也不会提早下课。"齐淡淡地说，"我约了一个朋友，四天后要飞一趟7号浮空城，在那边逗留两三天。这次不用你陪，不是公事，临死前见一见老朋友而已。我晚上6点出发，你当夜24点返程，所以我没法送你了，到时候王会协助你完成跃迁的全部程序，送你回家。其实流程很简单，你看一遍也能会。"

我愣住了，这番话信息量很大……我自己走？齐似乎相当信任我？但来不及多想，齐说："你需要学的第一门课，是书法。"

"书法？"我愣住了。

"是的，你需要学会我的签名，我现在的手是义体，虽然功能已做到了尽可能完美，但毕竟是机械臂。我现在的签名，和你不一样，不只是字形，结构，包括许多用笔的细节习惯都有区别。"齐在桌上拿起一支钢笔，龙飞凤舞地在纸上签下一个极具艺术感与标识度的签名，"你试试看。"

我小心翼翼地接过钢笔，钢笔很重，用的是红色墨水，银白色的笔尖上，小半滴鲜红色的液体正要滴落，我屏住呼吸，依葫芦画瓢地模仿了一次，但两个字写得歪斜拙劣，我自己都苦笑起来。

"这支笔送给你，你慢慢练，不用急于求成。"齐随手将笔帽递给我，我接过笔帽，套好钢笔。齐静静地看着我，微笑着说："王、语冰，你们先回去。"

两名AI机器人走向不同的方位，王回到了门口继续"站岗"，AI语冰则回到了暗门内，两边都关上了门，偌大的办公室里，只剩我和齐两个。我有些不解，问："不是AI机器人吗，为什么还要支走？"

"不为什么，不习惯。"齐淡淡地说，"毕竟长得和真人一模一样。"

"好吧。"

"你站到我这边来，不然看不到全息屏。"

我绕过巨大的办公桌，走到齐的侧后方。如果放到过去，这或许会引起我的不快，毕竟通常来说，只有助理、侍者才会这么站，但此时我心烦意乱，自然也想不到这么多了。齐把全息屏的防窥级别调到"中低"，身前的办公桌上方，便浮现出一方清晰的画面。

"这是公司CFO发给我的，最新季度的财报……"我有些心不在焉，但还是沉默地站在他身后半米的地方聆听。齐很快进入了状态，当讲到一个未来的专业

· 136 ·

名词时，他低下头，认真思索，在大脑里组织语言，整个人格外专注投入，似乎物我两忘。不知为什么，我的眼神飘开了几秒，从全息画面移到齐的身上，我能清晰地看到，他后颈处跳动的青筋——是真实的血管而非义体，以及他后脑正中，那指甲盖大小、浅白色的发旋。我不动声色地听着，但思绪愈发混乱起来。一些回忆碎片，从意识深处，诡异地冒出芽来。

"四天后，王会帮你完成跃迁的全部程序，送你回家……"

"王的身份识别，包括面部、DNA、虹膜手段……"

"这是王服役的四年里，第一次用到高级安全验证，四年来，只用到过一次……"

"我就是你、你就是我……"

呼吸变得愈发急促，鬼使神差地，我把手伸进口袋，触到了某个冰凉、细长的物件，它如同火柴一样，点燃了某个极其危险、又极具诱惑力的念头。

此刻，在我的手里，握着一支钢笔。

办公室里，只有两个人，我和齐……

这房间极大，有无数暗格、橱柜，但偏偏看不到监控。是的，很少有乾纲独断的上位者，愿意在自己的私人办公室安装监控。

如果，我把钢笔的笔尖，用力戳进半臂距离外，齐脖颈上，那根最粗的血管里……

只要1秒，不，0.5秒，我就能杀死齐。之后，我只要摘掉美瞳、拿下口罩，走出这道门，我就是齐，就有权命令王送我回家。

口袋里，握着钢笔的右手开始颤抖，汗液从每一道指缝里渗了出来。

毫无疑问，如果放在从前，我绝不会这么做，连想法都不会有。但刚刚元宇宙里见闻的一切，尤其是秦文的"出生礼"，让我不得不怀疑齐是否另有所图。"秦文"杀死、取代了秦文，齐是否也想杀死我、取代我？

先下手为强！杀死齐！这可能是我唯一自救的机会，是我唯一活下去的机会。

但这是杀人！我从小到大，连一只鸡都没有杀过，杀人……杀人？

"你听懂了吗？"齐忽然转过头，望着我，"你出汗了，很热吗？"

"……"

"办公室是26摄氏度恒温，啊……我记得年轻那会儿，习惯把空调开到24度的……要不咱俩折中一下，25度，怎么样？"

我点点头，却感觉脖颈如石膏般僵硬。

齐微笑着把空调打低了1度，旋即再次转头，回到背对我的姿态，他的肩膀、后背都很松弛，一副毫无防备的模样——齐对我如此放心、信任？难道真是我以小人之心度君子之腹了？我几乎松开了手，但很快又把钢笔狠狠攥紧了，因为我忽然想起一件事：齐杀过人，还是在我的世界。一想到这点，全身的汗毛就不由自主地竖立起来，如果齐想要杀我，也会毫不犹豫、轻而易举吧！

眼前，或许就是最后的机会了吧？我不能死，我要回去，语冰在等我、父母在等我……

我纠结、挣扎，眼前，齐的背影渐渐变得模糊。我仿佛看见他脖颈旁的动脉喷射出鲜血的一幕，仿佛看到自己满身血污的模样。我真的要这么做吗？还有其他选择吗？齐到底有什么秘密？我快要无法呼吸了，整个人的肉体、意识陷在一片黑暗的泥沼里……

毫无征兆地，一种念头如电光石火般，出现在意识深处：莫非，齐真正的目的，是要和我"交换人生"？他回到过去，我留在未来？

他自称命不久矣，莫非都是谎言？是为了实现这个目的的谎言？

是的，只有这才能解释，齐为什么没有在降临之后，杀死我、取代我；只有这才能解释，他为什么大费周折，把我接到未来世界；只有这才能解释，他为什么如此不厌其烦地给我"上课"。这一切，都是为了"交换"。

毫无疑问，齐渴望我拥有的一切，包括真实世界里的语冰、父母。他认为这些远比财富、地位重要。他想取代我，又不愿杀死我——毕竟，如果只是交换的话，是我的道德底线能接受的，至少不会自责、失眠一辈子：我了解齐，因为我了解我自己。

齐打算什么时候跟我摊牌？四天后吗？他应该会留下一封信，向我解释、道歉，之后他前往我的世界，永久切断跃迁通道？又或者，他会提前询问我的意见？到底是询问，还是命令？

我不由自主地颤抖起来，在某一刻，我的意志竟动摇了。我愿意交换吗？不，不要，这个世界的齐，确实拥有常人梦寐以求的财富和地位，但这依旧比不上我的爱人、我的亲人，我不会答应他……可是，如果我拒绝，会发生什么？

我感觉很冷，心脏在胸腔里艰难地跳动。我咬着牙，将手指从口袋里抽了出来——而把钢笔留在了口袋里。

是的，尽管齐对我有所企图，但这企图毕竟是有底线的，我可以跟他谈判、跟他争论，甚至跟他打一架，但我不能在背后杀死他，我做不到。

我深吸了一口气，又深深地呼了出去，当肺泡排空的一刻，我感觉自己从水底浮了上来，不知是不是巧合，两秒后，齐也转过头来，半仰着，用无比温和的目光和我对视，他在微笑，我感觉，这一刻，他的微笑，比以往任何时刻都更真诚。

"你很好。"

"嗯？"

"你没有让我失望，我没有看错你，没有看错曾经的自己……"

我怔住："什么意思？"

"是的，你刚才很挣扎，挣扎要不要偷袭我、杀死我，因为这是你能看到的唯一机会，也是最好的机会。但你犹豫再三，还是放弃了……我就知道，你不是这样的人……"

寒意从每一个细胞向外蔓延，我的躯体、意识再次被冻住了，仿佛置身冰窖。我刚刚的小动作，甚至内心变化，齐全知道？这一切，都在他的意料之中？如果，我刚刚动手了，那会发生什么？

齐似乎看穿了我的思想，说："是的，我全知道。"

真的，要摊牌了吗？

"我不换……"我用尽全身力气说，"我要回家。"

"换？"齐露出愕然的神情，皱起眉，思索了几秒，"交换人生？你是这么想的？"他的眉心皱得更紧，脸颊的肌肉开始跳动，他说："我错了，我以为你只是不敢确认内心的怀疑，又或者，不忍心对我动手而已。没想到，你居然会认为，我的目的是和你交换人生。对不起，你猜错了。"齐脸上的表情变得无比复杂。他皱眉轻叹，明显有些失望，但很快重新变得轻松起来，略带欣慰地说："原来，二十多岁的我，是这么善良、单纯啊。"

第十八章

七伟人

我在一张陌生的大床上醒来，睁开眼，只看见一面纯白的天花板，四周的墙壁也是纯白的，房间有五六十平方米，却没有任何家具摆设。强烈的空旷感令我头皮发麻，我很快发现，自己的手腕、脚腕、脖子，被几十根细细的、坚韧的绑带固定在床上，别说下床，就连稍微移动手脚都无法做到。我万分惊恐，大喊："有人吗？"

没有应答。

"齐楚！"

依旧一片沉寂。

这是哪儿？我怎么了？刚刚发生了什么？我依稀想了起来，说完最后那句话后，齐的左眼诡异地眨了眨，0.1秒后，我眼前闪了一下，就像被电流击中一样，全身一麻，瞬间失去平衡，向后仰倒，在后背撞到地面前，我被接住了，齐微笑着看向我，目光一如既往地深邃。我努力挣扎，但意识迅速模糊。我晕了过去。

我试着动了一下还能动的肢体末梢——手指、脚趾都能正常伸展弯曲，没有受伤，没有疼痛，悬着的心略微放松了一些。忽然，我听见开门的声音，齐走了进来，却没有说话，只是绕着我走了两圈，目光冷漠，就像猎手看着猎物。

如今，我已真正成为砧板上的鱼肉。

我深吸了一口气，说："现在，你可以说实话了吧？"

"可以。"

"你要把我怎么样？"

"我要取代你。"

取代？我毛骨悚然，强撑着问："为什么？"

"因为那些你能想到的原因。如你所见，我们这个世界并不和平，在许多方面，甚至不如一个世纪前，当然，也因为爱人、因为亲人。对了，还有一个重要的原因，我想成为伟人……"

"伟人？"我愣住了。

"是啊，在这个世界，我是顶尖富豪、是媒体大亨，但是，距离伟人依旧有一段不小的距离。很多时候，当不得不听命于掌控更高权力的上位者时，我都会心有不甘。但是如果我回到一个世纪前，取代你的身份，就一定能成为伟人……每个人都想成为伟人，不是吗？"

"我不明白。"我说，"既然你只是想取代我，为什么不直接在那边杀死我，还要费这么大周折，接我到这里？"

"你居然没想到？"齐有些惊讶，"那是因为，我需要你的身体……"

身体？我愣了0.1秒，旋即每一块肌肉、每一寸肌肤，甚至每一个毛孔都战栗起来。是啊，身体，我怎么没想到这一层？齐瘫痪多年，躯干、四肢都是义体，尽管这义体已相当先进拟真，但依旧无法比拟原装。

我的牙齿咯咯作响："你的意思是……换头术？"

"准确地说，只换大脑。"齐淡淡地说，"这也是为什么我必须把你带过来，因为只有这个时代，才有成熟、安全的大脑移植技术。"

我沉默了，牙齿用力咬在嘴唇上，我拼命挣扎、扭动脖子，后脑一下下撞在柔软的床垫上，但毫无意义，我根本无法移动分毫。这一瞬，我想怒骂，用我能想到的最肮脏的词汇痛斥眼前的齐，但终究忍住了。在这种局面下，激怒对方毫无意义。几秒后，我用自己都难以置信的温和、平静的语气说："请不要杀我，你可以把我的大脑，植入你的义体，我们，交换。"

我并不为此刻的懦弱感到羞耻，不，这原本就不是懦弱，我不过想活下去，也不会因此伤害任何人。蝼蚁尚且偷生，这不需要羞愧。

"对不起，做不到。"

"为什么？"

"和你交换躯体，我去你的世界，临行前设置自动程序，事后切断通道，破坏跃迁终端并粉碎时空坐标数据，目前来说，是基本安全的。但是我不放心……或许半个世纪后，随着科技发展，你有机会找到我、报复我，君子不立危墙之下，我很明白。"

我全身发冷："不，别这样。你知道，我不是睚眦必报的人；我也知道，你不是毫无底线的人……你杀了我，内心也很难安宁吧？"

"不，你错了，你没有经历过瘫痪在床、苟延残喘的数十年。"齐冷冷地说，"人总是会变的，我们也是。如果你经历过这些，很可能变得比我更加冷血。有一句电影台词怎么说来着？任何人都可能变得狠毒，只要他尝试过什么叫嫉妒……"

"你可以……"我努力挣扎。

"你不用担心，我说过，你不会死。"齐摇摇头，"这是因为你刚刚没有在背后对我动手，这是你自己努力来的机会。"

"什么意思？"

"我的大脑，将在三天后移植入你的身体，这并非只因为义体不够完美，更重要的是，我现在的身体，是无法在你那个时代正常生活的。义体过不了机场、车站的安检，生病、体检就会露馅。至于你，我会给你的大脑——换句话说，'灵魂'，安排一个特别的'容器'，你可以通过这个容器，永远接入元宇宙，以DPC的身份在那里永生——嗯，其实你是有自主意识的玩家，但身份标识是DPC。我会给你安排一场出生礼，就像秦文一样。"

元宇宙？DPC？出生礼？齐知道我刚刚在元宇宙见证了秦文的出生礼？是的，这才能解释，他为什么会忽然发难，设下考验并立刻摊牌。

"当然，为了保险起见，在把你的大脑移植入容器前，我需要删除、修改你的部分记忆——同时禁掉你在元宇宙里，与玩家自由交流的权限。放心，只是禁言，元宇宙里的你会保留完整的意识，你还活着。还有，我会给你和语冰dPC，设置合法夫妻的身份。"

我惊呆了，一时不知该痛苦还是庆幸，这便是我的最好结局吗？

"我知道这对你很不公平，但是抱歉，这样的程度，已经是我能够给你的，最大的慈悲了。"

慈悲？

我绝望地苦笑，但不能反驳。

"你可以骂我，我不会生气，但也不会改变主意。你也可以提一些条件，只要我能满足的，一定满足。"

我用力吸气，空气顺着气管灌入肺泡，被束缚的胸腔用力隆起，又轰然塌陷。我双手攥拳，指甲陷进肉中，牙齿用力咬在嘴唇上。心中悔恨交加，我终于意识到，自己多么蠢，多么单纯，此刻，我要为这愚蠢付出代价。

"所以，从头到尾，这一切都是你、秦文两个人的计划？"我艰难地说。

"不，不止我们俩，时空跃迁技术来自未来，也就是你'未来的未来'，对我们来说，一套时空跃迁终端，加上配套的能源、资源，建设成本和技术难度，丝毫不逊色于你那个世界的大型强子对撞机。所以，降临计划的参与、投资者，一共有七个人，都是这个世界的大人物，同时，也是最渴望成为伟人的野心家。我们将携带今天的知识、记忆，集体降临一个世纪前的平行世界。十年，最多二十年后，我们就会成为你那个世界的七位伟人，我们的头像将被印在钞票上，塑像会被立在无数广场中心。这，便是'七伟人'计划。"

"还有五个人是谁？"我问，"还有……我想知道，你是其中的几号？"

"我？我自然是一号，否则，我也不会拥有把你带到我们世界的，特权之上的特权。另外五个人，有政客、科学家、程序员——当然不是普通的程序员，他是元宇宙的首席开发者。"齐微笑着说，"楚，你是不是很为我感到骄傲？"

我嘴角牵动，苦笑起来。好吧，至少这听起来，比"我只是末席、七号"要好一些……

"那秦文呢？"

"二号。"齐冷冷地说，"但我觉得，未来，他很可能会成为我们中间，最伟大的那个人。"

是啊，如果让人类全体投票，迎接一位一个世纪后的未来人类，那想必八成甚至九成以上的人都会把票投给"医生"——这是真正的救世主、福音。我仔细地观察齐，试图从他的脸上找出一些类似嫉妒、不甘的情绪，然而并没有。齐的表情很淡漠，似乎丝毫不担心自己的"一号"地位不保。

齐手握什么底牌？还是并不在意这样的排位？我并不是一个十分看重名次的人，但齐呢？他怎可能不在意？毕竟他已经变了这么多，变得如此冷漠、功利、野心勃勃，这样的人，可能不在意排位吗？或许这也是一种妥协吧，毕竟"七伟人"要回到一个世纪前，团队里可以没有政客、没有商人、没有程序员，甚至可以去掉科学家，但唯独不能没有"医生"。

我看不透齐的想法，也猜不到答案。

但唯有一点是毫无疑问的：此刻的我，已近乎完全绝望。身上的绑带极坚韧，将我牢牢固定在大床上，我无法动弹，甚至无法尝试通过自残来威胁齐，谈条件——这是我想到的，第一个有可能带来转机的法子，毕竟齐需要我的身体，自然不希望我受伤。大约是头脑发昏的缘故，我居然想到了咬舌——毕竟束缚带只控制住了我的四肢与躯干，不包括牙齿。齐用嘲弄的眼神看着我，仿佛在说："你试试？"

我用力咬了一下舌根，痛！但没有出血！

我用力吸了一口气，加大力道，这一次我做到了，伴着钻心的疼痛，鲜血的味道在舌根弥漫，然而伤口并不深，只破了表皮。我咳嗽着，吐出带血的唾沫。齐有些惊愕，旋即淡淡地说："就算你把舌头咬下来，智能医生也能接回去。你这是自己给自己找罪受。"

我沉默了。

"我要去忙了，你如果饿了、渴了，可以呼叫AI保姆，如果舌头疼，可以要止痛药，睡不着有安眠药。如果觉得无聊，你还可以点播电影。我觉得你不必过分难过，毕竟，以DPC的身份在元宇宙生活，并不如你想象得那么糟糕。"

齐并不啰唆，当他出门的一刻，我的绝望感更强烈了——这个房间的安全门是用数字密码开的，让我的面部、DNA、虹膜全无用武之地。密码很长，虽然齐用身形挡住了右手，但能看出有十多位。

齐最后回望我的表情很复杂，似乎夹杂了怜悯、嘲弄，外加一些难以言述的古怪，他说："再见。"

我无话可说，只能用力地呼吸。他走后，我尝试了一切方法——收缩肌肉、转动手腕，甚至强忍疼痛扭曲关节，想要让身体的某一部分从束缚带里挣脱出来，但毫无悬念地失败了。半小时后，我放弃了挣扎，毕竟即便我下了床，在天花板上那四只鱼眼摄像头的监视下，面对那道坚不可摧的安全门，依旧无能为力。

再说了，即便逃出这个房间，又能怎样？

我自认绝非一个悲观、容易放弃的人。我意志坚韧、不到最后时刻绝不放弃，然而在此时、此地，我实在看不见一丁点儿逃出生天的希望。抱着一丝不切实际的期望，我呼叫了一下AI保姆，要了一份食物，谁知这AI保姆并非智能机器人，更没有如我奢望的那样，从门外进来——身下，这张巨型智能床侧方，伸出一根灵活的机械臂，把食物送到了我的嘴边。

我张开嘴，接住食物，它看起来有些像三明治，至于味道——反正我味同嚼蜡。

我苦笑，笑着，笑着，笑出了眼泪。

悔恨、不甘、愤怒、绝望，无数情绪交织在心头。我为什么要轻信齐？为什么要进入信标来到这里？是为了"报恩"吗？还是为了齐允诺的条件？为了保护我们的"女儿"——那个不知道是真实存在，还是只是谎言一部分的"念冰"？或许都有吧，然而说到底，最重要的理由无疑是：我相信齐，毕竟"他就是我"。然而我错了，正如齐所说，每个人都会变的……我不愿承认，但又不得不承认，自己竟会变成这样的人……

是啊，"七伟人"，谁不渴望成为伟人呢？我也渴望。但是，为了成为伟人，就可以不择手段？可以双手沾满血腥，甚至不惜杀死"自己"吗？我觉得我做不到，也可能我会产生这样的自信，是因为从未有同等的诱惑摆在面前。

事到如今，我还有什么筹码吗？我能给齐什么？没有，至少我想不到。又或者，用什么条件威胁他？还是没有……他知晓我的一切秘密，在他面前，我是单向透明的。换位思考，我也想不出任何一点齐应该放过我的理由。

难道说，真的只能接受命运的安排，无条件投降，被齐"取而代之"吗？

不，齐甚至不需要我投降，猎人无须接受猎物的投降，能想到这个词，都是我高估自己了。

齐刚刚的话，真的不是骗我吗？我真不会死，而是以DPC的身份，在元宇宙"活下去"？那真的算"活着"吗？真是"永生"吗？对了，齐说，我可以提一些条件，要不请他在元宇宙里，给我和语冰安排一栋临海别墅？甚至，创造一个我们的NPC"孩子"？当脑海里无法控制地冒出这些念头时，我明白自己已失去了抗争的信念，以及其他"不切实际"的幻想。

是的，我就像一个验明正身、即将上刑场的死囚，还能指望什么奇迹呢？

在这个世界，会有谁来救我吗？我想不出。我在这里唯一的熟人，正是要害我的那个人。念冰？就算她真的存在，再怎么叛逆，也不会为了毫无交集的我，和亲生父亲反目吧。AI智能管家王？我与齐同时在场时，它只会听命于齐。

等等……我忽然想到了一个人。

倪小姐。

那天我去找念冰时，在她租的房间楼下，偶遇的那个神秘老妪。由于戴了口罩，我从未看清她的真实面容，但她脸颊上细碎的皱纹、眼角那道触目惊心的疤痕，深深刻印在我的脑海里。对了！临别时，她送了我一个奇异的沙漏挂饰，这沙漏此刻正挂在我的脖子上，胸口的肌肤，还能感受到它冰凉的温度。

倪小姐到底是谁？她会来救我吗？她送我的那个沙漏，会是能实现一切愿望的阿拉丁神灯吗？

我努力低下头，对胸口的沙漏说："我需要帮助。"

沙漏毫无反应。

"倪小姐！帮帮我！"

依旧无事发生。

我放弃了，深深呼吸。是的，我一定是被绝望冲昏了头脑，才会把一个小小的挂坠视为救命稻草，把一个偶然相识、不知姓名的老妪，当成救世主。

我又问AI保姆要了一些食物、饮料，在全息屏幕上看完了一部电影。我依旧毫无倦意，开始纠结于要不要吃一片安眠药：这可能是我生命的最后几十个小时了，我就像临刑的死囚一样，舍不得将一点时间浪费在睡觉上。

但是，我又能干什么呢？继续苦思那根本就不存在的"自救方案"吗？或者保持清醒，继续体会这令人窒息的绝望？

嗒、嗒……一片寂静中，我忽然听到，门外的走廊上传来隐约的脚步声。听声音，像是两个人！

我的心跳倏然加速，是齐来了？另一个人是谁？AI管家王？齐进门的话，我该跟他提那些元宇宙里的生活要求吗？这些要求，他没有理由拒绝吧……然而很快，脚步声便走远、消失了，这让我的心沉得更深。

死不可怕，等死才可怕，不知何时死、怎么死更可怕。我正在经历这个过程。

嗒、嗒……门外又有脚步声响了起来。我精神一振，旋即又觉得自己很可悲——此时的我，竟会因为"齐愿意和我谈一谈"而开心。这便是猎物、鱼肉的悲哀吗？

不知是不是齐故意放轻了脚步，这一次，脚步声很轻微，但我还是清晰地听出，他在我门前停了下来，我深吸一口气，希望摆出一副平静、有尊严的样子面对他。

咚。

齐就要进来了……我该用什么态度和他说话，对自己最有利？

咚、咚……

这声音凿在我的心房上，心跳一下子狂飙到每分钟120下。

有人，在敲门？！

我几乎大叫出来，然而当声音从喉管里迸出前，我又硬生生地止住了。这一刻，我的大脑变得无比清明：有人在敲门，这个人，显然不是齐！

那么，是敌是友？

是来救我的人？谁会来救我？

但如果，不是来救我的人呢？万一是齐的对头、敌人呢？齐曾经说过，他有不少仇人。如果真是仇家，我不出声，至少还有机会在元宇宙活下去，可如果被齐的敌人、仇人破门而入，那么……只怕我的肉体、灵魂，都会被一并抹灭吧。

外面的这个人，有能力打开这扇门吗？

大脑飞速运转，窒息感包围了我，我用力吸气、呼气，声带一次次收缩、摩擦，想要发出声响，但又一次次硬生生忍住了。敲门声并没有再响，但脚步声也没有，这个人竟一直等在门外。寂静持续了大约十秒，但在我的感觉中，这十秒钟仿佛十天、十个月一样漫长。

嗒、嗒……终于，脚步声又一次响了起来，这人似乎放弃了，离开了。

不知为什么，一种强烈、奇异的直觉涌上脑海。这脚步声，竟有些熟悉，而且不是齐！是谁？但没时间思考、犹豫了，我用力咳嗽了一声，高喊："救命！"

下一秒，一个天籁般的声音响了起来。

"是你？你在里面？"

大脑瞬间空白，旋即被喜悦占据大半，因"重见希望"的喜悦。很快，我感到无比困惑："怎么会是她？"是的，这个声音，竟来自"彩虹"，那个一度让我无比头疼、如精灵般的闪亮少女。

彩虹。

她竟然也来自未来？

我曾在我的世界见过她，这么说，她也是"七伟人"之一？然而我穷尽想象，也不能将那个古灵精怪的少女，与"伟人"这个词联系到一起。

不过，在这个时代，外表年龄与真实年龄并不成相符，或许，她是这个时代的撒切尔夫人……

但是，这怎么可能？！对了，如果她也是"七伟人"的话，那她，应该没理由帮我吧。

我心急如焚，思绪愈加混乱，但很快被一个轻微、清晰的声音打断。

嘀。

是门禁打开的声音。

站在门口的那道纤弱身影，彩色长发，明眸皓齿，无比熟悉、无比闪亮，是彩虹！她歪着脑袋，用亮闪闪的双眼看着我，就像一个天使。

"你是？"我下意识地问，"你怎么能开这门的？"

彩虹看了一眼挂钟，上面显示23：48，她吐了吐舌头。"没时间解释了。"她奔到我身前，动手解我身上的束缚带——自然是解不开的。

"刚才为啥不答应？"彩虹问。

"我不知道是谁……"我说，"你为什么不喊我，也不直接开门？"

"我怕声音太大，被他们听到。这层楼有十几个房间，一个个开来不及，还可能引发警报。"

我摇头苦笑："你是七伟人？为什么救我？"

"七伟人？他连这个都告诉你了？"彩虹摇摇头，说，"真来不及解释了，得赶快解开这些带子，你身上有什么工具吗？"

"没有……等等，我胸口有一个沙漏。"

彩虹将手绕到我的颈后，取下我胸前的沙漏。"真漂亮。"她说。然而这沙漏并不具备魔力，对坚韧的束缚带完全不起作用。

我皱起眉，"能找到剪刀、打火机吗？"然而话音未落，在我惊诧的目光里，彩虹忽然做了一件事：只见她低下头，张开嘴，两排尖利的牙齿，用力咬在了我右手的绑带上。

她居然用咬的？一下、两下……这束缚带应该是硅胶材质的，很有韧性，但确实不防"利器"，半分钟后，彩虹咬断了我右手的束缚带。她抬起头，冲我笑了笑，笑得很可爱，嘴唇弯出新月的弧度，我却打了个寒噤。

这一口尖牙利齿，要是往身上咬一口，那不得七八个窟窿啊。

三分钟后，23：51，我跳下了床。"还剩三分钟。"彩虹拽着我麻木的手腕，带我跑出门，走廊上空无一人。我发现，这间关我的屋子，门牌上写着"4号安全屋"，隔壁的隔壁，就是降临的终端设备所在的"2号安全屋"。

"跟我来。"彩虹说。

"去哪儿？"

"送你回家啊！"

我的一颗心几乎跳了出来，彩虹要送我回家？她不是"七伟人"吗？为什么？来不及思考，我跟在彩虹的身后，一路小跑到2号安全屋门口，门关着，门口立着一个熟悉的身影。

智能管家王。虽然并非武装警卫，但绝对可以半秒钟制服我。

我愣住了，不知该不该冒充齐的身份命令王，彩虹却抢先了。

"让开。"彩虹大大咧咧地说。

没想到的是，王竟闪开了。是的，我没有看错，是"闪"开，而非走开，这个具备拟真情感和深度学习功能的AI机器人，看到彩虹后，居然"避之犹恐不及"地闪开了……我无法理解。

"还给你。"彩虹把沙漏递给我，我没有接。

"你真要送我回家？"

"是啊，不信我？那你躺回去好了！"彩虹抬起头，正对门禁的面部识别仪，铁门缓缓打开——她居然也有权限！

"我要回家了，这沙漏也带不走……不如送给你吧。"我忽然想起，倪小姐在将沙漏递到我手上时，微笑着说出的那句"带不走的话，就把它交给重要的人保管吧"。彩虹救了我，那她一定就是"重要的人"了。

"这算是礼物吗？那本小姐就勉为其难收下吧。"第一道安全门打开了，彩虹把右手放上DNA识别区，用左手把沙漏挂在胸前，沙漏亮晶晶的，和她七彩的长发、白皙的肌肤显得分外般配。我忽然发现，彩虹的眼睛里，似乎蒙上了一层雾气。

"DNA身份验证成功。"

吱嘎，第二道门缓缓打开，彩虹昂着脑袋，横刀立马地站在门口。而当我越过她的肩头，看清房间里的两个人时，心脏瞬间漏跳了几拍。

自然，两人中的一个是齐，他目瞪口呆地看着门口比他足足矮一个脑袋的彩虹；另一个金发碧眼的人，居然也是我认识的人——他是前段日子，齐带我在酒吧认识的"未来的大人物"，欧盟主席亚历山大·仲马。

这个白人帅哥上身赤裸，只穿了一条短裤，露出完美的、如希腊雕塑般的肌肉。他站在漆黑的石墨信标旁，正准备跨进去。

我瞬间明白过来，他们正在准备降临：把亚历山大送回一个世纪前那个我的世界。

齐的身体剧烈颤抖起来。我有些难以置信，这个无比冷静、冷漠的家伙竟然慌了？反倒是亚历山大，全身的肌肉瞬间紧绷，他弓腰、屈膝，如离弦之箭般向我们冲过来——我的心瞬间沉了下去，他的身手我见识过，我们绝不是对手。

哒。

伴着一声细微的声响与一道突如其来的、刺痛双目的闪光，亚历山大迅捷的身影就像被施了石化魔法，咚的一声，面部朝下栽倒在地。这一摔很重，他的半截门牙摔断了，嘴巴、鼻孔里流出血来，亚历山大昂起头，用怨毒的目光死死盯着我，英俊的面庞有些扭曲，但身体依旧缩成一团、微微抽搐，根本无法站起来。

"什么情况？"我惊讶地看到，在彩虹的手上，不知何时，竟多了一件亮闪闪的形似遥控器的物件，凭借这两天学习的知识，我第一时间反应过来，这是一件依靠高压电流短暂致晕的武器！

"你……"齐沙哑地说。

咚，齐也倒下了——比亚历山大幸运的是，他是站在原地，身体软倒的，没有摔伤。

我的呼吸几乎停滞了。

"五分钟后，降临程序就要启动，能量已储备完成，所有参数也都设置完毕，你现在要做的，就是代替这个躺在地上的帅哥走进信标，然后，就可以回家了。"彩虹吹了一口"遥控器"并不存在的枪管，笑嘻嘻地对我说，"我卡好时间来救你的，怎么样，够天才吧？"

"你……为什么要帮我？"我艰难地问。

"因为我喜欢你呀。"

我大窘："你不是七伟人之一？你是……七伟人的敌人？"

"伟人？敌人？"彩虹嘻嘻一笑，"小了，格局小了，伟人算什么？我是女神！"

"那你怎么办？你不跟我一起走吗？他们两个人，一定会报复你……"

"他们？报复我？"彩虹扭过头，看了一眼地上的齐。齐依旧清醒着，躺在地上，死死盯着我们，目光无比复杂。彩虹忽然走到我面前，仰起头，牙齿轻咬嘴唇，在这个距离，我甚至能感受到她的呼吸与心跳。

"笨蛋……"彩虹轻轻地说，她的表情、语气突然变得格外凝重，"难道，你到现在还没猜到我的身份吗？"

我呆住了。

“我是……念冰啊。”

念冰？我的大脑一片空白。

彩虹依旧在微笑，这笑容摄人心魄：“是啊，我是念冰，我是他的女儿，也是……你的女儿。他怎么可能报复我？”

天旋地转，彩虹就是念冰？是我和语冰的女儿？怎么可能？不，怎么不可能？若非如此，她怎会一直偷偷地观察我和语冰？怎会那么依恋我和语冰的拥抱？怎会对我说“你一定要喜欢我，但不能是那种喜欢”？我终于明白，我和语冰，为什么会在彩虹的身上，感到难以用语言描述，但又无比强烈的亲近感了，那是父母和孩子之间，最热烈纯粹的感情。我也想到了，她为什么要将头发染成七彩的颜色，始终以无比闪亮的妆容出现，想必也是不希望我们猜到她的身份吧。

“快点，你需要提前两分钟进入信标接受安检。”彩虹催促我的声音有些颤抖，满是不舍。

我强撑着没有让自己倒下。冷静，我必须冷静，此时我有无数问题想问，但来不及了。我脱掉外衣，等彩虹转过身后，又脱掉内衣，钻进信标，我马上就离开这个世界了，我还能再看见彩虹吗？

伴着细微的摩擦声，先是外面透明的安全层缓缓闭合，接下来是信标的顶盖在机械引擎的牵引下缓缓滑动，咔嗒一声后，所有装置终于严密闭合，眼前一片漆黑，伸手不见五指。我颤抖着说：“念冰……”

“嗯，我在，你放心，程序正常，你马上就要回去了。”

“为什么要帮我？”

“因为，你是个好爸爸。”彩虹说，“记得，你要好好对妈妈。”

彩虹的声音似乎有些颤抖，她是在哭吗？不，不可能，彩虹是我的女儿，是这世上，最可爱、最闪亮、最明媚的女孩子，她一定不会哭的。正如太阳不会熄灭、大洋不会干涸、时间永无尽头……

第四部

危　机

Wei Ji

第十九章

迫　近

　　与四天前一样，我第二次经历了无比玄妙的跃迁体验，我在黑暗的封闭空间中醒来，推开并不沉重的石墨顶盖，看到熟悉的天花板、熟悉的墙壁。是的，我回来了，这是我的时代，我的世界。

　　不出所料，这回降临的地点依旧是齐之前租下的那栋别墅，此时是子夜，窗外一片寂静。我深吸了一口气，从信标里爬了出来，一件件穿好衣服。在我的胸口、下巴上，似乎还留着少女发梢的清香，一想到彩虹，我的心脏就开始不由自主地悸动。

　　彩虹竟是念冰，是我和语冰未来的女儿——很快，我又在房间里找到了一套明艳的女性衣服，想必两天前，她也是从这里回去的。

　　我很容易猜到她穿越时空，来到这个世界的原因。是的，她想见语冰，那个她从未在现实中相见、拥抱的母亲。我也能猜到她救我的原因，在她眼里，我是个"好爸爸"，而齐是"坏爸爸"。我拉开窗帘，遥望星空，记忆碎片涌上心头。就在几天前，彩虹曾跟踪我到过这里，撒娇着要留宿一宿，在被我拒绝后，又通过威胁我要走了一万块钱。那会儿我下意识地认为，这女孩是我命中的克星，没想到，还真是……

　　她还会再次来到这个世界吗？我还能再看到她吗，还能再抱抱她吗？

　　她的笑容、她的酒窝、她的七彩长发，凝聚成一张明艳的油画——我忽然怀疑，自己最近经历的一切是不是在做梦。

　　不，不是做梦，漆黑的信标依旧方方正正地摆在墙边；隔壁房间，银毛紫纹，瞳色奇异的紫电正趴在猫屋里睡觉；挂钟上的日期显示，我已离开了96个小时。我走向冰箱，开了一瓶可乐，开始思考最生死攸关的问题。

下一步，该怎么办？

是的，我回来了，但这并不意味着，我安全了。

齐会就此死心吗？不可能！"七伟人"计划如此宏大、缜密，绝不会因为这点插曲而终止放弃。齐一定会再次降临，不惜一切代价"追猎"我。我并不认为，念冰能一直阻止他，不只是念冰，在两个世界，都没有人有能力阻止他们吧。如今已图穷匕见，那么下一次，他还会保留"慈悲"吗？我不寒而栗。

恐惧中，我做了一件事：抱起房间里的实木椅子，狠狠砸向漆黑的石墨信标。砰、咚，信标的顶盖断成三片，侧壁也多出一个大洞，我望着眼前，支离破碎的石墨"棺材"，用力喘气。

是的，信标被破坏了，至少近期内，他没法降临了，我也安全了。

等等……

我打了个寒噤。

齐曾在这个世界逗留了一周，在这一周里，他会没有留任何后手，没有定制更多的备用信标吗？就算没有，他，或者其他的"伟人"，就不会用意识共鸣的方法，定制新的信标吗？

更何况，"七伟人"中的二号——"医生"秦文，已经降临了。

秦文，准确地说，来自未来的秦文，已经消灭了这个世界原本的他，取而代之。他是精英，是学术泰斗，智慧、地位完全碾压我，我能拿他怎样？报警这个念头一度占据了主导，然而最后我不得不放弃了。报警？说有"未来人类入侵"？未来的我即将谋杀现在的我？警察能忍住不笑吗？真不会把我送到精神病院吗？报警说"未来的我"在这个世界杀死了一个人？报警说这个世界的"秦文"是一个来自未来的赝品、杀人犯？我不得不怀疑，如果我报警，最后的结果，大概率是把自己搭进去。

大脑一片混乱。世界如此之大，我却无路可走。

我打开手机，数十条消息瞬间跳了出来，发件人都是语冰："深夜，有点想你，你有没有想我呢？""你还好吧？方便的时候，发信息报一个平安就可以。""昨晚梦到你了，梦到你来我诊室看病，看上去有点心思，但我问你，你什么都不说。"我的心颤抖起来，下意识地，输入了一段信息："我回来了，我们明天……"

然而很快，我咬着牙，将已经输入的文字，一个字一个字地删除了，重新输入了一段："我挺好，平安，过几天联系。"

是的，我目前不能见她。此刻的我，已是齐的目标猎物。如果只有齐倒还好，我至少相信，他应该不会伤害语冰，但我还是"七伟人"的共同敌人、猎物，如果让语冰知道我最近经历的一切，把她卷进来，那她会面临怎样的命运？

我不知道，我不敢赌。

我必须自救，我只能自救。

可是，渺小如我，无力如我，又能做什么？

10分钟后，我拿起手机，拨通了一个电话——嘟、嘟，电话响了七八声，终于被一个带着明显睡意的男声接了起来："喂……是齐总？"

我放缓呼吸。对面的这个人，是我之前定制信标的石墨加工厂的业务经理——这是我刚刚想出的，最有希望自救，至少能拖延时间的办法。我的城市只有这一家大型石墨加工企业，如果齐想定制信标，大概率也会找他们。

毕竟，齐有一个"弱点"：他的义体无法通过高铁、飞机的安检，选择的降临地点，自然是越近越好。

因为我上一次出手阔绰，给了两万元额外加急费用的缘故，经理对我的深夜电话表现得还算客气。

"经理，您好，我上次找你定制石墨盒子的事，你还记得吧。"我问。

"记得，有什么事？"

"我想知道，我当时找你定了几个石墨盒子？"我知道，这个问题很"奇怪"，但还是问了出来。

"就一个啊，怎么？"

"没事……还想问一下，最近，有没有其他人找到你，定制类似的石墨方盒？"

这一回，对面沉默了，过了很久才回答："你问这个，是什么意思？"

我的心瞬间提了起来，听对方的言外之意，这段时间，真有其他人定制过类似的石墨信标？我也很清楚，这个问题很奇怪，想必很"不太方便回答"。我思索了一会儿，给经理发了一条文字信息："经理您好，我们公司有一项重要的技术专利，被黑客窃取、泄露了。这项技术的实验、生产，需要用到上次定制的石墨容器。这项专利价值几千万元，我们怀疑是竞争对手所为，正在追查所有定制类似石墨容器的公司或个人，所以，希望您告诉我们。"

很快，经理回了消息："建议报警，我们全力配合。"

我苦笑，摇头，咬了咬牙，发了一笔5000元的转账，外加一条信息："警察在和稀泥，而且我们很急，万一对方抢先注册了专利，维权会非常麻烦。"

这一次，对面沉默了很久，他没有接受转账，也没有退回，好几次，我看到"对方正在输入""对方正在讲话"的状态提示，但迟迟没有收到回音。

我又一咬牙，又转了5000。

又一次"对方正在输入"后，两笔转账被接受了，我瞬间屏住呼吸，很快，一个语音电话打了过来。

"在你之后，确实有人定过类似的信标，一共3个……尺寸和你那个差不多，但有一点区别。其中一个信标长度要210厘米，宽和高不变；另一个宽度多5厘米，第三个则是高度少5厘米。我当时还奇怪，以为他是你的同事……但也没多问。"

我的心悬了起来："你跟他当面见过吗？"

"没有。"

"记得他的声音吗？"

"男的，口音有点怪，也听不出是哪里人，具体的，我也不记得了。"

我深吸一口气，无法确定定制信标的到底是"齐"（用了假声）、秦文，还是其他人。我又问：

"这三个信标做完了吗？"

"昨天刚完工，发货了。"

"发货？发到哪儿？"

"你等等……我查一下快递……三件分别发了三个地址，一个就在我们市，在江阳镇河西村；第二个地址在云南瑞丽，靠近国境线了；第三个是国外了，在阿根廷图库曼省，快递费都过万了。快递是今天早上发的，第一个明天能到，云南那个，要两三天后了，阿根廷那个，至少一个礼拜吧……"

我拿出纸笔，记下了三个地址。

"还有事吗？"经理问。

"暂时没有了……有情况的话，我再跟你联系。"

我放下电话，深吸了一口气，风从半开的窗户灌进房间，空气很新鲜，但窒息感包裹了我。是的，狡兔三窟，齐，或是秦文，定制了三件尺寸不一的信标，发往三个相距万里的地址。这意味着，他们可以根据具体形势，选择最合适的降临地点。尤其是最后那件发往阿根廷的信标，就算我知道地址，也根本无法赶过去——准备资料、申请签证、预订机票至少要大半月，这个时间，够降临者做很多事了。

危险正在迫近，我束手无策……

敌人来自未来，知晓我的一切弱点，扼着我的咽喉命门（语冰的绝症），掌握超越时代的知识与智慧。别说是我，就算这个世界最强大的英雄，也无法与他们抗衡吧。我会如蝼蚁一般，被碾碎、取代，一点印记都不会留下。

这一刻，我甚至怀疑，之前选择逃跑，而不是接受齐安排好的去元宇宙的命运，是不是一种错误。

咚。我似乎听到了敲门声。是幻觉吧，这个点，谁会找我？

咚，咚。敲门声执拗地再次响起，我颤了一下，真有人？是彩虹吗？她来帮我了？是的，一定是她！我欣喜若狂地奔到门口，想要开门，然而右手握住门把的一瞬，冰凉的触感让理智回归身体，我深吸一口气，贴到猫眼上，往外看。

我的身体僵住了，仿佛每一个细胞都停止了运行。

门外，是一道高大、瘦削的人影，包裹在白大褂里，目光锐利而清冷。

不是彩虹。

是秦文。来自未来的"秦文"，"七伟人"之二。

秦文怎么来了？他来干什么？

我全身的神经、骨骼、肌肉似乎都被冻结了，上半身软软地贴在墙壁上，双腿打战。不知过了多久，我的思绪清明了一些：一小时前，若非彩虹突然杀出，这次降临的主角本该是亚历山大·仲马。同为"七伟人"之一，难道说，秦文是来迎接他的？我深吸了一口气，再次从猫眼里往外看。果然，秦文表情平静，就像是走访一位多日未见的老友。

现在，该怎么办？

默不作声，假装屋里没人？不行，虽然没开灯，但我刚刚狂奔到门口，门外的秦文，多半已听到了脚步声！

忽然，一个念头如鬼魅般钻入脑海，挥之不去——

要不，我先下手为强？

在我身后十余米的厨房里，放着一整套厨具，客厅里还有工具箱，里面有锤子、扳手。至于秦文，多半以为开门的是"同伴"而毫不设防，如果趁开门的一瞬，便给他迎面一击……

我因这个自然而生、难以抑止的念头全身发冷——我真的下得去手吗？这是犯罪啊！我有机会成功吗？如果成功的话，又该如何处理现场？不，我怎能想这些事，我怎么可以杀人？

不，我不是杀人，门外的这个"秦文"，是来自未来的侵略者、杀人犯。我是在"自救"，也是在"拯救世界"，更何况，即便我不动手，他也要处理我。

消灭了他，"七伟人"便少了一分力量，我活下去的机会，想必也会大一点吧。哪怕是从万分之一提升到万分之二，那也是进步……

我的手、脚开始不听使唤，好几次，我想迈开步子，走向厨房，但筛糠般抖动的双腿完全无法支撑起身体，我痛恨自己的懦弱，又恐惧于自己的残忍。忽然，门外的秦文开口了："齐楚，我知道你在。"

什么？齐楚？他知道屋里的人不是亚历山大？这么说，他知道刚刚"降临室"发生的一切了？我的喉管里发出咯咯的声响，不，等等……"齐楚"这个名字指代的，并不只是我，还有"他"，然而很快，秦文用更淡漠、平静的语气说："我知道，你是'楚'，不是'齐'，你逃回来了。是吗？"

我全身的力气仿佛被抽空了，事到如今，任何伪装、掩饰都失去了意义。我并没有开门，只是说："你来做什么？"

"来找你聊聊。"

聊聊？我冷笑："我们有好聊的？"

"那么，得罪了。"

得罪？我怔了怔，但很快听见一个毛骨悚然的声音——一把钥匙，插入了大门的锁孔，并开始转动。不！我跃了起来，用身体死死抵住大门，然而下一秒，一阵酥酥麻麻的感觉，从金属的门把手，刺入、蔓延全身，我瘫软在地，再也无法起身。

这是……电击？

吱嘎，门缓缓打开，我努力抬头，仰视眼前熟悉的身影，是他，是秦文，或者说，"秦文"。他的身后有一盏很亮的路灯，将瘦削的身形勾勒得分外清晰，但屋里很暗，他的五官全部隐匿于黑暗的阴影中，我拼命挣扎着，在地板上扭动身体，想后退一些距离，但无法做到。

秦文不紧不慢地向我走来，一步，两步，他俯下身，与我在不到二十厘米的距离对视，他的眼睛很亮，表情淡漠，我已完全绝望。

"我说了，我不是来杀你的。"

秦文伸出右手，架在我的腋下，一发力，把我扶到了两米外的沙发上。我呆住了，在短暂的劫后余生的狂喜后，我深呼吸，脑海里思绪翻滚。

"不用想了，有问题直接问。"秦文淡淡地说，"能回答你的，我会回答你，不能的，我就沉默。"

"你来自未来？"我脱口而出，"你也是'七伟人'之一？"

"'七伟人'？你知道这个？"秦文微微一震，但很快恢复了平静，"是的，我来自未来，是'七伟人'之一。"

"上次，你和这个时代的秦文见面……"我忽然住了嘴，这个问题太敏感了，没必要直接问出来。没想到秦文猜到了我的想法，淡淡一笑，说："是的，我处理了他……"

我全身发冷，傻子都明白，这个"处理"指什么，但秦文很快又说："我说的处理，并不是杀死的意思，至少，他的意识还活着。"

"在元宇宙里？以DPC的身份？"

秦文再次愕然："你知道的不少。"

"这便是你们所说的'慈悲'吗？"

"当然。"秦文淡淡地说，"我明明可以直接杀死这个世界的秦文，让他的肉体、意识一并灰飞烟灭，不存于世。但我没有这么做，这还不算慈悲？"

我无言以对。

秦文说：“我想知道，你在我们那个世界，都经历了什么？具体一点，你怎么识破齐的计划，怎么逃回来的？”

“你不知道吗？”

“不知道，完全靠猜……跨越时空的信息交流，例如你和齐的意识共鸣，过程十分复杂，所以，我希望你告诉我。”

我报以沉默。

“要不这样，我先告诉你一件事，以表诚意。”秦文说，“彩虹你见过吧，她是你未来的女儿……念冰。”

我颤了一下，说：“我已经知道了。这次我能回来，也是她救了我。”

“她？”秦文皱起眉，“也对，只有她有能力帮你，也只有她有理由帮你。”

“她是什么时候降临的，又是什么时候回去的？”

“就是原定我降临的那天，我走进信标前，她忽然从背后偷袭、制服了我……她说要来这边看一看妈妈，还有你，她曾经的爸爸。这也是为什么，我的降临会被迫推迟，都是拜你女儿所赐……至于她回未来的时间，应该是你离开的两天后吧。48小时是每次降临最短的时间间隔，设备需要充能、维护，再短的话，安全无法保障。”

我苦笑，忽然想到“医学顾问”原定降临那夜，在监控画面里，出现的那个穿套头衫、走路蹦蹦跳跳的女孩，想必就是彩虹了。

“你怎么知道，这次降临的人不是亚历山大，不是齐，而是我？”

“你不需要知道这个。”秦文冷冷地说，“我已经说了很多，现在，轮到你回答我了。”

我扭过头去，但秦文冷冷地说：“说实话，除非万不得已，我并不想把一些可怕的、像水刑那样的逼供手段，用到你的身上。”

我的身体开始剧烈颤抖起来。

“还有，你应该清楚，不只是你的生死完全掌握在我手里。你的爱人语冰，她能活多久，也完全由我掌控。”

如果说，此前我还能靠意志、侥幸心理强撑的话，当秦文说出“语冰”这个名字之后，我瞬间崩溃、屈服了。没错，我之前做的一切——定制信标，接引齐降临，前往未来，都是为了她。我深呼吸，组织语言，对秦文说出了在未来世界，与齐的“斗争”始末。秦文认真地听完，脸色重归平静，说：“我原本以为，‘七伟人’计划、元宇宙、DPC这些事，都是齐自认为完全掌控局面后，主动坦白的，原来不完全是，你居然参加了我在元宇宙的DPC诞生礼，并猜到了真相。这么看，你比我想象的更聪明……不，更'早慧'一点。"

"所以呢？"

"你应该明白，'七伟人'计划不会就此作罢，齐不会放过你，他会再次降临，在他面前，你毫无还手之力。"秦文顿了顿，忽然露出一丝古怪的笑容。他直直地看着我，说："对我来说，'七伟人'的一号'齐楚'，是你还是他，并没有本质区别。"

我惊呆了，两边眼皮同时跳了一下，我，还是他，在秦文看来没有本质区别？这是什么意思？难道说，秦文不愿意"屈居"齐之下？他希望利用我，去对付齐？

心脏开始狂跳，这会是我的机会吗？又或者，只是一个圈套？

"我希望你相信一点，在'七伟人'里，我是对你恶意最小的那一个人。"

"为什么？"

"很简单，齐需要你的身体、身份，取而代之，他绝不会放过你。而另外五个野心家、阴谋家，也绝对不允许你这个'非我族类、其心必异'的知情者继续活下去，但我不同……"

"你不同？"我摇了摇头，"他们是野心家、阴谋家，难道你不是？"

"我是个医生，任何团队都需要医生。"秦文微笑着说，"我不是道德君子，我也处理了这个世界的自己，但至少，我比那几个人好很多。"

"但我是知情者，你不怕身份败露吗？"

"不怕。"

"为什么？"

"这大概同样因为……我是个医生吧……"

"医生？"

"我是来自未来的医生、医学专家，你清楚这个身份的意义吗？别说只是'处理'一个人，就算我真的杀了人，会有人制裁我、判我有罪吗？你去举报我杀人，只怕最后消失的那个人，是你吧？"

我愣了半秒，旋即不寒而栗。

是的，秦文是医生，来自未来的医生——他的知识、能力，能拯救亿万世人，能让权贵多活四五十年，说得通俗一些，他就是"神"。相比之下，另外几位"伟人"，那些未来的政客、巨富，即便同样知晓超越时代的知识、信息，但至少在一般人的认识上，绝不能与秦文相比。

你愿意提前30年进入星际殖民时代，还是多活30年？这样的问题，相信99%的人都会给出同样的答案。

"你一定有想过报警，但你有没有想过，你只要报警，语冰就死定了？"秦文冷冷地说。

"怎么会？"

"很简单，我的身份一旦公开，你认为，那些当权者会容许我，一位来自未来的医生，把宝贵的时间精力，浪费在一种全世界只有几百名患者的罕见病特效药上吗？"

我沉默了许久，最后颤抖着点了点头："你到底想说什么？"

"我的目标，或许比你想象的还高尚……这一点我现在不想多说，你以后会知道的。"秦文一字一顿地说，"还有，我正在救你。"

"救我？"

"你已经见过亚历山大了，他是七号，'七伟人'的老幺。齐对你说，他是我们那个时代的欧盟主席？"

"是……难道这身份不是真的？"

"呵呵，也不全是，他的确是主席，只不过这个'欧盟'，它的全称，应该是'欧洲杀手联盟'才对……"

杀手？我的呼吸近乎停滞了。

第二十章

生命倒计时

"七伟人"里，竟有一名杀手？怎么可能？

此时，我的四肢已恢复了活动能力，已能从沙发上站起来，走出去，跑掉，我甚至怀疑，自己有机会"逆袭"秦文，他刚才隔门制服我的工具，应该只是一根普通的高压警棍，此刻，他的双手交握在胸前，如果我骤然袭击，并非完全没有机会。

但我没有这么做，这毫无意义。秦文用怜悯的目光看着我，淡淡地说："亚历山大年轻时是花花公子、业余博击冠军，大约三十岁时，因为欠下巨额赌债而犯罪。他是一流的窃贼、黑客、杀手，也是齐的朋友——绝对忠诚，有过命交情的那种。他的存在，也是齐保证自己'一号伟人'地位的最大筹码。"

我心念一动，问："这么说，你们也不信任齐，认为有朝一日，如果你们威胁到他'一号伟人'的地位，他会对你们下手？"

"确实如此，但至少短时间内，我认为齐不会这么做。毕竟'七伟人'都有自己的核心价值、分工，合作共赢，才是聪明的做法。"秦文淡淡地说，"真正需要担心的人，是你。"

"我？"

"以我对齐的了解，他未必会把今晚的意外告诉另外几个伟人。但他一定会做一件事——尽快安排亚历山大降临，处理掉你这个隐患。"

我头皮发麻，倒吸了一口冷气。是的，如今，我是"七伟人"计划最大的变数和阻碍，只要我还活在这个世界上，齐就寝食难安。下意识地，我回想起不久前，在酒吧里第一次见到亚历山大·仲马——这个时代的他的情景，那一次，他不费吹灰之力，便正面击倒了两个肌肉发达的成年男子。

而未来的他，无疑是一个更成熟、更冷酷的职业杀手，一旦被他锁定，我还能看到几天后的太阳？

我浑身发冷，艰难地问："你刚刚说，你是来帮我的？"

"是。"

"我们现在的对话，齐会知道吗？"

"不会，跨时空观测确实可行，但和降临一样，过程很烦琐、耗能巨大，而且这会儿，齐应该正忙着收拾你们的宝贝女儿彩虹留下的烂摊子吧。"

我摇头，苦笑："你为什么要帮我？"

"很简单，相比于齐，我更愿意和你合作。"

我？我五味杂陈。作为"七伟人"中的二号，秦文更希望和我，而非齐合作？是因为我更善良单纯、诚实守信吗？恐怕更重要的，是因为我更加弱小吧。

"那你要怎么帮我……你能对付亚历山大？"

"不，我不能。当然，这个不能不只是指能力，而是……你懂的。我能做的，就是告诉你他降临的时间、地点。时间大概率是后天凌晨0点——齐自然希望越快越好，但降临终端储能、安检的最短时限是48小时；至于地点，你知道，我们又定制了三件信标，其中发往云南、阿根廷的那两个，48小时后都还在路上，所以至少95%的概率，亚历山大会降临在江阳镇河西村17号一楼的房间里，今天下午，是我亲自安排搬运工，把那件信标搬进屋的。"

"然后呢？"我有些蒙，"我提前躲远点，让他找不到我？"

"躲？你是属老鼠的吗？"秦文冷笑，"再说了，你能躲掉一个来自未来的顶尖杀手的追猎？"

"那能怎么办？报警？"

秦文忽然站了起来，走到我面前，在这个距离，我甚至能感到他的鼻息喷在我脸上的热度。他直直地盯着我："我的意思是，你可以在他'处理'你之前，抢先'处理'掉他。"

"处理"？我打了个寒噤。屋子里蓦然沉默、安静了下来，怦、怦，我听到自己胸腔里，心脏剧烈跳动的声音，对面，秦文却一脸平静，呼吸的节奏格外均匀。

半分钟后，我艰难地问："这个时间、地点，确定吗？一定会在凌晨0点吗？"

"齐有时间强迫症——这是受语冰的影响。凌晨0点，方便校准时间参数，而且夜深人静方便行动。"秦文忽然笑了起来，"这么说你接受了？你愿意处理他？"

我艰难地点了点头，是的，虽然并不情愿，但我已走投无路。这应该算正当防卫吧，我安慰自己。再说降临者并不属于这个世界，并非合法公民，没有人权，包括生命权。还有，我处理亚历山大，某种程度上，也是在"拯救世界"。

　　很自然地，我忽略了自己正在和另一位"伟人"——秦文合作的事实。毕竟人是一种善于自我欺骗的动物，总能找到各种理由，为自己做的一切辩护，即便最十恶不赦的罪犯，大多也相信自己是被逼无奈、劫富济贫，甚至是在替天行道。

　　"我不是他的对手……"我说。

　　"不，你已经想到了办法。"秦文冷冷地说。

　　身体又一次颤抖起来，是的，我确实想到了办法——在降临完成后，他推开信标顶盖的一瞬，便用利刃或钝器攻击他的要害。即便亚历山大再怎么强大，在那一刻，也是赤裸、手无寸铁的，闪避空间又很狭窄，我认为，我应该有七八成机会。

　　"但我想说，你的这些方法，机会不大。"秦文锐利的目光看穿了我的想法，冷冷地说。

　　"什么？"

　　"亚历山大是世界最顶尖的杀手，首先，他的力量、敏捷，甚至疼痛耐受力，都远远超过你的想象；其次，他每一秒钟，都在准备出手战斗，绝不会放松、懈怠。我们国家禁枪，禁很多管制武器。我认为，你就算拿刀，偷袭刚从信标里爬出来的他，得手的机会也不超过三成。"

　　"那我该怎么办？"我说。

　　"有办法。"

　　"什么办法？"

　　秦文忽然笑了起来："这是你要考虑的问题。"

　　"什么？"我愤怒了，"你不是要和我合作吗？"

　　"是的，但是这一次，是给你的考验。"

　　"考验？"

　　"是的，我确实有点欣赏你，你聪明、果敢，又不像齐那么阴狠、不择手段。但是，如果你提前两天谋划、准备，最后都无法完美解决七号的话，是没有资格成为我的合作伙伴，没有资格成为'伟人'的。"

　　我全身发冷："我不想成为伟人，我只想活下去。"

　　"你没的选。"

　　"那至少，给我一点提示。"

　　"你知道降临的原理，对吧？"

　　"齐对我说过，就是将人体量子化，精确传送到另一个时空坐标，精准重组。"

　　"你目睹了齐降临的过程，自己也降临过两次，对吧？"

　　"是的。"

"那就够了。"

够了？我努力回忆两次降临的过程，并没有任何头绪……是的，降临的过程相当玄妙，感觉漫长，但其实只是一瞬……降临后的身体并没有眩晕、虚弱的感觉，似乎并没有可乘之机。

"如果，我提前毁掉那个信标呢？"

"那样的话，亚历山大便可能在三天、四天、五天后，在云南降临，又或者十天、半个月后，在阿根廷降临。到那个时候，面对杀手先生未知时间、未知方式的袭击，我建议你提前准备好寿衣、花圈。"

"那，我到底要怎么办？你刚才说的那些，是提示吗？"

这一次，秦文没有再回答我，他缓缓从沙发上站了起来，挺直腰，居高临下地看了我几秒，旋即扭过头，望向不远处被盖得严严实实的信标。他转过身，缓缓往门口走去，吱嘎，他旋动把手的动作缓慢但坚定，门开了，外面的路灯不知是坏了，还是到了时间自动节能，总之灭了，月亮不知何时钻进云层里。忽然，秦文说："外面很黑。"

我愣住了。

"棺材里更黑。"

"什么？棺材？"我下意识地想到了死亡，他想说我必死无疑吗？半秒后，我想到了信标，是的，信标的外形与棺材一模一样，我该早早躺进去，引颈受戮吗？我冲向门，想追出去，但秦文已钻上车，车灯将幽暗的小路照得雪亮，刺痛我的双眼，眼前的一切都变得模糊，似乎完全消失了。

13时40分。

"闪电格斗"是一家不起眼的搏击训练馆，至少我之前每天上班路过，都没注意到它在大楼外墙上的招牌。它的场地在一家中型超市的楼上，我到的时候，训练场大门紧锁，前台坐着一个短发、圆脸的年轻姑娘。

"你找谁？教练不在。"女孩漫不经心地问。

"我跟老板预约过了，租一下场地，和朋友练拳。"

"三百一小时。"

"就现在要，三个小时。"

"好。"女孩爽利地打开锁。这训练场是篮球场改成的，设施简陋，木质地板上留了一层浮灰。在场地一角，围了一个边长五米左右的正方形拳台，我走到拳台边，从背包里取出新买的护具，穿上。或许是我的动作有些笨拙，女孩好奇地打量我，说："新手？"

"嗯。"

"那注意别受伤……你们不是约架吧？不能约架。"

我笑着说："放心，我像是约架的人吗？"

"如果真是约架的话，那场地不能租……你朋友呢？"

女孩话音未落，一个高大、矫健的身影从门外走了进来，金发碧眼，英俊的脸上挂着玩世不恭的笑容。"嗨，齐。"亚历山大用不太标准的中文跟我打招呼。

是的，我这次过来"练拳"，并不是临时抱佛脚，指望临时练两天搏击来对付一个职业杀手，我约的对手是亚历山大——这个世界、这个时代的。没错，即将降临的、来自未来的亚历山大是我的敌人，但这个世界的他，却是我的朋友，甚至盟友——这层关系还是齐拉上的。

约亚历山大见一面，上拳台比画几个回合，是我能想到的"知己知彼"的最好方法。我也清楚，即便如此，面对实力碾压自己的对手，我的希望依旧不大。

不大总比没有好。

"你邀请我陪你练拳，你也喜欢格斗？"亚历山大坐在我对面，也开始穿护具。他身材不算魁梧，但四肢修长，肌肉线条极清晰，就像古希腊的战士雕像，走路、抬手，每一个动作，都隐隐透露出这身躯的爆发力，"对了，不用给我陪练费，咱们是朋友，我不缺钱。"

"你最近这段时间，有没有做过一些奇怪的梦？"我开口道。

"梦？"亚历山大蒙了，"没有啊……我睡眠很好，平时很少做梦。"

我深吸了一口气，是的，我想知道最近这段时间，亚历山大有没有与未来的他"意识共鸣"，如果有的话，那我跟他解释"未来的你即将降临，杀死你并取而代之"这件事，就会顺利、简单许多，可惜事与愿违。我摇摇头，说："我们先练拳吧。"

"D'accord。①"

亚历山大轻轻一跃，蹦上近一米高的拳台——这高度倒不夸张，但这一跃的轻盈程度令人咋舌，毫无准备动作，甚至连膝盖都没怎么弯曲。果然，一旁的女孩也发出"呀"的惊叹。

我默默地走了几步，从台阶走上拳台。这是我人生第一次走上拳台，拳台的地板材质很特殊，比木地板软一些，我的脚也有些发软。亚历山大迅速进入了状态，双脚带动躯干，以特殊的节奏左右摆动，左……右……左……最多十秒后，我便感到了头晕，目光开始跟不上他的身形。

这要怎么打？

"你是……新手？"很快，亚历山大也愣住了。

"是……"

---

① 法语，意为"好的。"

"唉，"亚历山大叹了口气，明显有些失望，"算了，陪你练练吧。来，你对我出拳。"

"谢谢。"

我眯起眼，调整步伐，对准他的胸膛，刺出一拳。

我的身体素质一向不错，体育每项都是满分，篮球、足球这些对抗项目也算业余顶尖水平——这一拳我用了全力，目标是他的胸膛正中。"他应该会挡下这一拳吧。"我想，然而我两眼一花，眼前的景象，忽然从亚历山大的面庞，变成了苍白的天花板……

我被击倒了。

大脑空白了三五秒，旋即渐渐恢复记忆与意识——刚刚，面对我的攻击，亚历山大向前滑出半步，身体拧过九十度，从面对我变成了侧对，这一来，我的拳头便贴着他的胸口滑了过去，紧接着，我被惯性驱动的躯干，直直撞向他半悬的肘部。

亚历山大完全没有发力，只是利用我的惯性，便轻而易举地击倒了我。

我咬咬牙，从地上站起来。

"速度、力量不错。"亚历山大微笑着说，"如果接受一两年训练，有机会在业余比赛拿名次。"

"再来一次。"

"行。"

又一次，亚历山大摆出了防御姿态——不得不说，他是个很尊重对手的人，即便面对我这样的"蝼蚁"，也没有轻慢之心。

这一次，我依旧用了直拳，但是留下两分力道，以便中途变招、防御，我的个子比亚历山大高一些，胳膊也更长。"他应该会后退半步，然后伺机反击吧？"我想，然而我又错了，亚历山大根本没有退，反倒以不可思议的速度直直地冲向我，在脑袋撞上我的拳头之前，他的脖子忽然扭过一个诡异的角度，硬生生地将这一拳避了过去。

我甚至听到了，自己的拳头擦过他金发的摩擦声。

是的，就差半厘米，我就能打中他，但正是这半厘米，证明他对距离、速度的把控，已到了接近完美的程度。

紧接着，他的拳套轻轻地在我下巴上"点"了一下。这一下极轻，伤害不高，但侮辱极大。

我的心沉了下去。

格斗技巧、搏击经验、身体素质，我感觉自己跟亚历山大在这些方面的差距，甚至比一个稚年孩童和成年男人的差距还要大。

我深吸了一口气，说："我想问几个问题。"

"嗯？"

"如果在你没有准备的情况下，我从背后偷袭，我有机会吗？"

"1%吧，"亚历山大皱了皱眉，"最多2%。"

"如果，我有武器呢……"

"武器？什么武器？一把枪？"

我苦笑："没那么夸张，例如一把匕首，或者电击警棍。"

"如果你拿着匕首，那我肯定掉头就跑，别说我，泰森也会跑……空手的不跟拿刀的斗，这是常识。"

"如果，我拿着匕首，你赤手空拳，但你又必须跟我正面对决——嗯，假定你在和你女朋友约会，我拿着匕首，跳出来抢劫，你有多大胜算？"

"啊……那样的话，我把钱全给你不行吗……"

我苦笑："那你就当我劫色好了。"

"劫我女朋友的色？还是……劫我的？"

我想破口骂娘，但拼命忍住了。

"哈哈……如果真是你拿匕首，我赤手空拳，在这个拳台上的话，我觉得，你大概有半成机会吧，如果换成电击棍的话，那你机会大一点，一成吧。当然，如果你不择手段，可以再加上石灰粉、辣椒喷雾啥的，一起用上，应该有四成胜算吧。"

我苦笑，点头，是的，从刚刚两次交手来看，面对即将降临的杀手，即便我提前准备武器，用上各种"卑鄙"手段，依旧没有必胜的把握。

"你到底怎么了，一下子问这么多奇怪的问题。"亚历山大说，"你被人追杀了？还是跟人约架了？为了女人？啊……中国是法治社会，不要冲动。"

我摇摇头，是的，我想不出任何合理的理由来解释当下的情况，只能说："我最近工作上得罪了人，据说对方雇了一个搏击教练，要教训我，所以今天才找你练拳，看看自己和专业人士的差距到底有多大。"

"那你报警啊。"

"没用，对方只是扬言，没有证据。"

"如果你不缺钱的话，可以找保安公司嘛，24小时贴身保护。"亚历山大笑嘻嘻地说，"要不，你请我做你的保镖？不要钱，介绍点漂亮妹子给我就可以，毕竟咱们是朋友嘛！"

我愣住了，一颗心几乎从胸腔里跳了出来——请他做我的保镖？让今天的"亚历山大"，去对付一个世纪后的"杀手"，用魔法击败魔法？

是的，一方面，他俩"势均力敌"，而我再怎么逊，也是一个身体不错的成年男子，以二对一，那岂不优势在我？另一方面，事实而论，亚历山大和未来的他也确实是你死我活的敌对关系。但问题来了，我要如何让他相信这一点？如果我无法说服他，到头来，最大的可能，是他们两个先联手对付我，那不是自寻死路？

怎么办？怎么办？

我绞尽脑汁，也想不出一个法子。

"这个，我考虑考虑吧，有可能的话，我去找一个保镖。"

亚历山大点点头，开始脱身上的搏击护具，当脱掉最后一只拳套时，窗外忽然响起巨大、刺耳的声响。我皱起眉，和亚历山大一起走到窗口。楼下，两个绿化工人正在给人行道边的梧桐树剪枝。吱……哗啦，在电锯的轰鸣声里，一根碗口粗、三五米长、枝叶繁茂的杈枝断裂、坠落，接着是第二、第三根，这棵四层楼高的百年梧桐很快成了"秃子"。我摇摇头，关上窗，肩膀忽然被亚历山大拍了一下，他伸出右手，指向正在忙碌的绿化工人，一脸坏笑着说："对了，你要是整一个那玩意儿，就算再厉害的格斗高手，看到你都要绕着走。"

"啥？"我一脸茫然。

亚历山大笑得更灿烂了："不但厉害，而且合法、不贵、上手简单，简直杀人灭口、居家旅行必备工具。"

我猛震了一下，瞳孔开始收缩，是的，我已明白，亚历山大说的"那玩意儿"是什么了。他显然在跟我开玩笑，但我一点儿都笑不出来。

是的，电锯。

第二十一章

生　死

翌日，23：40。河西村17号民房。

距"杀手"的"降临"时间，只剩20分钟。

农村的空气很清新，微凉，从半开的窗户里灌进来，蝉鸣此起彼伏，偶尔传来一两声野猫的叫声。窗外的天很黑，无星无月，最近的路灯也在20米开外，昏黄昏黄的，无数叫不出名字的小虫在光下飞舞，在路灯后面，立着一栋孤零零、黑灯瞎火的二层小楼，那是离我最近的"邻居"。

我深吸了几口新鲜空气，关上窗户，呼吸顿时变得有些困难。

此时，我正站在这间农村自建房的主卧室里。这卧室不大，还不到20平方米，在墙根边缘，摆了一个漆黑、形似棺材的石墨信标，和我之前定制的那个几乎一模一样。按秦文的判断，20分钟后，"杀手"将在此降临。

决定命运的时刻，即将到来。

我在房间里唯一的椅子上坐了下来，大敌当前，我必须保存体力。这椅子有些破了，椅面上好几处缝隙都会"咬人"，把我的大腿、屁股夹得刺痛。

"喵。"又是猫叫，很近，似乎就在院子里，难道是紫电？此刻，它正待在汽车后备箱的猫笼里。这两天我都把紫电带在身边，每逢紧张、大脑混沌，将它抱在怀里，便能稍稍安心、冷静下来。这只未来的猫很聪明，有接近狗的忠诚与服从性，我一度想，能不能训练它扑咬"杀手"，但试过几次还是放弃了，它还是太娇小、柔弱了，对半大孩子都造不成实质威胁，更别说格斗专家了。

今晚，我不得不独自面对即将降临的"杀手"。我想了一天一夜，也没想出一个有把握说服亚历山大跟我并肩对付"杀手"的理由。毕竟换位思考，如果一个刚认识的朋友告诉我，未来的"我"即将穿越到今天，要杀死我取而代之，我也不会相信……就算我信了，也绝无可能答应他，去消灭未来的自己。

此时此刻，可能让我失败的最大原因，就是犹豫。对我来说，失败便等同于死亡。

我一咬牙，把脚下一样沉甸甸的物件提了起来，拿在手里。

电锯。

是的，就在下午，我去镇上的一家五金店，买了一把电锯。

亚历山大说得没错，这是我能合法买到的最完美的"武器"——摧枯拉朽，避无可避。之前，我特地用一个服装模特测试了一下威力——当然，是塑料而非真人模特。在每秒数千转的钢铁锯条前，坚硬的假体几乎比刚磨出的豆腐还要脆弱，瞬间四分五裂。我丝毫不怀疑，"杀手"打开信标钻出来的一刻，即便他武功盖世，早有防备，面对手里这把"终身质保""烧机包退"的电锯，最多10秒钟，就会变成一摊混合了骨渣、脂肪的血肉碎末。

而齐租下的这间偏僻、远离市区的自建房，这时候反而成了"利好"，毕竟，如果在闹市区，凌晨0点，电锯惊魂，我可没那勇气。

而换成任何其他武器、工具，都绝无这种威力。刀具、电击棍太短，容易被"空手夺白刃"，而钝器过于沉重，前摇太长，破绽太大——更何况，我也不确定，"杀手"的左、右手有没有哪一只是人造义体，如果那样，我的赢面更小。

1分钟后，我颤抖着打开了电锯的开关——在决战到来前，我要确认它没有问题。

嗡，电机发出巨大的轰鸣声，刺痛我的耳膜，我感觉自己的全身，不，整个屋子都在抖动，也不知是因为电锯的震动还是心灵的震颤。没问题，电锯没问题，无坚不摧。我关掉了电源，电机缓缓停止转动，不锈钢的锯条在灯光下反射出令人发寒的银光。我仿佛看见了鲜血的颜色，闻到了血腥的味道。真的……真要这么做吗？我真要做"电锯杀人魔"吗？一想到这一点，我就因恐惧而全身发抖。

但是除此之外，我又能怎么办呢？等死吗？再说，我要用电锯"消灭"的，并非这个世界的合法公民，而是来自未来的"侵略者"啊。如果把他想象成一个具备人形的"怪兽"呢？那样的话，就不会有这么大的心理负担了吧。

咚。

是幻听了吗？

咚、咚……

是敲门声？这个时间，这个地点？

是秦文？

是齐？

还是"杀手"？

我全身颤抖起来，将电锯攥得更紧，问："谁？"

一个陌生的、带着浓厚方言口音的声音响了起来："大半夜装修？有病吗？"

我呆住了，下意识地往窗外看去，只见不远处，之前黑灯瞎火的二层小楼，亮起了灯。而在我房子门口，立了道矮矮的、头发花白的陌生身影。

居然是邻居？那间黑灯瞎火的屋子，居然住了人，还是个听觉敏锐、睡眠不好又脾气火爆的耿直老汉？

我六神无主，不知该如何回应。

"别装死，说话！"

……

"你租的这屋子是我弟的，你再装死，我明天就找我弟，让你滚蛋。"

我没法再装死了，只能艰难地说："不好意思，不小心碰到开关了，对不起。"

"这还差不多，再有下次，我就报警扰民！"

邻居骂骂咧咧地走了，我呆坐在椅子上，大脑一片空白。

报警？他真报警的话？警察过来，那不是正好赶上个新鲜的、铁证如山的"杀人碎尸"现场？这是二等功直接砸脑袋上了？

这房子很老了，窗缝、门缝到处都在漏风，我在屋里"分尸"，门口的人哪怕是鼻炎患者，也能闻到血腥味。

23：45。

要不，用其他武器试试？我自然也准备了备用手段，辣椒水、石灰粉、电击棍，这些手段虽说"卑鄙"，但至少不会有太大响动，也不那么血腥，而且如果用电击棍，还不会立刻致死，可以把他交给秦文处理。可是正如亚历山大所说，用这些常规手段，我的胜算不足一半。

"喵。"院子里，紫电又在车上弱弱地叫了一声，它是饿了、渴了吗？只可惜此时此刻，我没有心情也没有精力去管它……

23：46。

我要不要报警？

警察会相信我吗？如果他们看到两个一模一样的"亚历山大"，应该会吧，可是之后呢？我该怎么解释房间里的电锯、匕首……再说，来不及了……警察赶到这里，至少要20分钟……

23：48。

要不，先把眼前这个信标给砸了？这样的话，至少可以争取一两天额外时间，重新思考、准备。但这也意味着，我在未来的日子里，要面对不知从何时何地出现的"杀手"。不，不行，等死比死更可怕，今天必须做一个了断。

秦文说，解决掉"杀手"，是给我的一个考验。

这是考验我的勇气吗？用电锯杀人的勇气？不，这不是勇气，是残忍，是犯罪，不只如此，我要如何处理被电锯肢解的尸体？这太难了，太变态了，一点都不现实，莫非，还有更好的办法，可以完美地解决问题？

我努力回忆上次秦文对我说过的每一句话。

"你知道降临的原理，对吧？"

降临的原理，是把人体量子化，传送到另一个时空坐标，精准重组……

"外面很黑。"

此时此地，外面也很黑……

"棺材里更黑。"

棺材？

一道不知从何而来的灵光，忽然闪现在脑海里，是的，面前的信标，不就是"棺材"吗？

我打开信标顶盖，躺了进去。这"棺材"很新，浓重的石墨味钻进鼻腔，不太好闻，但把大脑刺激得更清明了。几秒后，我伸出手，将打开一半的顶盖给盖上了。咔嗒，这是顶盖上的榫卯卡入底座的声音，我顿时陷入一片伸手不见五指的漆黑。

黑，很黑。

静，很静。

沉闷，近乎窒息。

我看不到外面……

外面也看不到我……

那次我降临未来世界，那一头的"出口"，也差不多……

量子化……重组……

"信标顶盖要和主体严密贴合，不能留一点缝隙，里面不能有任何杂物，尤其要小心蟑螂、虫子爬进去……"

"降临时，你要与信标保持安全距离。"

量子化……

在某个瞬间，我的意识深处，被一道光芒给照亮了。

难道说……

毫不犹豫地，我推开信标的顶盖，爬了出去。23点56分12秒，刚才进门后，我特地将墙上的挂钟，跟标准的北京时间对了3次，确保半秒不差。

距离"杀手"的降临，还剩3分48秒。

我仔细地将顶盖重新盖好，旋即赤着脚直奔门外，打开汽车后备箱，把小猫紫电抱了出来。紫电很乖，温顺地卧在我的怀里，靛蓝、浅红的双瞳愣愣地盯着我的脸。我轻轻地抚摸了一下它毛茸茸的脊背，它叫了一声，用脑袋蹭了蹭我的手背。

23点59分。

最后1分钟。

我用力吸气、呼气，最后检查了一遍口袋里的匕首、防狼喷雾、电击棍，心知肚明，只靠这几样武器，胜算微乎其微。

10秒……

5秒……

3、2、1……

和上次一样，钟鸣声被某种超越时空的力量扭曲了，一并被扭曲的，是房间里的所有物体，直线拧成曲线，直角在锐角、钝角间来回变幻，圆周变成多边形。然而这一次，我没有后退，而是用左手抱着紫电，猛地冲向信标。在跨入时空扭曲领域的一瞬，我的意识忽然模糊了，一些奇怪、乱七八糟的东西，包括"思想""记忆""感觉""情绪"，莫名其妙地出现在大脑里。事后我知道，这是多巴胺分子、大脑蛋白突触，在被改变、扭曲的"规则"下——即"物质"与"意识"的关联公式出现细微的改变后，发生的奇妙反应。0.5秒后，或者更快，我的右手触到了冰凉的石墨信标，我用坚定的意志和残存的气力，掀开了信标的石墨顶盖。

毫不犹豫地，我把左手抱着的紫电抛向信标，也就是"棺材"的开口——由于过度紧张，我无法完美控制力道，紫电几乎是"跌"进去的。"喵。"它扭曲的叫声令我心若刀绞，但我还是用尽最后的力气，往后一跃，退出一米多的距离，同时用两只手分别抓住了口袋里的电击棍和辣椒喷雾。

然而事实证明，这些东西，都已经用不上了。在之后的几秒钟内，我与紫电一人一猫，目睹了此生难忘的奇景。

在掀开信标顶盖的一瞬，我便看到了"杀手"，他的面容、身材与亚历山大一模一样——英俊的面庞，完美的肌肉。与我四目相对的一瞬，他立刻露出决绝、阴冷的表情。他张开嘴唇，似乎想说话，却没有任何声音发出来。0.1秒后，他脊背猛地弯曲，想用一个"鲤鱼打挺"跃出来，同时伸出右手——也不知是攻击还是防御，然而与此同时，"奇迹"出现了，信标里，刚刚，不，应该说"正在"降临的杀手，身体骤然"闪烁"了一下。

闪烁——这个词用在人体上显然违和，这本该用于形容夜空中的行星、浓云后的闪电，又或是偶尔断电的灯泡。但千真万确，他确实"闪烁"了一下，在某一瞬间，他消失了，然后又再度出现。之后，便是第二次、第三次"闪烁"。三次"闪烁"后，杀手的表情变了，从狠厉变得惊恐，他将手伸到眼前，瞪大眼，茫然看向十指，它们正淡化，说得更准确一些，"透明化"。是的，杀手的整个身体——线条分明的肌肉、英俊的五官，都在迅速透明化。

这过程极短，最多三四秒，杀手便彻底消失了。

就在他消失的同时，奇异的时空扭曲感也一并消散，空荡荡的房间里，只剩下一人一猫。我倚在墙上，大口大口地喘气，又过了很久，才走到信标前。紫电依旧睁着美丽的眼睛，无辜地看着我，除此之外，信标，也就是"棺材"里面空空如也，似乎从来不曾有人降临过。

我赌对了。

咚、咚。

又有敲门声响了起来。下一秒，我听到了秦文的声音："我没有看错，你很聪明，我很欣赏你。"

我回以沉默。

"你居然想到用电锯对付杀手？"秦文没有进门，他站在院子里，目瞪口呆地看着我把几件没能用上的"武器"一件件搬回车上，说，"大力出奇迹，你很有想象力，不，魄力。"

"要不是刚刚邻居听到电锯的声音，要报警说我扰民，这电锯已经派上用场了。"

秦文苦笑："那你什么时候想到正确答案的？"

"11点55分，再晚5分钟，说不定我就没了。"

"怎么想到的？"

"我忽然想到，上次你问我是否清楚降临的原理，我说是将人体量子化，在另一个时空坐标重组，你认可了。之前齐不止一次提醒我，必须确保信标顶盖严密贴合，不能有任何杂物，更不能让虫子飞进去。我就想到，降临的过程，是绝对不能被'观测'的，一旦出现了观测者，处于量子形态的人体就会坍缩。随即我又想到，你前天说的最后一句话，棺材里更黑……那句话，就是你给我的最终提示吧？"

"回答正确。"秦文点点头，"你抱着这只猫干吗？"

"我担心时空扭曲会对我造成伤害，就想到让它做观测者。但后来发现，我得在降临的瞬间亲手打开顶盖——我也想找个绳索一类的工具远程牵引，然后把猫扔过去，但时间仓促，来不及找工具了……"

"时空扭曲区域确实会对人体造成伤害，但微乎其微。看来，你也是个虐猫狂人。"秦文微笑着说。

"杀手呢？是死了吗？还是回到了你们的时空？"

"不，他只是'随机化'了。"

"随机化？"

"是啊，现在的亚历山大，将随机在宇宙任何一个时间、空间出现和消失，这就是随机化，属于生与死的叠加态——薛定谔的猫。这样最好，你既不需要因为杀人而内疚，也不用再担心他威胁你的生命了。"

我点点头，或许这是最好的结果了。我弯下腰，把紫电抱回猫箱，转过身，沉默地看着眼前的秦文，等他说话。

是的，他是"七伟人"的二号，"医生"。尽管这一次，他站在了我这一边，但我依旧无法信任他。他真的愿意和我合作吗？合作的条件、代价又是什么？我曾经那么信任齐，那可是未来的自己啊！然而结果很残酷，我错付了，险些失去一切，失去"生而为人"的资格。

秦文没有立刻说话，而是用锐利的、似乎能看穿一切的目光，上下打量我。

"我知道你不信任我。"

我不敢点头，也不能摇头。

"我如果想对付你，随时随地都可以做到。"

"什么？"我下意识地问，全身的汗毛瞬间竖了起来，迅速后退，努力和秦文拉开距离，然而已经晚了。秦文依旧站在原地，双手没有任何动作，我却毫无征兆地大脑一阵刺痛，眼前一黑，听觉、嗅觉、视觉同时丧失——这过程很短，只有一两秒。当五感恢复，我发现自己正仰面躺倒在沙发上，秦文微笑着坐在身前，右手按在我的肩头，和我脖子上动脉血管的距离不足5厘米。

我想要挣脱，但全身的肌肉都麻痹了，使不出一点力气。我绝望地问："你用了什么武器？"

"你不需要知道。"秦文冷冷地说，"我来自未来，自然有超越这个时代、超越你认知的手段。"

"你们不是不能携带任何物品降临吗？"

"我这几天现做的。你还不明白吗，我最强的倚仗，是我大脑里的智慧与知识。"

"你要干什么？"

"不干什么。"秦文说，"只是证明而已。"

"证明？"

"证明我随时随地有能力制服你，然后把你交给齐。但我却没有这么做，我想，证明完这一点之后，你更容易相信我的诚意吧。"

我哑口无言。没错，许多时候，实力是诚意最坚实的注脚。我不再挣扎，深呼吸了几口，又过了两三分钟，我感觉全身恢复了一些力气，于是动了动手脚，果然如此。我又休息了一会儿，然后坐了起来，与秦文对视。

"你现在应该相信，你当下的敌人是齐，不是我了吧。"

我艰难地点了点头。

"他会继续找你。"

"是。"我如芒在背，"他什么时候到？"

"不知道，'杀手'的降临出现意外，齐一定会格外谨慎、戒备。"秦文冷冷地说，"齐是个多疑的人，他很可能怀疑我背叛了'七伟人'；但他也是个自负的家伙，一定也愿意相信，是你凭借自己的智慧，想出了'观测'的撒手锏。所以，齐现在一定非常矛盾。但无论如何，他不会再完全信任我了。"

"你打算怎么帮我对付他？"

"不知道。"

"又不知道？"我怔住了，一种被愚弄的愤怒涌上心头，"那你还说要和我合作？"

"不是我不帮你，而是现在不行，齐可能在任何时间、任何地点降临，用完全未知的手段对付你，你现在能做的唯一事情，就是等。"

"等？"我更愤怒了，"你让我等死？"

"不，你不会死。齐不会杀你，至少，不会在这个世界杀你。"

"不会杀我？"我下意识地想反驳，但很快明白过来。没错，从此刻开始，我将无时无刻不面临威胁——但并非生命威胁，齐不会直接杀死我，甚至，他比谁都重视我，不容我受到任何不可逆的身体伤害。毕竟他需要、觊觎我的身体。他一定会用一切办法，把我"带回"未来世界。

这一点，会不会成为我的机会？

"对了，既然你通过了考验，那我承诺你一件事：无论未来出现什么意外，例如你和齐同归于尽，只要我还在这个世界，没有失去自由，就一定会全力治好你女朋友的病。"秦文认真地说，"这样的条件，诚意足够吗？"

脑海里浮现起那道熟悉、但恍若隔世未见的美丽身影。是啊，我之前做的一切，都是为了语冰。而面前的秦文，是语冰活下去的最终保障。我认真地看向秦文的双眼，他的目光依旧奇异，温和而锐利，就和之前这个世界的秦文一样。不知为什么，我相信了他。

"如果齐再次降临，取代了我，你觉得他还会兑现承诺，将我的意识送入元宇宙吗？"我问。

这是一个我纠结已久的问题。是的，即便是在我的"主场"，即便刚"消灭"了杀手，但我依旧没有信心战胜齐，我一直想知道，自己最坏的结局是什么。

秦文听到我的问题，肩膀颤了一下，忽然，他瞳孔里的温和消失了，只剩下刀锋般的锐利，他说："你一直在想这个？"

"是的……"

"你准备怎么对付齐？"秦文反问。

"不知道……"我茫然摇头，"你觉得，我有机会吗？"

"就在刚刚前，我还认为你有机会，毕竟齐不能直接、立刻杀死你，而要完好无损地控制住你，把你送进信标……但是现在，我又觉得你没有了。"

"什么意思？"

"因为现在的你，缺少了一样东西。"

"什么？"

"一颗冰冷的心。"

我整个人颤了一下，旋即发觉，即便事已至此，在我内心深处，依旧存在幻想，幻想即便投降、被取代，至少意识还能在元宇宙里活下去。我还幻想齐会因为念冰放弃"七伟人"计划，幻想秦文可以代我阻止齐。我甚至幻想过，是否有可能和齐当面推心置腹地聊一次，达成和解——至少摆脱这种你死我活的关系。然而秦文点醒了我：对敌人存有幻想，等于对自己的残忍。

"历史书上有一个人，你一定很熟悉——曹爽。"秦文淡淡地说。

我点点头，咬牙，把目光投向一旁的电锯。

"很好，这就对了。"

我沉默了片刻，然后问："你觉得，我现在方便见语冰吗？"

"你是希望见一见她，来坚定自己的决心？"秦文似乎看穿了我的想法，说，"如果是这样，那就见吧。"

40小时后。

这是我在"失联"一周后，第一次约语冰见面，在这之前，我经历了一天两夜的思想斗争，痛苦挣扎，一度自私、幼稚地想，要不要把这一切，原原本本地告诉语冰。

这近乎天方夜谭的故事，她会相信吗？就算相信，她能帮我什么？

对语冰来说，一无所知，才是最好的吧。这样，即便哪天齐取代了我，她也不会悲伤、绝望，能继续好好活下去吧。

不，齐不是我，他冷漠、自私，为达目的不择手段，我怎能将心爱的女孩，"托付"给这样的人？

我要反抗！要战斗！我真能战胜齐吗？我是不是该提前交代一些什么？用一封延迟邮件，或一张夹在书里的纸条？

我心乱如麻，想不出答案。

咖啡店里，我用格外温柔、依恋的目光，久久凝望这张近在咫尺的美丽面庞。不知是不是错觉，我感觉，在过去一周，语冰也变了一些，这变化并非五官、长相，而是更深层次的气质。她就像一朵原本在室内墙角绽放的花儿，忽然沐浴在了正午的阳光下——瞳孔里、眉宇间的忧悒不见了，全身都散发出青春的光芒。我起初有些惊讶，但很快便明白了。

新的替代药物起了作用，她的右手尾指已看不出颤抖，更重要的是，秦文的许诺给了她活下去的信心，吹散了那朵笼罩在她心头的乌云。她不再是那个因时日无多而看破红尘的"迟暮"女孩。现在，这个闪闪发光、青春洋溢的她，才是语冰原本的模样。

这次约会，她竟然没有准点，而是很"失礼"地迟到了一分半钟。放在过去，这是不可想象的！不仅如此，她手机的屏保，也从时钟换成了一张自拍照。

她这么年轻，还有大把的时光，大把的青春，可以挥霍，可以放肆。

多好啊。

"你变了。"我下意识地说。

"你喜欢吗？"

"喜欢。"我微笑，"你现在的样子，让我想起一个人。"

"谁？"语冰微微一怔，"我认识的人？"

"是。"

"彩虹？"语冰思索了几秒，说出了这个名字。

我点头。

"那女孩很漂亮可爱，说实话，不知为啥，我也挺喜欢她。"语冰忽然皱起眉，脸上浮现出一丝不悦的表情，"但你知道，男人谈恋爱的时候，最蠢的事是什么吗？"

我愣住了。

"那就是拿自己的女朋友跟别的女孩子比较。"语冰眯起眼，用"审问"的语气说，"你一直惦记她？"

我顿时成了哑巴……语冰，是在吃醋了？吃彩虹的醋？如果她知道，彩虹的真名叫"念冰"，是我们未来的女儿，她会怎么想？

也对，有哪个正常的年轻女孩不会吃醋呢？或许过去的语冰不会，换在从前，她大概会说："如果我不在了，你和她在一起，也挺好。"

我摇头，轻轻握住了语冰的手，不知是不是错觉，她的双手似乎比之前更温暖了一些。时间一下子变得很慢，四周无比安静，仿佛整个世界只剩下我们两个人，两双交握的手，两颗贴近的心。

这样的幸福时光，还有多久？

"你怎么了？"语冰问，"一周没见，今天，你有点不对劲。"

还是被看出不对了吗？"没事。"我说。

"你抬起头，看着我。"

我无法拒绝，只能抬起头，竭力放慢呼吸，伪装出若无其事的样子，这表演很拙劣，但我无法做得更好了。

"我是学心理学的。"语冰说，"你在害怕？"

"……"

"你的手一直在颤抖，把我的手握得很紧；你不躲避我的眼光，但是对视的时候，你一直在咬嘴唇。你在害怕？你在怕什么？"

我沉默不语。

"你之前失踪了一个星期，是去什么危险的地方采访了吗？是被人威胁了？"语冰追问道，"你不愿意告诉我，是担心我也被卷入危险？"

我只能摇头。

"算了，你现在不愿意说，我也不勉强你，我只希望你可以尽快调整过来，我相信你。"

"我想问你几个问题。"我忽然开口。

"嗯？"

"你觉得我会变吗？"

这次轮到语冰愣住了。其实我本来不想问这个问题的，但这段日子，齐给我的压力太大了，他完全了解我，我却对他一无所知，我必须抓住一切机会，去了解"未来的我"。

"你是指什么样的改变？"

"如果我日后遇到什么挫折、伤害，变得自私、冷漠，变成一个你、我都难以想象的坏人，我想知道，那样的我，会是怎样的一个人？你能做一个侧写吗？"

"我听不懂，你到底怎么了？"语冰皱起眉，说，"如果你把遇到的事说出来，我或许可以帮你。"

我摇头，意识到刚才的描述完全词不达意，自然难以理解、回答，于是换了一个说法："那么，你觉得，我性格里，最大的弱点是什么？"

是的，我的弱点，很可能也是齐的弱点。很少有人能自知内心的缺点，也很少有人能听到他人冷静、客观的评价。

"弱点？"语冰的眉头皱得更紧了，"你到底想问什么？"

"我想知道，我有什么性格深处难以改变的致命弱点。"我说，"请你以一个心理咨询师，而非我女朋友的身份告诉我。"

"弱点，你的弱点……"语冰低下头，拢了拢头发，认真地以"旁观者"身份，思考这个问题的答案。三四分钟后，语冰说："你不太会变通。"

"什么意思？"

"有些事，做到一半就可以考虑放弃了，又或者有更好的、更理智的选择，但你往往不会及时变通，宁愿一条路走到黑。"

我点点头："还有吗？"

"有时候，你会过分相信自己，同时也只相信自己，很多事，其实你可以说出来，和值得信任的人一起面对。"

我沉默着点了点头，之前，我相信了齐，这大概也是因为我太相信自己了。

"不过，你最大的弱点，或者说，软肋，应该是我吧。"语冰仰起头，再次与我对视，她一字一顿地说，"虽然你有很多事不愿意对我说，但我能感到，你是爱我、在乎我的。你可能是失业了、生病了、遇到危险了，为了不让我担心，才决定独自抗下所有压力——所以，虽然你今天有事瞒着我，但我还是会和你好好在一起的。"

语冰的目光如同炽热的骄阳，融化了我心头的冰雪，这一瞬，我忘记了齐，忘记了"七伟人"，忘记了世间万物。

"我没事，我们会好好在一起的。"

"一定。"

我只是没有想到，语冰道破的，只是"我"的弱点，而非齐的。

第二十二章

重　逢

在回家路上，我做了一个艰难的决定：不择手段地消灭齐。

只要他再降临到这个世界，我会抛开一切顾忌、底线，使用一切阴谋阳谋、欺骗、利诱，一切武器——匕首、铁锤，也包括……电锯，对付他。

尽管我还没想好如何处理尸体、血迹——不对，不包括血迹，我可以解释成"我流的鼻血"。对了，还不包括脖子以下部分的躯体，那都是硅胶、金属材质的义体。这么想也没多难？我精神大振。更何况，齐就是我，没有人失踪，没人会报警，不是吗？

此刻我只希望，齐对我的判断、态度，依旧停留在过去，希望他依旧抱着"自认为完全了解我"的心态，相信我还是那个单纯、热血的青年。只有这样，我才有机会。

我独自开车，漫无目的地在城市里游荡了一圈，等到家时已是凌晨2点。小区一片静寂，进门前，我绕着别墅转了一圈，考虑要不要装一套监控、防护电网，以防某人不请自来。我还想，要不要换一把最老式的门锁——现在的大门门禁是面容识别，对齐完全不设防。这些手段都很低级，但总比没有好。几分钟后，我推开家门，摸到开关，打开了吊灯。

吊灯很新，将客厅照得一片明亮。习惯性地，我把脚放到鞋柜支架上，俯身换鞋，然而0.1秒后——这是人体极限的反应时间，我的身体猛颤了一下，若不是及时扶住墙壁，差点摔倒在地。

在我前面，客厅正中的沙发上，坐了一道无比熟悉的身影，静静地看着我。

居然是齐。

我进门前，家里是没开灯的，这么说，之前他一直坐在黑暗里，静静地等我？他等了多久？齐的表情很平淡，嘴角挂着微笑，就像是一个常来串门的好友，看向热情好客的主人……不，他才像是这屋子的主人，我才是来串门的好友。

他什么时候降临的？怎么会这么快？没错，距离"七号"降临，已过去了50个小时，只是先前我先入为主地相信，齐会晚几天到。一来，我所知的另外两个信标都还在运输途中；二来，我认为有"七号"的前车之鉴，齐会准备得更充分一些，有万全的把握再来。然而事实是，齐第一时间降临了，并在2小时内闯入了我家，坐在沙发上等我。

他在哪降临的？附近什么地方还有我不知道的信标？有几个？我来不及思考这些，混沌的大脑做出决断，扭过头，跌跌撞撞地奔向汽车。齐没有追上来，甚至没有挪动分毫。而我，也并不是逃跑。他既然来了，我又能逃到哪里去？

无法逃避，只能面对！

两分钟后，我又一次推开了房门，此刻，在我裤子两边口袋里，多出了一根电警棍与一瓶防狼喷雾。厨房里有刀，电视柜里有锤子，而我有决心。

我必须消灭齐，为了自己，为了语冰，为了这世间所有的人，也为了这个世界。我没有换鞋，隔着运动鞋并不厚的鞋底，颤抖的双脚几乎感觉不到地板的存在。我唯一能做的，就是竭力保持腰杆挺直，我站着，他坐着，我俯视他，却感觉在被他俯视。

"你怎么回来了？"齐似笑非笑地问。

"你既然来了，我再逃，还有什么意义？"我说了半句真话，"我觉得，我们应该好好聊一聊。"

"该说的，我都说过了。"齐冷冷地说，"你想说什么？我给你两分钟。"

我咬了咬牙，机械地跨出两步，坐到齐旁边的沙发上，隔着不足一米的距离与他对视，在这个距离，我只要一步跃出，就能在半秒内把电击棍戳到他身上。不，他的身体是义体，不知是否绝缘，还是脸上更保险一点。

我有机会吗？齐既然敢坐在沙发上，堂而皇之地面对我，难道会没有倚仗，没有万全准备？

我抖得更厉害了，我不知道这是谨慎还是懦弱。

"我已经把这事告诉语冰了，如果你取代了我，她会知道。"我继续说谎，"除此之外，我还留了其他后手，我一旦失联，降临的秘密就会被曝光。"

"后手？延迟邮件，秘密口令，还是什么？没事，只要把你带去那边，我就能读取你的记忆……不，都不用这么麻烦，在这里就能问出来，只需要一块湿毛巾就可以。就算是受过专业训练的特工，也没法在水刑面前守口如瓶的。"当说到"水刑"时，他轻描淡写的表情令我全身发寒。

未来的我，真的，已变成了这样的人吗？

我咬牙忍耐："也许，我们可以商量共存的方法。"

"很遗憾，没有，我需要你的身体，我必须成为伟人。保留你的意识，送去元宇宙里永生，已是我能保留的最大的慈悲。"

我深呼吸，右手靠上右腿，隔着一层薄薄的织物，触到了坚硬、冰冷的电击棍。

"你想杀我？"齐忽然开口。

右手僵在了沙发上，房间里的空气仿佛凝滞了，令人窒息。

"你没机会的。"齐淡淡地说。

我闭嘴不言。

"最近这两天，你一定做了很多心理建设吧，决心不择手段，不惜代价地消灭我，很可惜，你做不到。"

我咬牙切齿："谁说的？"

"我是未来的你，也是念冰，嗯——彩虹的父亲。你很喜欢彩虹，她又救了你，而你的回报，就是杀死她唯一的亲人，她的父亲吗？而且，这是你家，你在这杀死我，事后该如何处理现场？对了，你刚才看到我，第一反应是跑回汽车上，是去拿武器吧？即便如此，我还敢这样坐在你面前，你会相信，我没有把握瞬间制服你吗？你没有决心，没有准备，没有把握，怎么敢对我出手？"

"你……"

"如果你足够聪明，那就把藏在口袋里的武器交出来吧。"

我嘴唇发干，手背上的青筋一根根突了出来，仿佛一条条蚯蚓。齐却淡定自若，呼吸、心跳的节奏没有丝毫变化，一副气定神闲的模样。

我脸色铁青，艰难地缓缓把右手伸入口袋，接着是左手，颤抖着取出两样武器，却没有发动攻击。理智告诉我，这是以卵击石。我必须忍耐、伪装，等待或创造更好的机会。我让手指远离电击棍的开关与喷雾瓶口，将它们轻轻抛到齐的身前。齐又笑了，嘴角微弯，也不知是得意于自己的判断，还是嘲弄我懦弱。

齐伸出右手——无比稳定的右手，抓起电击棍，放到眼前端详："这就是这个时代的防身武器吗？太落后、太简陋了。你就想用这个对付我？"

齐说话时，目光完全落在眼前的电击棍上，似乎已忽略了我的存在。是啊，他了解我，想必在他心里，我依旧是那个软弱、善良的年轻人吧，否则，又怎么会顺从地交出武器呢？这样的我，自然已不存在任何威胁。

语冰说，我的弱点之一，便是不切实际的自信，信任自己的判断、信任自己的实力。她没有说错，马上，齐就会为此付出代价！

就在齐眯起眼，食指触上电击棍保险开关的一刻，我闪电般地伸出右手，抄起桌面上的最坚硬、最顺手，也最有杀伤力的物件——一个半满的洋酒酒瓶，用尽全力，对齐的太阳穴狠狠砸去！

事后复盘，我依旧认为这一击是完美的。没错，这一切，包括刚刚交出武器，都是计划的一部分：首先，这酒瓶恰好在我手边，大小、重量完美契合"凶器"标准，玻璃外壁至少有半厘米厚，极其坚固；其次，这也是齐最松懈的时候，目光、注意力，几乎全集中在刚"缴获"的电击棍上——他好奇这件"老式防身器"的功能，正用手指寻找开关的位置，又怎么能想到，一秒前还懦弱、顺服的我，竟会如此果断地对着他的要害发动致命一击？我甚至惊讶于自己的残忍，是的，这一击的速度与力量，足以将任何人的脑袋砸烂。

果然，齐怔住了，从我发动攻击，到他抬头用不可思议的目光看向我，至少间隔了0.3秒。而这一下，又是我爆发全身力量、速度的搏命一击，以人的肌肉、神经反应速度，根本不可能躲避或格挡。

然而我忽略了一点。

齐"不是人"，或者说，不完全是"人"。

我的眼睛花了一下，旋即看到，一根不算粗壮的手臂，带着残影，以不可思议的速度，挡在了太阳穴和酒瓶之间。

咚，这是酒瓶砸上手臂的声音，这一击我用了全力，反震让我的整条手臂都微微发麻。血肉，不，"人造血肉"横飞，齐的义体右臂肘部被砸出一个乒乓球大小的窟窿，人造皮肤被完全砸穿，一大片硅胶材质、半透明的"肌肉"向两侧翻起，在这触目惊心的"伤口"内，甚至能看到几根红红绿绿的电极线，以及银白色的合金"骨骼"。我惊呆了，这是人类的速度吗？这爆发力、反应时间，即便在三天前和搏击高手亚历山大练拳时，我也没见识过。但图穷匕见，犹豫等于自杀，我再次扬起酒瓶，从另一个角度，往齐的脑袋上砸去。

咚。

第二下，齐用同一条手臂、同一个部位挡下了这一击，人造肌肉被砸穿了，几根电极线暴露在空气中，是人造神经，还是"血管"？

我咬牙切齿，肌肉在肾上腺素的刺激下，爆发出最后的力量。

当。

这一次，玻璃瓶直接砸在了坚硬的合金骨骼上，发出令人毛骨悚然的脆响。再而衰，三而竭，我麻木的手指再也握不住酒瓶，眼睁睁地看着它脱手飞了出去，落到大理石地砖上。

为什么？为什么？我感觉快要窒息了。

不，不是感觉，是真的窒息，鼻腔竭力吸入空气，却无法送进肺泡——我发觉，自己的喉咙被一只手死死扼住了，是齐的另一只手，他仅用一只左手，便将我提了起来。

"你真的出手了。"齐冷冷地说，"很好，很好。"

我的两脚徒劳地乱蹬，却蹬不到任何东西。几秒后，我感觉全身的力量，都从肌肉、骨骼中"漏"了出去。

"我的这具义体，带有自动防御功能，神经反应速度、肌肉强度，足以应付最专业的格斗高手，骨骼强度则能抵御绝大多数利器，绝缘防电。这也是为什么，我敢这样坐在沙发上面对你。"

我想大叫、呼救，但被扼住的喉咙发不出一点声音。这一刻，我才意识到自己的幼稚。我自以为下定了决心，不择手段地对付齐，但到头来都没有一个周密的计划，甚至第一次进门时，身上没有带任何武器。我只是自作聪明随机应变地想出个计划，创造出一个齐"松懈"的时机，用一个酒瓶突然袭击罢了。

拙劣、可笑、可怜。

如果我真的"不择手段"，准备一些更厉害、隐秘的武器，例如乙醚、毒药，会有机会吗？如果我进门前，就带上电击棍、辣椒水、电锯，会有机会吗？可惜到这个时候，后悔已没有任何意义。

我失败了，一败涂地。

齐用左手死死扼住我，同时伸出右手去拿一旁的电击棍——他想电晕我？我绝望地挣扎，无果。然而意外出现了，齐居然没能抓起电击棍。"嗞嗞。"我听到一些奇怪的声音，旋即发现，刚才的攻击并非徒劳无功：齐的义体右臂，人造肌肉、电子神经损坏了大半，以致手指、手腕都近乎失控，无法精细地抓握物品。齐皱起眉，这情况也出乎了他的意料，如今，他只剩一只左手可用，而这只手，又无法离开我的喉咙。

我憋得脸色通红，眼前的景物渐渐模糊，我的双手、双脚仍在乱划，但幅度越来越小。我快要死了吗，这便是死亡吗？我绝望地闭上眼，然而一秒后，我忽然感觉可以呼吸了，新鲜空气从鼻腔灌入气管、肺泡，将生机重新输入我的身体。

齐竟然放开了我。我没有再反抗——此时，我甚至连站起来的力气都没有。

是的，齐不能杀我，不愿对我的身体造成严重、不可逆的伤害，至少这一点，我没有判断错误。

"你变了。"齐说，

"你说过，人都会变的。"

齐皱了皱眉，再次看向手臂的"伤口"。一些透明的液体，正从肌肉、皮肤的断裂处渗透出来，汇聚成水滴。这是绝缘液？润滑液？既然义体会"流血"，那一定也会受伤吧！我摇摇晃晃地站起身，想再放手一搏，然而刚跨出一步，就打了个踉跄，再次摔倒在地。

血，从鼻腔里流了出来，顺着瓷砖的缝隙流淌。齐冷冷地看着我，说："我得尽快处理这一切，48小时后，我回未来。96小时后，你自己进信标，我在未来等你。"

我茫然抬头，险些被鼻血呛入喉咙。这算什么要求？齐竟幼稚地相信，我会服从他的指令。

"你做梦。"

"这是你最后的机会，如果你不这么做，非要等我再次降临，用强制手段带你回去，那么，我会收回慈悲，把你的意识一并抹杀。"

我咬牙不言。

"不过你变了，我无法再相信你，我会做一些准备，确保你来我的世界。"

"你要怎么做？"即便明知对方不会说，我还是问了出来。

"明天，最晚后天，你就会知道了。"

第二十三章

底　线

————————

　　齐对我说完这些话后，便冷冷地从沙发上站起来，推门而去，当路过停在院子里的汽车时，他停下脚步，往车窗看了一眼。当看到后座上那把电锯的一刻，他惊讶地扭过头，死死盯着我，目光令我不寒而栗。

　　很显然，他认出了电锯，看来这样工具很有生命力，一个世纪后依旧没有被淘汰。我苦笑，想说那是用来对付杀手的，但又觉得毫无意义。

　　齐打开车门，发动了汽车。我一惊，但已没有力气也没有机会阻止，只能仰面躺在沙发上，休息了半晌才调整过来。接下来，我决定去睡觉——如今我的身体、精神都到了崩溃边缘，哪怕明天就是世界末日，也等睡醒再说。我躺下后没能立刻入眠，大脑一片混沌，似乎想了很多，又似乎什么都没想。直到第二天临近中午，从床上爬起来的时候，我也无法确定，留在脑海里的许多念头到底是我的胡思乱想还是做梦。

　　就当是梦吧。这些梦自然与齐有关。

　　在第一个梦里，齐掰开我的嘴，喂我吃下一颗圆圆的"糖丸"，这糖丸是红色的，很甜。"你不按时来我的世界，这颗药就会让你肠穿肚烂、生不如死。"显然，这个梦脱胎于我少年时读的武侠小说。

　　在第二个梦里，齐居然绑架了我的父母，把他们带去了未来。"你不来，他们会死。"这一次我表现得很硬气，居然学汉高祖刘邦的口气说："我爹就是你爹，请分一杯羹。"齐目瞪口呆，举手认输。

　　最后一个梦里，我战胜了齐。我找到了他的藏身之处——一个满溢咸菜味的农村地窖，并在齐的返程之夜伏击、消灭了他，用的是电锯。我把他的义体锯成了碎末，只留下脑袋，我问这颗脑袋："你服不服？"

我从梦中醒来，认真思考这些梦的可操作性——主要是第三个。显然，除了之前我知道的那些信标外，齐还定制了更多的我不知道的信标，以及准备了更多住处，找到它们、找到齐，就有逆袭的希望。我还意识到，齐义体受伤的问题，似乎有些严重，引发的连锁反应，甚至可能危及生命，否则他不会那么着急离开。

"趁他病，要他命"，这一次我不会再心慈手软，为此我又买了一把电锯。中午时，我一连打了两个电话给秦文，但他居然关机了。

秦文正和齐在一起？——这应该是最合理的解释了吧。

我孤立无援，只能抱着试试看的想法，继续通过信标寻找线索，果真有——我从三百公里外邻省一家石墨加工企业打听到，十来天前，有一位出手阔绰的客户加急定制了四具"石墨棺材"，但没有发快递。这位老板是亲自开皮卡车上门取货的，我用金钱攻势，问到了皮卡车的车牌，但很快发现，这辆车去仓库提货时，用了假牌照，明显早有准备。

我找遍所有的关系，依旧无法查到这辆皮卡车的轨迹，最后只能咬牙放弃。这也意味着，我找不到这四个信标中的任何一个。第二天，我换了个思路，试着去找齐——这更难，齐前一晚开走了我的车，但立马拆掉了行车记录仪。在一座数百万人口的城市或者更大范围内去找一辆车、一个人，无异于大海捞针。

23：00。

我独自一人坐在沙发上，面对客厅的墙壁发呆，从身体到思维都已完全麻木。我找不到信标，找不到齐，联系不上秦文，再过一个小时，齐就要回未来了。一想到这一点，恐惧、愤怒便涌上心头，他凭什么认为我会服从他的安排？他究竟会用什么手段威胁我？我咬牙切齿，拳头一下下砸向坚硬的桌面，却感觉不到疼痛。

我要如何击败齐，阻止他再度降临？如何阻止"七伟人"计划？我一介凡人，如何与拥有过往记忆和未来知识的"伟人"为敌！我已近绝望，瘫软在沙发上，茫然看着面前的挂钟，嘀嗒、嘀嗒，指针的声音在安静的深夜显得格外清晰。

外面响起几声刺耳的狗吠，我更心烦意乱了。这狗的主人我知道，是个丑陋、半秃的胖子，住在后面的12号别墅，这也不是他家，只是养情人的"爱巢"。这胖子很可憎，隔三岔五酒醉后大吵大闹，纵容狗四处便溺，和我父母也吵过两次，我也不止一次想揍他一顿了。

反正，我已是将死之人，揍他一顿又何妨？

等等……

一个念头如电光石火般从脑海里冒出，瞬间茁壮生长，变得坚不可摧。它支撑起我，从沙发上缓缓站了起来，我深吸一口气，缓缓走向大门。

我决定去犯罪。

是的，犯罪。只要我犯了罪，人生履历里多了污点，拘留、坐牢个一年半载，齐成为伟人的道路就几乎断绝了吧！这是从源头上让齐失去取代动机的做法。除此之外，拘留所和监狱对我来说，也是如今最安全的地方吧。

这绝不是上策，但已经是我能想到的唯一的自救办法——至少，比失去身体，成为元宇宙里意识残缺的DPC要好一些，更比死要好。毕竟，让我的"灵魂"进入元宇宙，也不过是齐的口头承诺而已。

只是，如果我犯罪的话，多半会失去语冰吧，她一定会很失望……但至少，我犯罪、坐牢，不会让秦文的身份败露，她能好好活下去，等到特效药的问世。

我的意志坚定了一些，颤抖的双脚也稳定起来。我抬起头，推开门走了出去，迎着小路中间闪烁着红灯的摄像头，径直走向12号别墅的大门。

这胖子蛮横、可恶，最近几年，他带进这别墅的女孩有三四位，其中最年轻的一个可能还没成年——把这么一个人选为"受害人"，至少，可以让我无须过心理建设这一关。

当然，我不是去杀人，也不是蓄意伤害，我还没那么蠢。寻衅滋事，打架斗殴，致人轻伤，拘留数月至数年——这才是我的计划。我很快走到别墅大门口，院门居然没关，前院里栽着一些植物，影影绰绰的，一旁的狗舍里，一只半人高的黑背狼狗弓下腰，对我发出低低的吼声。幸好，它被铁链拴着，只能叫唤。

"狗东西，出来！"我毫无顾忌，走到门前大骂。

"谁？干什么？"

"你家狗一直叫，你不管吗？"

"关你什么事。"

"你有种出来！"

这家伙色厉内荏，并不露头。我既然抱定了"寻衅滋事"的想法，索性飞起一脚端在门上——咔嗒，断裂的声响让我愣住了，眼前三米宽的木门，居然被我一脚踢开了。

这别墅是中式风格装修的，木门虽然厚重，门闩却很脆弱，以至被我全力一脚直接踢断了——客厅里没开灯，墙上挂了几张颇有意境的山水画、字帖，摆了一张颜色素雅的古琴。几秒后，房间的门开了，一个白花花、赤条条的臃肿身影冲了出来，一脸惊恐地看着我："你……你干什么？"

我不说话，向前跨出一步。

"不，对不起，大哥，我这就把狗管好。有话好好说……"胖子的五官挤成一团，他的第一反应是跑回房间，没想到脚下一个趔趄，跌倒在地。

这家伙居然这么尿？我也不多话，走上前，对准他可憎的脸庞，啪、啪，用力甩了两耳光。

胖子的脸上，瞬间多出几道清晰的、鲜红的指印。他趴在地上，用惊恐的眼神看着我："你打人，这犯法，不，犯罪了！"

"犯罪咋了？老子今天好好教训教训你！"我佯装出酒醉而口齿不清的感觉，同时伸出脚，用四成力道，朝他肚子上踹了两脚，就像踢在皮球上，还挺有弹性的。

"别……别……救命……"胖子手脚并用地爬回房间，砰的一声死命关上了门，"你快滚，我报警，我报警了……"

嘀、嘀……隔着门，我听到清晰的手机拨号声。"喂……110，有一个男的闯进了我家……"胖子的声音很大，近乎声嘶力竭，我微笑起来，往门外走去——不知是不是巧合，我刚出门半分钟，还没到我家门口，电话响了，一个陌生号码发来了视频请求。

一定是齐吧。

如果他知道，我刚刚犯了罪，即将被拘留、判刑，会是怎样的表情？

我将手机对准自己接通了电话，身后，正好是刚刚的"犯罪现场"：12号别墅。果然是齐，两个一模一样的人，在视频内外对视，非常诡异。

"你好。"齐说。

"我不好。"我说，"你也不好。"

"嗯？"

"你的伟人计划，大概要破产了。"我冷冷地说。

"什么？"

"我刚刚犯了点罪，马上就要被拘留、坐牢了，刑满释放人员，如何成为伟人？"

"犯罪？你？"视频画面里，齐的脸上浮现出难以置信的神色，五官在一刹那扭曲、变形。看到这张脸上第一次出现这种表情，我不由得兴奋起来，这是我第一次在和他的对抗里占据上风。

是的，我与齐，原本就是一场比拼下限的争斗，谁更残忍、阴冷、无情，谁就能胜利。

"你不信吗？我给你看。"我将视频镜头对准不远处的12号别墅，"那个胖子邻居，你一定有印象吧，特别欠揍的那个。刚才他家狗叫唤得厉害，我就以这个为理由，踢开了他家大门，干了他一顿，他已经报警了。打架斗殴，寻衅滋事，关键是入室，坐牢应该跑不掉。对了，你也没有能力，把我从看守所里弄出来，弄进信标吧。"

"你是说，你打了那胖子一顿？"齐笑了起来，"没错，我一直很想揍他，你居然帮我实现了这个心愿。干得漂亮。"

"怎么？"我忽然感到一丝不安，看齐的模样，似乎完全不在乎，不，他此刻的表情，更像是"如释重负"。

"你亲眼看到他报警了吗？"

"我听到他打110的声音了……"

"他演给你看的，如果他敢报警，我跟你姓。"齐开了个拙劣的，但令我全身发冷的玩笑。

"怎么可能？"

"你知道这胖子叫什么名字、是什么身份吗？"

"什么？"

"周旭，国企董事长，以他的合法收入，要买这栋别墅，至少要两百年吧，你也知道，这些年，他这间别墅里住过的妹子，少说四五个吧，这种人敢报警？哈哈，哈哈！"

"你怎么知道？"

"你傻了吗？我住在这个小区，跟他做邻居的时间比你多几十年，他被纪检委从别墅里带出来，戴上手铐、押上车的那一天，我在场！"齐冷冷地说，"你信不信，明天一大早，说不定今晚，那胖子就会来敲你的家门，跟你打招呼、和解？"

啪，我用力甩了自己一个耳光，我真蠢。

齐冷笑起来："很好，很好，楚，你成长了，居然想到用犯罪来自保、破坏伟人计划，只可惜，你还是太有正义感了，以至连犯罪都束手束脚的……如果你抛开那幼稚的道德感，做一些真正违法犯罪的事，我还真不太容易搞定。"

我无言以对，但很快咬牙切齿地说："不，这没完，我现在就出门，去……"

"不，你已经没机会了。"齐忽然打断了我，目光变得无比阴冷，"既然你放低了底线，那么，我也可以放开手脚了。"

"什么？"

"很快，10分钟，不，5分钟，你就会知道答案。"齐毫不犹豫地挂断了视频。

我全身发抖，木木地抓着手机发呆。他刚刚说什么？放开手脚？难道说，前几次他还没放开吗？难道他现在就来杀我？我看了下时间，23:25，旋即奔进家门，反锁，抓起厨房里的菜刀，将冰冷的刀锋贴在胸前，狂跳的心脏隔着肋骨、胸肌，一下下撞在刀身上。我一边喘气，一边四下张望，从大门到窗口，再到楼梯，没有人。这五分钟无比漫长，但终究过去了，我有些失措。"答案呢？"6分钟、7分钟过去。"齐在吓唬我？"我愤怒地想，开始盘算如何破釜沉舟，拼死一搏。然而就在这时，手机终于响了起来，依旧是视频来电提示声。

我颤抖着抓起手机，却惊讶地发现，发来视频请求的并非齐，而是语冰。

怎么是她？要接吗？说什么？我心乱如麻，快步走到书桌前，接通了视频，正当打算说"有点忙，晚点和你聊"的时候，我的呼吸停滞了。

不，不只是呼吸，我的心脏、神经，大脑皮层中的全部意识、情绪、记忆，在这一秒，全部停止了运转。视频画面里有两个人，一男一女，肩并肩依偎在一起微笑着，显得无比般配、幸福，当看到我的一霎，女孩皱起眉，目光迷茫、困惑。

女孩，自然是我最熟悉、最重要、魂牵梦绕的爱人，语冰，而她身边的男人，却是那个拥有和我一模一样的皮囊、有我全部的记忆的，来自未来的"恶魔"：齐。

齐和她在一起！

他想干什么？

"你好。"语冰抬起手，像是要打招呼，我又惊又怒，正要开口。然而，她抬到一半的手顿住了，脑袋晃了晃，似乎有些眩晕，她扭过头，看向齐。齐依旧微笑着，只是这微笑在我看来，如恶魔一般狰狞。

语冰将右手按在太阳穴上，嘴唇微张，想说些什么，但没有发出一丝声音，旋即身体一歪，倒在了齐的怀里。

我全身的血液都沸腾了。

"你疯了吗？"

"不，我没疯。只是你最近变得太快了，我不得不这么做。"

"你到底对语冰做了什么！"

"你不会担心我杀了她吧？怎么可能，她只是晕了过去。我刚刚跟她说，我有一个堂弟，和我长得很像，要不要视频看看。你也知道，摄像头是有点失真的……"

"你要干什么？！"

"带她去未来。"

"什么？为什么？！"

"为了你啊，她不来，你就不会来啊。"

"你用她要挟我？"

"是。"齐说，"我在用她要挟你，只有把她一并带走，你才能服从我的要求。"

"你！"

"对了，我之前的警告依旧有效，你不来，我会再次降临，并收回一切慈悲，还有，如果我下次降临时，你杀了我，她就会一个人留在未来……"

我无法呼吸。语冰一个人留在未来？这对她来说，意味着什么？她会死吗？不一定，但即便能活下去，也会生活在永久的孤独、痛苦、绝望中吧。

"再过25分钟，0点整，我会带她一起进信标，前往未来。48小时后，我们在未来等你……不要迟到，信标的具体位置，我用延时邮件发给了你。"

"你不是说，一次只能一个人降临吗？"

"情况特殊，我启用了紧急程序。每次跃迁的质量上限是120千克，她很瘦，我的义体又很轻。"

"不，我不信！你骗我！语冰是你的爱人，你怎么能用她要挟我！你一定是在骗我！事后，你怎么跟语冰解释这一切？！"

"在我的时代，科技可以精准地删除、屏蔽人脑的部分记忆，没有风险。"齐面无表情地说，"至于你不相信，我没办法，但是，你可以试试……"

我咬牙切齿。残存的理智让我连续按下截屏键：齐现在在室内，房间有些逼仄，窗帘只拉上了一半，窗外能看到两栋亮着灯的高楼——我或许有机会通过这些线索，找到他们现在的位置。没想到，截屏声被齐听到了，他说："你想找我？"

我闭嘴不言。

"那么，再见。"齐说，"半小时后，我会把地址告诉你，但现在不行。"

毫不犹豫地，齐挂断了视频。

我不肯死心，立刻回拨了过去，一次、两次。"对方无应答。"我跪倒在地，眼泪从眼眶里流了出来。

齐怎么能这么做？他怎能用语冰做筹码，甚至不惜欺骗她、弄晕她？不，我要救语冰！我下意识地把手指按在"1"上，报警有用吗？要怎么跟警察说？我看了一眼时间，23:40，还有20分钟，齐就要带她去未来了，这点时间，只怕连手机定位都来不及吧。

我整个人都被抽空了，无力起身，无力思考，甚至无力呼吸。我忽然想起一件事，两天前，语冰曾说过："你最大的弱点，应该是我吧。"我本以为，语冰是我的弱点，也是齐的弱点，无论他已变得多么无情、不择手段，也不会伤害语冰，把生命中的至爱拖入这危险的棋局。然而我错了，语冰确实是我的弱点、死穴，但不是齐的。我痛恨自己的懦弱、幼稚，同时更恐惧了，齐既然能如此对语冰，那么等他修复完义体，下一次降临，更不可能对我保留任何怜悯、慈悲。

第二十四章

决　定

翌日中午。

我冲了个冷水澡，花洒喷出的凉水顺着发梢淌下，流过全身，将麻木的大脑、肌肉刺激得清醒了几分。我站在洗手台前，几乎不敢相信，镜子里这个脸色枯黄、眼里满布血丝、胡须凌乱的男人，是我。

过去这十多个小时，我仿佛苍老了十岁。

齐挂断视频后，我六神无主，在沙发上呆坐了很久，凌晨0:15，我收到了一封延时邮件："两天后，等你。齐。"并附了一个陌生地址。我强打精神，出门上车。

这地址离我家六七公里，依旧是一处偏僻的自建民房。钥匙就插在门上，我打开门，客厅里弥漫着一股淡淡的熏香味道。在主卧室墙边，摆着一具漆黑的信标，旁边的家具有些凌乱，地板上能看到几条明显的拖痕：床头柜、梳妆台都被移动过——应该是给信标腾出空间。在床上，还有两堆叠得不太整齐的衣物：一套是齐的，另一套则是语冰的。熟悉的T恤、长裤、发卡、手表，我深吸一口气，攥紧拳头，重重砸在一旁的床头柜上。

很自然地，我想象出这个房间里刚刚发生了什么：齐脱下了语冰的衣服，把赤裸、昏迷的她，抱进了信标。和语冰在一起这么久，我和她都没有如此亲密接触过，齐却先做了——我很清楚这不是嫉妒的时候，以及降临时必须全身赤裸，但心头的火焰依旧熊熊燃烧起来。不只如此，我还很失望，对自己失望。未来的我，为达目的，竟不惜牺牲最爱的人。这是真的吗？这还是我吗？

到家后，我开始重复做一件事——拨打秦文的电话。我十分清楚，秦文也是"七伟人"之一，他找我结盟一定怀有某种目的，也瞒了我许多事。但此时此刻，他是唯一的救命稻草了。电话始终无人接听，天将亮未亮之时，我上了床，之后在浅睡、惊醒、噩梦间反复横跳。中午起床后，我依旧全身无力，思绪迟钝，直到洗完冷水澡才略微清醒了一些。看着镜子里枯槁、陌生的男人，我悲从心来，几乎落下眼泪。

我当然不愿意屈服！我宁愿留在这里等他，决一死战，就像上次一样！我也知道自己赢面渺茫，但总归有机会的！毕竟，之前我就两度创造了奇迹，我打伤了齐，消灭了"杀手"——但就算我又一次逆袭了，语冰怎么办？她被齐带走了，去了遥远的另一个时空，我要怎么做才能救她回来？秦文有办法吗？他会帮我吗？如果不行，她一个人，孤零零的，要如何在一个陌生、危机四伏的未来世界生存？

我真要屈从于齐，进入信标，去未来世界献出身体吗？这无异于飞蛾扑火。齐真会信守承诺，把我的意识送入元宇宙吗？他取代我之后，会好好守护语冰吗？如果，未来某一天，语冰成了齐通往"伟人"道路上的阻碍，他会怎么做？

屈服，还是决战？我无法抉择。

吃晚饭的时候，我跟母亲视频通话了一会儿。其实在下午，我买了一张当晚去父母城市的机票，但我很快想到，这样三番五次不约而至（齐十来天前刚去过），只会让父母担心我遇到了什么事。我更担心见到父母后，会没有勇气再做出某个抉择。我是要去诀别，还是在逃避？我无法直面内心，终于咬牙退掉了机票。

视频时，母亲似乎察觉到了什么："怎么了？"

我忍着眼泪，说："没什么，就是看看你们。跟你们说件事，我谈了个女朋友。"

"你喜欢就好，好好对人家。"母亲被我的表情骗了，微笑着说，"什么样的女孩？做什么的？"

"心理咨询师，叫语冰。"

"有照片吗？"

我将一张合照发了过去，母亲看了一眼，叫来了父亲，两人对着手机屏幕看了半天，窃窃私语了几句，父亲说："漂亮，配你绰绰有余。"

父亲一向喜欢损我，我笑了出来，但很快仰起头，不然眼泪就要流出来了。

"你们好好处，如果需要见家长了，我们回去。"

我又跟父母寒暄了几句，挂断视频后，我躺在沙发上，终于哭了出来。我哭的声音很大，眼泪顺着两颊流下，把沙发打湿了一片。哭完后，我感觉好了一些，走到猫屋边，紫电正趴在软垫上，看向我的一双异色瞳孔瞪得大大的。我抱起它，蹭了一下它毛茸茸的额头，紫电便细细地叫了一声。它是齐送我的见面礼，当时我很开心，却没想到这命运里所有的馈赠，都在暗中标好了价格。我放下紫电，出门，上车，一路往北驶去，最后在和语冰第一次约会的城市书屋门口停了下来。

我也不知道为什么会来这里，但还是来了。

天已经黑了，书屋外一片寂静，一只水鸟歇在湖泊正中的荷叶上，书屋亮着灯，远远看去很温暖。我走进书屋，里面只有一对情侣，恰好坐在我们第一次约会的位置上，女孩小小巧巧的，漆黑的长发上嵌着一只粉色的蝴蝶发卡，男孩挺白净，看年纪，应该是大学生。两人很般配，很甜蜜，身体靠得很近。

我在两人对面坐了下来，女孩抬起头，好奇地看了我一眼，多半是因为我一个人坐在这里，又不看书，显得有些奇怪吧。我不在乎。书屋很安静，我能听见他们聊天的内容。男孩下个星期要出国留学了，这是两人临别前的最后一次约会，男孩说了一些情话，但很快，气氛变得微妙起来。

"我闺密的男朋友去国外读研，第二年就跟我闺密分手了。"女孩忽然说。

男孩摇摇头："我不会的。"

"但人都会变的，你能保证你就不会变吗？"

男孩脸色微红，两手局促地搓动，不知该如何回答。这是个实诚得有些可爱的男生，因为但凡是渣男、情种，这时候一定会赌咒发誓"山无陵，天地合，乃敢与君绝""我无论变成什么样，对你的爱都不会改变"。

大约承诺得越容易，承诺的人也就越随便吧。

女孩似乎有些生气了，故意往旁边挪了挪，不再靠在男孩的肩膀上，男孩更急了，额头上渗出汗珠。我摇摇头，轻轻地叹息了一声。没想到女孩竟听到了，她抬起头，认真地打量了我几秒钟，居然说："你刚才摇头了！是不是也不看好我们，觉得他一定会甩了我？"

男孩傻眼了，伸手扯了扯女孩的衣袖，女孩噘了噘嘴，昂起脑袋，对我说："没事，旁观者清，你说实话。"

我愣住了，没想到这个眼睛很亮的女孩是个社交达人，这让我想起了彩虹。如果放在从前，我一定会帮男孩打圆场，说几句善意的谎言，但这时，我做不到。

"没错，人都会变的。"

"那他……会不会跟我分手？"

"不知道。"

"为什么？"

"我也很爱很爱一个女孩，一度坚信自己永远不会离开她、伤害她，但这只代表现在，至于未来……未来的我也是这样吗？没人知道。或许我会伤害她，甚至做出很可怕的事情。不只是我，或许我们大多数人，都会变成自己年轻时无法想象、难以接受的陌生人吧。"

这回轮到女孩傻眼了，她一定不会想到，我会说出这样一段话来，如此直白，如此真实，如此负能量……

"不，我男朋友不会变的。"被我这么一激，女孩反倒抓起男孩的手，愤愤地说，"你是个渣男！我男朋友才不像你！喂，你说是不是？"她转过头质问起男孩。

男孩也傻眼了："兄弟，对不起……"他尴尬地挽起女孩，往门外走去，女孩也吐了吐舌头，"你要好好对你女朋友！要不然活该单身一辈子！"她恶狠狠地"威胁"我说。

我沉默不言。

女孩拽着男孩的胳膊，两人一并走了出去。这是个活泼、外向的少女，走路一蹦一蹦的，脑后的蝴蝶发卡伴着长发，扇动翅膀飞舞起来——我又一次想起了彩虹，这次我去未来，还能见到她吗？齐应该不会允许这样的事发生吧。我默默地站起来，走向书架，想找那本《我是猫》，或者《心》，但很快听到身后的脚步声，我扭过头，与门外一道瘦削、熟悉的身影对视。

是秦文。

我找不到他，他却找到了我。

秦文正要进门，月光照在他的身上，影子从脚下一直延伸到玄关里，被明亮的灯光打散、模糊。他穿着白大褂，戴着口罩，整个人显得很疲惫——笔直的腰背有些佝偻，目光也不如前几次那么锐利。秦文看到我，微微点了点头，推开门，在我对面坐了下来。

我深吸一口气，四下无人，我几乎能听到自己剧烈的心跳声。

"齐命令我去未来。"我说，"他带走了语冰。"

秦文不说话，也没有点头或摇头。

"我不想去，我想在这个世界等他，我觉得这样的话，我的机会更大。如果我真的赢了，你有办法把语冰从未来带回来吗？"

秦文微微摇头："想要时空跃迁，必须在那边启动终端机，在这里，做不到。"

"你能去未来帮我吗？"

"不能。"

我的心沉了下去。

"但我能帮你打败他，前提是你照他说的做，进入信标，去未来世界。"

我愣住了，一种巨大的不真实感浮上心头。秦文要帮我？但前提是我去未来？要知道，在这个世界，我的主场，齐都占尽优势，更何况是去未来，去他的世界？

"我要怎么做？"

"很简单，既然他能取代你，那么，你也能取代他。"

心脏在胸腔里猛震了一下。

"这一次你去未来，齐一定会将戒备等级提到最高。他在那个世界的武力依仗，包括管家王，以及两个售价千万美元、能瞬间制服任何人类的智械保安，按理说绝对安全，但你恰好是个例外，智械的身份识别系统不外乎五种：人脸、虹膜、DNA、指纹、口令。你有和齐同样的面貌、虹膜、DNA。至于指纹，齐在你家留下了那么多指纹，你采个样，定制指纹膜贴在手指上，到时候，你只要抢先说出'身份验证'的指令，依靠指纹和高级安全口令，就可以反过来夺权，取代他！"

我难以呼吸，下意识地回想起上一次前往未来，当我和齐站在同一屋檐下，智能管家面对我们，程序出现了短暂的故障，只能依靠指纹、高级安全口令来区分我和他。我说："我说'身份验证'，智械也会听吗？"

"会，我清楚AI的运作逻辑，只要你发出命令，智械一定会启动身份验证，毕竟你和超管长得一模一样。"

"可是，我不知道安全口令。"我心念一动，"难道，是我现在常用的那个密码？"

"不是，"秦文摇摇头，"而是一个对你来说，完全陌生的密码。"

"你知道密码？"

"是，我知道。"秦文没有卖关子，而是口齿清晰、一字一顿地说出一个8位数字：03161021。

我默默念了一遍，赶紧用手机记了下来，又在心里默背了几遍，"这是……两个日期？"

"是的，前一个是齐接受义体移植，从病床上站起来的日子，是他的'新生之日'，后一个，是他女儿的生日。"

"你……怎么知道？"

"因为这密码是我建议他设的。"

"什么？"

"大约一个月前，我就提醒过齐，电脑、安全门、智能管家的口令密码，是否可能是你知道的，他说是的，我建议他全部修改，新的安全口令必须跟他年轻时用过的密码没有关联。齐听从了我的建议，他设置密码时，我自觉地背过了身，但还是从窗玻璃的反光里，看到了齐设置密码的动作——先是语音，然后按键确认。说实话，只靠肉眼，完全看不出密码内容，但我的眼镜带有高清录像功能，事后，借助AI的情景模拟、动作分析、口型比对，才推断出这个密码。这8个数字，确实对他有特殊含义，又是你完全陌生的。"

"确定吗？"

"至少95%的把握。"

"也就是说，还有5%的可能不对……"

秦文叹了口气："你担心5%？你还有其他路可以走吗？"

我哑口无言。别说95%，就算50%的机会，我也必须放手一搏。

"可是，齐也可以要求'身份验证'啊，到时候智械识别到两个'唯一超管'，应该会出故障，瘫痪吧。就算智械保持中立，但我赤手空拳，齐的义体有自卫功能，我多半不是他的对手……"

"所以，你需要一点表演。"

"表演？"

"想要彻底取代齐，就必须在抢先完成'身份验证'后，剥夺他'身份验证'的资格。我能想到两个方法，第一种，设法折断齐的右手食指，只要失去这根手指，齐就无法完成指纹验证；第二个方法，就是你完成身份识别后，破坏王的指纹识别区，也就是右手掌心——嗯，说简单点就是过河拆桥。只要完成两个目标中的任何一个，你就成了智械的'唯一超管'，齐的义体再强，也绝不是智械的对手，只要你想，完全可以控制、杀死他……"

断指？我毛骨悚然，旋即想到，那只不过是一根硅胶材质的义体罢了。

"他的义体反应很快，战斗能力很强……折断食指，只怕不太容易。"

"不，齐的义体确实很先进，但AI毕竟是AI，义体在自动防御时，是严格遵从程序设定的：AI的自卫功能，首先优先保护头部；其次是胸部，那里有AI主芯片、电源。但针对四肢，尤其是四肢末端部位的防御则是中低级或更低，毕竟那些地方不是要害，就算损坏了一点，也能修能换。更重要的是，如果把'手脚'的自动防御安全级别调高，会出现很多故障，例如一脚踢开扑到脚边的宠物狗，一把推开迎面走来跟你握手的朋友，甚至因为一只苍蝇、蚊子手舞足蹈。总之，你把手伸向他的手，速度稍微慢一点，AI不会将其判定为威胁性举动，并不会自动防御、躲闪，你完全有机会。义体的手指结构强度和人体差不多，但只有骨骼没有韧带，你用全力，一定可以折断它。至于破坏指纹识别区，这也不难，你在指甲上贴几粒碎钻——路边的美甲店就能做，等完成身份识别后，用指甲在王的右手掌心狠狠划两道，就OK了。"

我瞠目结舌："可是，这和表演有什么关系？"

"你认为，对于这些状况，齐会没有防备吗？他可能在没有万全把握的前提下，让你接近他吗？"

"当然不可能。"

"是的，所以这次你们见面，齐会给你注射一针药剂，这种药是2150年的科技，通常称为'C药剂'，C，是cut的缩写，切断的意思，'C药剂'能让注射部位的运动神经暂时瘫痪——如果在腰上打一针，人就会失去对双腿的控制；

在脖子上打一针，就是高位截瘫。药效大约2小时，通常不会给身体造成实质伤害。"秦文说，"这是我们那个时代，最流行的犯罪工具之一，齐之前做过一些事，都用了'C药剂'，我想这次，他一定也会这么对付你。"

我悚然点头："那怎么办？"

"在你进入信标前，我会提前给你给你注射一种阻断剂，阻断剂可以让你的身体免受'C药剂'的影响，也就是说，当齐认为你失去行动能力的时候，你依旧行动自如。接下来，就要靠你的演技了……"

"演技？"

"是的，被注射完'C药剂'后，你要装成无法行动、失去反抗能力的样子。只有这样，你才能接近他，创造反击的机会。"

"你觉得，我有多大机会……"

"很大，齐确实不会再轻视你。但他对'C药剂'有绝对信心，他也不会想到，我可以在这个时代，研究、调配出'C药剂'的阻断剂……这就是他的弱点，过于自信……有时候，甚至有些自负。"

弱点，这个词勾起了一些回忆。我点点头，说："就你所知，齐还有什么弱点？"

秦文摇摇头："不知道。但大多数人的致命弱点，不外乎生命里最重要的人或物，又或者和人生里最大的挫折、失败、伤痛有关。例如语冰的弱点是时间强迫症，因为她整个少年、青年时期，都是在'生命倒计时'中度过的。我认为，齐那段瘫痪在床的经历，或许是突破口……至于这段经历会投射为什么样的性格弱点，你要怎么利用，我不确定。"

我点点头，是的，如果秦文说的都是实话，此刻的我，已有了超过一半的战胜齐的希望。但前提是，他说的是实话。

"我并不信任你，你也知道我无法完全信任你。"我死死盯着秦文的眼睛，说，"如果你真站在我这一边，希望我取代齐，而非他取代我，我希望，你现在能说一个理由，一个让我信任你的理由。这样，对你和我，都有好处。"

"就算你不问，我也会说。"秦文说，"其实，直到昨天之前，我对你们的态度，都是摇摆的。我更倾向于你，因为你野心更小，实力更弱，但同样因为这个原因，和齐成为敌人，风险太大。但是从昨晚开始，我决定无条件地完全支持你，和你合作。若非如此，我也不会主动找到你，跟你聊这么多。"

"昨晚？为什么？"

"齐为了'七伟人'计划，竟不惜用语冰作为筹码要挟你……你一定对他、对自己很失望吧。不只是你，我也对他很失望，不，是彻底绝望。我无法想象，一个为达目的，不惜利用、伤害此生挚爱的男人，对盟友、合作者，又会做出怎样的事来。"秦文淡淡地说，"或许这就是齐最大的弱点，他经历过常人无法忍受的苦痛折磨，这磨砺了他的心性、意志，但也彻底扭曲了他的人格，他可以是阴谋家、政客、人上人，但绝对无法成为伟人，因为这种人，根本就不配成为伟人！"

我无法反驳。

"对了，还有一件事。"

"什么事？"

"别忘了，'七伟人'一共有七个，你消灭了七号，假设这一次，你又能战胜齐，除去七号、齐、我以外，还有四个人，这四个人一定会想尽办法，延续'七伟人'计划。所以，你回来前，需要提前安排一些事，确保在你们回来之后，摧毁那边的跃迁终端设备，终端一旦被摧毁，连接两个时空的虫洞就会不复存在。为了防止虫洞被再次打通，你还需要粉碎终端机硬盘里的所有文件，摧毁时空坐标数据。这样双管齐下，两个世界就会彻底失联。短时间内，不会再有未来的平行世界找到我们，侵略我们……"

"这……怎么做到？"我有些忐忑，"我都已经回来了，怎么完成在那边破坏终端机的操作？"

"很简单，你可以安排王去做，如果不放心，就让你的女儿去做，那个丫头，应该会听你的话吧。"

我点点头，但很快，一股寒意从脊背蔓延至全身。"这样的话，你就是我们这个世界里，唯一的未来人类了吧。"

秦文面无表情地点了点头。

"这就是你的目的吗？成为这个世界的唯一伟人……"我顿了顿，改口说，"唯一真神？"

"是的，但不全是，我对你说过，我的目的，是拯救你们这个世界。"秦文说，"等你回来之后，我会告诉你，这一切的真相。"

第二十五章

决战（一）

翌日，23:55。

灯光很亮，照在漆黑的信标表面，光滑的石墨仿佛一面镜子，映出一张模糊的面容。我一件件地脱掉衣服，叠好，放到一旁的床上，最后赤条条地爬进信标——墨棺里，石墨很凉。我没有立刻躺下，而是坐着，抬头看钟，23点57分30秒。我伸出手，从一旁的床头柜上拿起一瓶开封的白酒，喝了一大口，辛辣感在舌尖蔓延，就像一团火焰，烧灼口腔。我没有把酒咽下去，只是漱了两下口，然后便吐在一个准备好的纸杯里。我把纸杯、酒瓶放回床头柜上，躺回信标，伸出手，用力盖好信标的顶盖，黑暗包围了我。我用力吸气、呼气，30次呼吸后，分离感如期而至，我又一次经历了漫长又短暂、难以描述的"穿越"过程。

随着"墨棺"打开，外面的保护层变得透明，我慢慢坐了起来，面前有四个人——准确一些说，四个"人形物体"。齐站在最后面，离我的距离有七八米，在他身侧，是我熟悉的AI管家：王。而在齐身前，立着两个身形魁梧、穿保安制服的智械警卫，两人肩并肩，就像一堵厚实的墙壁，牢牢挡在我和齐中间。

如果说上一次，我的降临仪式，还是友好融洽的"宾主尽欢"，那此时此刻，我和齐已是"你死我活"的关系。房间里的空气剑拔弩张，令人几乎窒息。

"别动。"齐远远地看着我，说，"坐在原地，举起双手，不要做任何多余动作。"

我不动，高举双手，静静地坐在"棺材"里。

"打开安全层。"

"外椁"的透明顶盖缓缓打开，我深深吸了一口气，让新鲜空气灌入肺泡："可以谈谈吗？"

"可以。"齐点了点头，但旋即冷冷地说，"对不起。"

"对不起？"我茫然地问，只见齐缓缓举起一支枪，瞄准我。枪管很细长，有瞄准镜。

"不用慌，这枪管里不是子弹，只是一种药，不是毒药。"

我眯起眼，身体开始"不由自主"地发抖，说："那是什么？"

"一种让你暂时无法反抗的药。你放心，我不会伤害你，更不会杀死你。之前我答应让你的意识在元宇宙永生的承诺，也依旧有效。"

我将牙齿咬得咯咯作响。

"不用生气，我这么做，说明即便现在这样，你赤条条的、孤身一人，而我有三个智械保安，我依然对你心存忌惮，这是对你的尊重，你应该感到高兴才对。"

"等……"齐在我的尖叫声里扣下扳机，我完全来不及闪避，只感觉眼前一花，右颈部传来一阵针刺的锐痛，一些冰冷的液体流入肌肉。"不！"我大喊，坐着的身体全力上跃，想跳出信标，但半秒钟后，我的躯体就像被施了石化魔法，关节瞬间僵硬，四肢不自然地扭曲、抽搐。"你！你！"我用力抬手，指向齐，但手臂刚举到一半，便无力地垂了下来，我向后倾倒，后背靠在冰冷的信标外壁上，大口大口地喘气。

这一切自然都是演出来的，秦文之前训练了我一下午，让我能完美表演出注射'C药剂'后的身体反应。我偷偷弯了一下手指、脚趾，毫无问题。

我能动，齐却认为我不能动，只有这样，我才能创造机会！

"好了，抱他出来吧。"齐胸有成竹地说。很快，一名智械守卫走了过来，用"公主抱"的方式，把我抱了出来。

"把他放在地上。"齐说，"给他穿衣服。"

我半侧着身，躺在冰冷的地面上，咬牙切齿地盯着齐，身体微微抽搐、颤动，任凭智械摆布。齐给我准备的衣服很宽大，有点像病号服，虽然我四肢"僵硬"，但还是很顺当地穿好了。

"你要跟我聊什么？"齐站在三四米外，两名高大、魁梧的警卫依然跟铁塔一样，挡在我和他中间。

"我要……"我的声音嘶哑而微弱。

"你大点声。"

我用力昂头，眨眼，脸上挤弄出扭曲的表情："我，我只能这么说话。"

秦文告诉过我，"C药剂"的效果取决于剂量、注射部位等因素，刚才这一针射在了我的侧颈部，我现在是"高位截瘫"的状态，咽喉处，控制声带的肌肉自然可能受影响。

齐没有怀疑更多，向我走近了一步，旋即皱起鼻子，嗅了两下，说："你，喝酒了？"

我脑袋微颤——像是要点头，偏偏又无法控制肌肉，只能眨了一下眼睛表示肯定。齐皱了皱眉，问身边的智能管家："酒精和'C药剂'同时使用，不会对身体造成损害吧？"

"不会。"

齐放下心来，冷冷地看着我，问："喝完酒，才有勇气做出这个选择？"

我又眨了一下眼睛，嘴唇微微翕动，声音却更微弱了。我的表演终于打动了齐，他点点头，跨过两名智械保安组成的人墙，走到我面前，而智械管家王则跟在他身侧，两人居高临下地看着我，和我的距离，只剩不到一米。

我的心脏开始狂跳，机会近在眼前，我强忍一跃而起的冲动，用微弱的声音说："语冰……她在哪儿？"

在这个距离，齐终于听清了我的话，他说："你要见语冰？"

我用力眨眼。

"抱歉，我骗了你，语冰不在这里，她还留在你的世界，只不过我用了点手段，把她藏起来了。降临每48小时只限一人，就算再紧急都无法破例。不过你放心，我很爱她，她不会受伤，这两天只是睡了一个长觉罢了。"

我的牙齿用力咬在嘴唇上，一种被愚弄、欺骗的感觉瞬间涌上心头，脸颊的肌肉开始不受控制地跳动。

"没办法，如果不这么骗你，我实在没法说服你自投罗网，来未来找我。语冰是你的弱点，我利用了你的弱点。"

我的牙齿深深咬在嘴唇上，鼻腔里能闻到淡淡的血腥味道。

"彩虹……呼……彩虹……"

"你更不用担心念冰，我更不可能伤害她，不过你也不用幻想她再来救你，她根本不知道你今晚会来，现在并不在这大楼里。还有，我刚刚调高了大楼的安保级别，任何枪支、电磁武器都无法通过门禁。"

"秦文……秦文让我给你带一句话。"我的声音更微弱了。

"秦文？"

"秦文说……"呼哧、呼哧，我用力喘气，但声音愈加微弱，发出的每个音节都变得怪异难辨。齐尽管就站在我的面前，但依旧无法听清。他仔细端详躺在地上、身体僵硬的我，犹豫要不要蹲下身侧耳细听，我的心脏跳得更快了，扑通扑通，几乎要挣脱胸腔的束缚。

齐终于蹲了下来。

他侧过头，耳朵贴近我的嘴巴："你说什么？"在这个距离，我甚至能看清他太阳穴跳动的青筋。不，太阳穴不是我的目标，右手才是。此时，他义体的右手自然地垂在膝盖边，与我的右手距离不足半米，我深吸了一口气，右手缓缓移动，40厘米、35厘米——我依旧直视着齐，吸引他的注意，"秦文说，语冰……"

"什么？"

我直视齐漆黑的瞳孔，缓缓说："笨蛋。"

"什么？"齐的表情凝固了。

这一刹，我"瘫痪"的身体忽然创造了"医学奇迹"，右手迅速向前探出，抓住齐的右手食指——正如秦文所料，义体的自动防御功能并未激活，没有闪避。在齐反应过来前，我用力一扭，咔嗒，伴着人造骨骼断裂的声音，一根硅胶材质的"食指"，被我生生扯断下来——没有迟疑，没有停顿，我又做出一个更"疯狂"的举动，张开嘴，对准这根食指的指尖，狠狠咬了下去……

我没有疯，这一口咬下，足以彻底破坏食指上的指纹，这样，就算齐抢回食指，接回去，也于事无补了。

齐一脸骇然："你干什么？"他尖叫着后退，退到三个智械的后面，与此同时，我双腿一蹬，猛地从地上站了起来，冷冷地说："身份验证。"

三个智械同时陷入僵直状态。很快，王抬起头，平视我，在它的眉心位置，代表"AI智械"身份的"A"字文身开始快速闪烁。

"不！"齐声嘶力竭地喊。但我已一步上前，把贴了指纹膜的右手食指，用力戳在它掌心的指纹识别区上；接着，我凑到王的耳边，用最快速度，报出了那串背得滚瓜烂熟的数字；最后，我在齐不可思议的目光里，拽着王，退到两米开外的地方，和齐冷冷对视。

"面容身份，齐楚；DNA身份，齐楚；虹膜身份：齐楚。高级口令正确，指纹无法识别。如需确定唯一超管身份，请重新验证指纹。"

刺骨的寒意从脊背涌上全身，指纹未识别？是我慌乱之下，按错手指了吗？不，不可能。难道是刚刚搏斗时，指纹膜脱落了？我将手伸到眼前……透明薄膜的边缘在灯光下折射着微弱光芒！怎么会？我咬着牙，又一次用力将食指按在王的掌心。

"指纹识别失败，未知用户。"

怎么会？我难以置信地看着不远处的齐，他脸上的惊讶消失了，取而代之的，是一抹冰冷、嘲弄的微笑。

"很好、很好，反客为主，你很厉害。"

我的身体瞬间冰冷，僵硬。齐对这一切早有准备？

"你……你……"

"不用惊讶，如果不配合你演这一出戏，我如何确定，秦文有没有背叛我？"

"你，你一直在防着我、怀疑秦文？当时你输入密码，是故意让他看到的？”

“这倒不是，我那会儿还没有怀疑他，但七号出事后，我就开始怀疑了。毕竟我再怎么自信，也不觉得仅仅依靠你的头脑就能找到正确答案。现在我确定了，果然是秦文背叛了我。我很好奇，他为什么要选择跟你合作，是因为你太弱小吗？”

我沉默不言，旋即一咬牙，反转食指，用镶了碎钻的指甲，用力对准王的右手掌心划了下去。齐眉头跳了一下，瞳孔收缩，但没有阻止。

“很好，你学得很快，不过无所谓了，我的食指都断了，你这么做，也是多此一举。”

我并不理会，而是狠狠地在王的掌心划了一个“十”字才停手。

“其实修改指纹这件事……我还要谢谢你。你上次用酒瓶偷袭我，让我义体的整条右臂都报废了，在定制新义体手臂的时候，我忽然想到，我在你家留下了许多指纹……于是就更换了手指指纹，顺便更新了指纹认证的ID。但我还是低估你了，没想到你居然折断了我的食指，现在，我也无法完成全套身份验证，命令在场的智械对付你了。”

我环顾四周，果然，三个智械像木偶一样杵在原地，一遍遍重复语音提醒：“请唯一超管尽快完成身份验证。”没错，现在在它们视野中，出现了两个“唯一超管”，两人又都无法完成身份验证，这样的场景异常让AI陷入故障状态，成了“废物”。

齐眯起眼，目光牢牢锁定我，右脚向前跨了一步。

“你干什么？”

“现在，我，和你，单挑，很公平。”

没时间思考、回答，我退了半步，下意识地四下寻找能用的武器。然而齐不打算给我这个机会，他猛然弓身，前跃，一记刺拳攻向我的鼻梁，我脖子一扭，避了过去，同时右拳狠狠打在齐的小腹上，“砰”，我居然打中了，而且打得很实，拳面被震得生疼。

齐的身体震了一下，抬起头，唇角上翘，露出一抹笑容，我愕然发现，在挨了重重一击后，他居然笑了出来。在我想明白前，齐肩膀一晃，同样一个勾拳，重重揣在了我的腹部——和我那一击几乎同样的位置。

这一拳就像一记重锤，我的五脏六腑都移了位，身体不由自主地弓成虾米的形状，开始干呕。

“我很想知道，你怎么赢？”齐居高临下地看着我，冷冷地说。

我用力咬了一下舌尖，在鲜血、疼痛的刺激下，缓缓直起腰。是的，我打了他一拳，他也打了我一拳，相近的力道，同样的位置，但结果天差地别。

“我只用了400牛顿的力，四成力道。”齐说，“我不想打坏你。”

　　我不说话，只是用力喘气。是的，他唯一的要害，是脑袋。电光石火间，我一步跨出，对齐的太阳穴挥拳……

　　这一步很快，这一拳也很快，但结果更加令我绝望。在齐的目光锁定我的拳头——换句话说，在他的双眼、大脑反应过来之前，他的右臂已经动了，以一个根本不属于正常人类的反关节角度上扬，准确无误地挡在我出拳的路线上。咚，这一次，我的拳头砸在了他坚硬的手肘上。就像打在了一块石头上。"哎哟。"我痛得呻吟了出来。

　　齐并不废话，毫无怜悯，又一次攻向我，我向右一闪，闪过迎面而来的直拳——谁知只是虚招，齐的右腿上踢，脚尖准确地踢在了我裆部，这一脚并不重，但正中要害，我整个人瞬间疼得缩成一团，靠在墙上，大口大口地喘着粗气。

　　这对手太可怕了，没有痛觉，不会流血，骨骼强度超过人体，更重要的是，他的动作无须遵循人体的生物学规律，跨步不用屈膝，出拳无须动肩——这让我完全无法预判他的攻击、防御动作，别说是我，就算是亚历山大那样的格斗冠军，只怕也不是对手。

　　我已完全绝望。

　　"如果不想再吃苦头，就投降吧。"

　　我用力摇头，支撑着想站起来，但后背刚离开墙壁，双脚就一个踉跄，险些栽倒在地。肾上腺素的效果渐渐消失，剧痛从身体的数十个部位竞相涌出，我冷汗淋漓，抬起头，倔强地看着齐。他微笑着，慢慢向我走近，一步、两步，他的影子挡住前面的灯光，因逆光而模糊的面容上，露出一丝胜利者的微笑。

　　"楚，你还是太弱了……"

　　不，我不能认输，输了，便意味着失去一切，语冰在等我，父母在等我，那个世界在等我！我咬着牙，一手支撑墙壁，站了起来，双腿依旧在打战，我甚至无法站稳，又如何反击，战胜眼前的齐？

　　不……

　　不能放弃……

　　嗡，不远处，忽然响起机弦拨动的响声。紧随其后的，是"刺啦"的高速物体与空气的摩擦声。齐的身体猛震了一下，向前一冲，脸上的表情瞬间凝固，说到一半的话卡在喉咙里，"嘀——嘀——"他的胸口诡异地发出两声有间隔的长声，就像是我们那个年代，电脑CPU、内存的报警声。下一秒，齐和我同时看到，在他的腹部，有一截闪闪发光的尖锐东西冒了出来，居然是一根箭尖。

　　这一箭，射穿了他的义体。

　　齐的身体和表情同时僵住了，他艰难地扭过头，果然，在他身后，门口的位置，站着一个闪闪发光的少女，灯光照在她五颜六色的头发上，就像是——彩虹的光芒。在少女手上，举着一把精巧的十字弓。

是她！是彩虹！她什么时候来的？

"爸爸……对不起……"彩虹用涂着玫瑰色指甲油的手指，从腰间的小包里抽出一根弩箭，装好，瞄准齐的胸口，但并没有发射。

"你来了！"我和齐脱口而出同样的话，不同的是，我的语气欣喜若狂，齐则惊怒交加。他皱了皱眉，伸出缺了一指的右手，用中指与拇指捏住冒出半截的箭尖，只听见咔嚓一声，他竟然徒手折断了箭矢，然后缓缓地，面无表情地，把箭头、箭尾分别从身体前后抽了出去，他的腹部多出了一个贯穿的小孔，两头透亮。接着，他保持戒备的姿态慢慢后退，一直退到墙边，这一来，他就同时面对两侧的我和彩虹，而不至于腹背受敌。齐退得不快，但脚步很稳定，很显然，这洞穿义体腹部的一箭，并没有给他造成实质伤害，当身体靠上墙壁后，齐叹息了一声，说："你又不听话了，念冰。"

齐的声音很温柔，真像是一位慈父在管教叛逆的青春期女儿，我不知道这温柔是不是伪装。彩虹摇摇头，用小小的身体挡在我的前面，她的脑袋刚好到我胸口的高度，一时间，我甚至怀疑自己是不是在做梦：她明明是齐的女儿，却两次从齐的手里救了我，此刻，她正在保护我。

为什么？只因为我是"好爸爸"吗？我无法确定。但毫无疑问，我的身体又充满了力量。

"你怎么来了？"齐问，"你不是出门了吗？"

"你最近一直都神秘兮兮的，我知道，你一定又在搞那个'七伟人'计划，今天你把我支出去，我就知道没好事。"彩虹扬了扬手里的十字弓，轻咬嘴唇，说，"爸爸，放弃吧，我不要你成伟人，我更不想你杀死他。"

"你不想回一个世纪前，去见妈妈了吗？"

"我想，但你觉得，妈妈希望你这么做吗？"

齐沉默了，这个问题的答案是毫无悬念的，他的脸色阴晴不定："彩虹，我的女儿，你真的要和他一起对付我？"

彩虹用力点头。

"可是，就算这样，又能怎样？"

我愣住了，彩虹也是。

"女儿，你很聪明，知道大楼刚刚升级了安检级别，任何枪械、电磁武器，都带不进来。你手上那把十字弓，应该是高强度复合塑料的吧，正好能绕过安检。我知道，你从小就喜欢玩这些危险的玩具。这把十字弓，弩箭速度可以达到每秒110米，这超过了我义体的自动防御、闪避速度极限。但很遗憾地告诉你，这样的攻击，还是无法射穿我的心脏——我胸口是能源、CPU核心的合金外壳，它的硬度，足以抵御步枪子弹的近距离射击……"

嗡，在我反应过来之前，彩虹已又一次举起十字弓，用那根白皙的、涂着鲜艳指甲油的手指，扣下了扳机。叮，这次，我听见了金属撞击的脆响，这十字弓威力惊人，就连箭的残影都无法看到，齐被箭矢的冲击力击退了半步，胸口多出了一根细细的弩箭，箭尾还在微微颤动。我瞠目结舌。

彩虹这丫头，真狠啊。

果然，弩箭没能贯穿齐的胸口，从露在外面的箭尾看只是射穿了皮肤肌肉，没入了两三厘米的深度。齐脸上毫无恐惧、痛苦，冷笑着拔出箭，甩在地上。

"现在，你该相信了吧？"齐冷冷地说。

我的心沉了下去。彩虹咬牙不言，我看到，在她腰间的小包里，只剩两根箭了，彩虹也意识到了这一点。"神射手都这样。"她吐了吐舌头，向我解释。

"其实你也有办法，女儿。"齐忽然开口。

什么？我怀疑自己是不是出现了幻听，然而并不是。齐做出一个动作：举起右手，当发现食指已被我折断后，改用拇指，指了指自己的眉心。

"你现在唯一的选择，就是瞄准……这里。"

我惊呆了，彩虹的肩膀猛地震了一下，正在装填的右手瞬间僵住了，很快，她的双手，连同手里的十字弓，开始剧烈颤抖起来。

"是的，瞄准这里，你就可以杀死我，这是你唯一的机会。"

彩虹颤得更厉害了，纤弱的身体就像风中的落叶。她连续试了三次，才勉强把弩箭装入发射槽，我很快看见，她白皙的后颈上，开始渗出细细的汗珠，齐依旧纹丝不动、稳如泰山地站在原地，丝毫没有防御、反击的意思。

"深呼吸……放松……没事，爸爸站在这里，爸爸不会反抗，更不会伤害你，你可以杀死爸爸，爸爸不怪你……"

"不……不……不要！不要！"彩虹的声音很大，但明显色厉内荏，她的食指依旧留在扳机上，但双手几乎已拿不稳手里的十字弓。是的，面前的这个男人，是她的亲生父亲，即便齐再怎么冷漠，彩虹再怎么叛逆，以至于忤逆他、帮助我，但无论如何，她怎能亲手杀死他？！

我的女儿，怎能弑父？如果她真射出这一箭，以后，她将如何走出这阴影，那她的人生，她的一切，就全毁了！

"射他的腿！膝盖！"我灵光一现，轻声提醒。彩虹瞬间明白过来，将十字弓准星下移，对准齐的膝盖射出一箭。她果然是个神射手，弩箭贯膝而过，齐一个踉跄，单腿半跪在地，但很快，他昂起头，笑了出来。

"没用的，我说了，你只有两个选择，要么，杀死我，要么，投降认输。"

齐不紧不慢地伸出手，把贯穿膝盖的箭矢折断、拔出，他的腿上又多了一个孔洞，但行动依旧没有受太大影响——这弩箭太细了，只能在金属骨骼上留下一个筷子粗的空洞，不足以摧毁关节结构。他缓缓站起来，面无表情地任凭彩虹将最后一根箭填入发射槽，丝毫没有出手阻拦的意思。齐冷冷地说："你只剩最后一次机会了，女儿。"

我感觉快要窒息了。彩虹再次举起十字弓瞄准，忽然，她轻轻对我说："下一箭，我还是射他的胸口，虽然伤不到他，但箭的动能能把他打退一步，你看准时机，立刻往门外跑。"

"跑？"是的，门开着，最多两秒，我就能跑出门，跑上走廊。但是，我真要跑吗？强烈的屈辱感包裹了我，难道说这一次，我又要在女儿的庇护下，像一只丧家之犬，落荒而逃？没错，齐不会伤害彩虹，但就算我跑出去，又能跑到哪里？

"你出去之后，赶快找其他武器，在他的办公室里，墙上有一把收藏来的武士刀，走廊的消防箱里有灭火器，如果能砍断、砸断他的腿，你就有机会。"

我猛然惊醒过来，没错，对齐的义体来说，利刃、钝器都比子弹更有效，上次，我仅用一个坚固的酒瓶，就打废了齐的右臂，这不是逃跑，是战略撤退。

"好。"

彩虹转过头，和我在不到20厘米的距离对视，在这个距离，我能看见，她清澈的、湖水般的瞳孔里，倒映出的我的面容，她说："你也答应我一件事。"

我用力点头。

"如果你赢了，请不要杀他，他毕竟是我的……爸爸，他其实也很可怜……你只要破坏他义体腰部以下的部位，他就动不了了……"

我愣住了，三四秒后，我说："好，我不会杀他，你相信我。"

"我相信你……"彩虹说，她重新转过头，将十字弓瞄准齐，齐依旧站在原地，脸色无比平静，似乎正坦然接受一切可能的结局。

"三……二……一……"

彩虹颤抖着，对准齐的胸膛，再次扣下扳机，我一低头，猛地往门外冲去。

第二十六章

决战（二）

5分钟后，大厦楼顶天台。

我深吸一口气，死死盯着不远处那道缓缓迫近的身影，下意识地后退了一步……但很快又把脚缩了回来，再退两三米，就是大楼的楼顶边缘。楼侧的玻璃外墙就像一面巨大的镜子，反射着各种颜色、令人头晕目眩的光，往下看，是浮空城地面、白云，以及更远的地球表面。虽然围了一圈栏杆，但只要向下看一眼，可怕的高度差就让人难以呼吸。

身后，是死地、绝路，我已退无可退，只能举起"武器"——一把五六十厘米长的巨大剪刀，对准齐……

刚刚，在彩虹的掩护下，我成功逃出了降临室，跑上走廊，一路冲向走廊尽头的办公室，谁知被门禁系统挡住了。"请身份验证。"我昂起头，对准面部识别仪，然而没用。"请指纹验证。"我大失所望，显然齐对这些"意外状况"早有准备，我像没头苍蝇一样，在走廊上跑了两个来回，寻找可以进入的房间，以及一切可能管用的武器，但一无所获，两三分钟后，我听到降临室里，彩虹的尖叫声："你放开我，坏爸爸！放开！"

我心急如焚，但无暇顾她，此时此刻，找到武器，打败齐，才是唯一的"活路"。

终于，我在走廊的某条岔路尽头，看到了一段向上的楼梯，不长，只有二三十层阶梯，尽头是一扇门。我起初有些困惑，毕竟这一层就是大厦顶层，但走投无路之下，还是跑了上去，门没有锁，刚一打开，我便看到了漆黑夜空里的半轮明月——外面竟是一座空中花园。它建在大楼的楼顶天台，比足球场还大，地面上铺了一层黑土，种着各种绿植。花园是中式风格的，亭台楼阁，曲水修竹，两个机械园丁正在灯光下，用略显机械的动作给绿植浇水，在花园四周，也就是天台的边缘处，围着一圈一米多高的玻璃护栏。

虽然是午夜，但月色明亮，还有路灯，每一棵树、每一朵花都被照得清清楚楚。我张望了一圈，旋即顺着鹅卵石的小路跑到一个机械园丁身边，抢下了它手里的剪刀。机械园丁愣在原地，没有任何反应。

这剪刀有半米多长，十来斤重，并不称手。我打开剪口，对准身边一根手臂粗的树枝，用力剪了一下——想象在给齐做截肢手术，谁知只在树皮上留下两道浅浅的白痕，不只如此，从打开剪刀，到闭合刃口，只这一下，就把我累得气喘吁吁。很明显，这剪刀设计之时，就只考虑了机械动力而非人力。就在我四下寻找其他的武器时，楼梯口传来清晰的脚步声，齐走了上来，保持戒备姿态，缓缓接近。他的脚步依旧稳定，膝盖、腹部的那两个孔洞，并没有对义体的造成严重损坏，不足以影响行动。

"投降吧，你不是我的对手。"齐瞄了一眼我手里的剪刀，在四五米外停了下来。

"彩虹呢？"

"被我关禁闭了，唉，就算她再忤逆，我能把她怎么样？"齐苦笑，"如果哪一天，你也做了父亲，有了一个这样的女儿，就会知道这种无奈了。"

我的心稍微放下了一些。

"那剪刀是机器人用的。"齐笑了起来，"你非要用的话，可以当哑铃锻炼。"

"至少，可以当锤子用。"

"那么，一直举着这把'锤子'，不累吗？"齐在距离我四五米的地方停下了，冷冷地说。

我皱起眉，旋即感到双臂的肌肉有些酸痛。没错，刚刚四五分钟，我一直在"负重锻炼"，时间拖越久，对我就越不利，毕竟我的体力是有限的，但齐的"能量"却是近乎无限的——至少续航比我持久很多。我开始犹豫，要不要在体力充沛时，抢先发起攻击，却看见齐走向一位机械园丁，对着它的耳边轻轻说了些什么。

"这是？"我全身的汗毛竖了起来，难道齐要命令机械园丁对付我？还没反应过来，我便眼前一花，正前方大约五米的高度，一盏灯亮了起来，就像探照灯一样，极其明亮刺眼，我几乎流下泪来，赶紧眯起眼，却看见齐伸出手，在机械园丁的后颈某处按了一下，只见它头顶的能源灯闪烁了两下，旋即熄灭了。

"这种机械园丁没有攻击能力，功能仅限于给植物浇水、施肥、剪枝，当然，也可以给花园开个灯。"齐云淡风轻地说，"虽然优势在我，但天时、地利，能利用的因素，还是要尽量利用的。"

我咬牙切齿。是的，这盏灯一开，我站在逆光的位置，局面更加不利。

"你该有好几天没睡好了吧，没事，我们慢慢耗着，看谁先坚持不住。"齐并不着急，好整以暇地站在原地，表情似笑非笑。

我的额头、后背开始渗出汗珠，但不敢伸手去擦，因为只靠一只手的力量，是抢不动手里的巨剪的。汗水流入眼睛，火辣辣的，视线也因此更加模糊。不能再拖了，拖得越久，对我越不利。我用力吸气，把剪刀举到胸口的高度，思考该用"刺"还是"砸"发动第一次攻击，然而就在这时，在我脑海里，忽然闪过一丝亮光。

齐在激我出手？

以齐的城府，如果真想消耗我体力的话，不是该继续跟我聊天，拖延下去吗？但问题来了，如果他想速战速决的话，为什么不主动攻击呢？

为什么？怎么办？

幸好，在这生死攸关的时刻，大脑爆发出前所未有的潜力。很快，我醒悟过来，是的，我此刻站的位置，已靠近天台的边缘，这意味着如果齐冲过来，攻向我，很可能一不小心，我俩中的一个或全部，就会坠下几百米高的大楼，粉身碎骨——四周的玻璃护栏高度只有一米二左右，我们的身高则超过了一米八，真要生死相搏，一切都可能发生。

齐需要我的身体，又怎么可能接受我坠楼的结果？

我保持戒备的姿态，缓缓后退了两步，让脊背靠上冰凉的玻璃护栏——危楼百尺，下面的汽车、行人就像蚂蚁一样。我如芒在背，肌肉瞬间绷紧，强忍着不回头往下看，而是抬头与齐对视，齐脸色铁青，瞳孔收缩，但很快，他笑了出来。

"你真蠢。"

"什么？"

"你想用这么幼稚的方法要挟我？"

"我相信，你一定不愿意我摔下去，粉身碎骨。"

"是的，但我也相信，只要我不动手，你更不会主动跳下去。"齐站在距离我三四米外的地方，冷笑着看我，"那我们就这么耗着好了。"

我微微一怔，齐让步了？这场心理博弈，我赢了吗？没错，由于顾忌我坠楼，齐并不打算主动发起攻击，但问题在于，像这样，站在百米高楼的天台边缘，对我的身体、心理也造成了极大的压力。我的每一寸肌肉、神经无比紧绷，还必须时刻强忍往下看的冲动，因为只要看一眼，我的双腿就会止不住发抖。我的体力在加速流逝，十多次呼吸后，被冷汗浸得透湿的脊背让我不得不承认一个事实：再这么僵持下去，先倒下的，一定是我。

我眯起眼，迎着刺眼的灯光，往前跨出一步，离天台边缘远了一些。手里那把巨大的剪刀似乎更沉重了。我该主动出击吗？如果再不出手，我的体力，还能支撑多久？冷静……冷静！齐刚才故意激我出手，说明他也担心拖下去情况会出现变化，那么，变化在哪里？机会在哪里？

难道说，在这四周，还有比这把剪刀对他威胁更大的武器？我微微偏头，仔细地四下搜索，然而并没有，这空中花园的大部分设施都是自动化的，并没有我期望的锄头、铁铲一类的农具。

又或者，齐担心继续拖下去，我会发现他的"弱点"？

等等……弱点。

我下意识地回想起几天前，我用酒瓶偷袭他脑袋的一幕，那一次，我确实下了死手，那一击的力量与速度，已是我身体的极限，但凡齐是个正常人，想必已死在了那一击之下。然而义体的自动防御系统可以跳过人脑的反应时间，超越人体的局限。

"义体的自动防御AI，遵循优先保护头部、其次胸部的逻辑，但四肢，尤其是手脚的自保安全级别则不超过'中低'。"这是秦文透露的信息，是的，我并不完全信任秦文，但此刻，已容不得我再怀疑、犹豫了。我收紧身形，目光锁定齐的膝盖，右脚发力，向前一跃，用大剪刀的侧面，扫向齐的膝盖。

这一扫我用了七成力道——如果砸在我自己腿上，至少能将腿骨砸裂。齐冷笑了一声，快速后退两步，躲开了这一下，却没有反击，我不确定他是做不到，还是故意如此。剪刀击空后，我也没收力，而是任凭它砸在旁边一株一人高的树上，不算尖锐的剪尖在树干上留下一个拇指大小的伤口，浅白色的汁液从伤口里流了出来。

我重新站稳身形，大口喘气，齐站在三四米外，一言不发地看着我，脸色有些凝重。

没错，刚才这一下只是试探。齐躲了过去，但反应、闪避的速度，远不如之前抬手保护头部要害的时候。这一次他的动作，属于人类正常反应的速度范畴。很显然，这是齐在操控义体，而非义体自动防御AI完成动作。

我有机会。

我活动了两下关节，调匀呼吸，又一次抡起手里的巨剪，用八成力道扫向齐的膝盖，齐一个侧闪，再次避开了，但脚步已有些狼狈，膝盖的金属关节发出令人牙酸的摩擦声。我也跟着惯性冲了出去，在我俩身形交错的一刻，齐的右拳击向我的鼻梁，我一偏头，但没能完全躲过，咚，他拳头的一角，砸在了我的脸颊骨上。

半边脸麻了一下，大脑短暂地空白了片刻，旋即感到火烧般的疼痛，有鲜血从伤口流了出来，一直流到嘴边，咸咸的。然而我已无暇关心这些了，我毫不停顿，直起腰，转身前冲，同时用全部的力气扬起剪刀，对准他的大腿位置，狠狠地平扫下去。

这一击，便是决战！

咚、咚。

一口鲜血，从我的喉咙里涌了出来。

就在剪刀的刃背砸上齐膝盖前的一瞬，我的腹部被他的直拳狠狠砸中了，我整个人向后平飞了出去，剪刀也瞬间脱手——不过，在惯性的驱动下，剪刀依旧砸在了齐膝盖上面一点的位置，可惜力道也减弱了不少。齐腿上的肌肉凹下去很大一块，多了个大洞的裤子下面，露出破损的皮肤、肌肉。他身体一晃，缓缓跪了下去，带着扭曲的表情看向"伤口"。我的心脏狂跳，我成功了吗？我"打残"他了吗？这一瞬，紧张甚至让我忘了自己的伤势，以至两秒后，我才吐出第一口鲜血。

哇……鲜血吐在脚下的鹅卵石地面上，在月光下反射出诡异的色彩。

"很好，很好。"齐缓缓说。

"什么？"

齐并不答话，只是抬起头，缓缓站了起来，试着弯了两下伤腿——能看出，关节的灵活程度已大受影响，动作僵硬别扭。接着，在我惊恐的目光里，他居然原地蹦了两下，只跳了大约30厘米的高度，而且明显不平衡，左高右低。"这条腿，回头又要换了。"齐的目光里满是嘲弄，慢慢向我逼近，他的步伐已不像之前那么稳定，摇摇晃晃，但足以让我彻底绝望。

是的，刚刚的一击，他确实受伤了，只是这伤还是太轻了，至少，他还能走、能跳，反倒是我，挨了那一拳后，五脏六腑似乎都移了位。我强撑着，把蜷缩的姿态变成半跪，但双腿还是忍不住打战，完全无法站起来。而我的武器，那把机械园丁用的大剪刀，早已飞到了五六米外的地上，而且，更靠近齐的脚下。

"投降吧。"齐语气冷峻。

"做梦。"

我咬牙，手脚并用往前爬。前面四五米，是楼顶的边缘，只要爬到那里，齐就会束手束脚；如果缓上片刻，等我能站起来，就可以用跳楼威胁他。

"你想干什么？"齐一边说，一边向我走近。

我默不作声，继续向前爬，手肘一下下戳在土上，摩擦得生疼——这辈子，我从未感觉过身体如此沉重。三米、两米……眼前，就是这百米高楼天台的边缘了，哪怕只是向外看一眼，我就呼吸困难。我能站起来吗？就算站起来，我真有勇气跳吗？在面临抉择之前，我忽然感觉，自己的右脚被拽住了。

是齐，他踩住了我的右脚脚踝，只是身体的疼痛已让我感官迟钝。他居高临下，用嘲弄的语气说："楚，一切，都结束了。"

明月悬在他的头顶，这张熟悉的面目有些模糊。我颤抖着伸出手，在泥土里摸到一块小小的石头，对准他的面门砸去。

这是绵软、缺少力道的一击，齐微微偏头，轻而易举地躲了过去。

我双手继续乱抓，这次没摸到石头，但又摸到一样东西，是草叶里的一串浆果，小小的，圆圆的，有二三十粒，我将浆果砸向齐。

这是可笑、毫无意义的一击——如果我大脑清醒，根本就不会做出这样的尝试。然而齐依旧非常谨慎，面对这些迎面而来的"暗器"，他上身猛地折叠，后仰，躲过了一大半，同时，双手以迅捷的速度，击飞了剩下的两三粒飞向他面部、胸部的浆果。有两粒浆果被他打碎，弹到我的身上，红红的汁液从破碎的果皮里流了出来，像是鲜血。

与此同时，齐的面庞忽然扭曲了，笑容凝固、消失了半秒，但很快又平静下来。

"怎么？"我有些困惑，他没看出是浆果，还以为是什么秘密武器？很快，齐又一次踩住了我的脚踝，同时伸出手去抓我的衣领。

"游戏，结束了。"

等等……

脑海中的某个地方似乎被点亮了。

我屏住呼吸，两只手同时摸向地面，这次，手边没有石子，甚至没有浆果，只有松散、湿润的泥土，但不要紧，我双手各抓起一把泥土，之后把这两把泥土，用力往齐的上半身撒去。

齐的双眼里流露出难以置信的神色……下一秒，他整个人猛地向后"弹射"出去。是的，面对这两把迎面而来、毫无威胁的泥土，他只要闭上眼就能应对，然而他的义体毫不犹豫地弹射了出去。很快，齐脸上露出愤恨、不满的表情，显然，这一次闪避并非他的本意。

我笑着半撑起了身体。

"现在，我知道你的弱点了。"

此时，齐已和我拉开了三四米的距离，他咬牙切齿地盯着我，脸上的笑容消失得无影无踪。

"你义体自带的智能防御AI，会遵循安全第一原则，保护你的脑袋、心脏。只可惜智能AI是无法瞬间判定，砸向你头部的物体，到底是子弹、炸弹这些致命武器，还是浆果、泥土这些毫无杀伤力的杂物。所以，虽然我只是抓起两把泥土撒向你的脸，你也会后退、闪避。"我笑得更灿烂了，因为我已在两米外的花台上，发现了一样更"强大"的武器，一个小巧的、只有洗发水瓶大小的喷壶。我打了个滚，把喷壶抢到手上，扳了一下喷壶扳手，壶嘴立刻向前喷出一片水雾——射程只有一米多一点儿，但已经足够。

我用最后的力气站了起来，将壶嘴对准齐，慢慢走近，齐脸色铁青，脚步下意识地往后挪了一步——这是他今晚第一次后退。我说："既然智能AI无法判定，我刚刚砸你的是浆果还是炸弹，想必它也分不清，这液体是清水还是硫酸吧。"

我向前迈出一步，同时用力按下扳手，在迎面而来的"未知液体"威胁下，齐的义体遵循程序逻辑，再次做出后退的规避动作——朝着水雾的相反方向，然而在这之前，我已"未卜先知"地把右脚提前伸在了他后退的必经之路上。脚面微微一麻，正如所料，齐在闪避时踩在了我的脚上。"不！"齐愤怒地大喊，肌肉、骨骼迅速做出反应，试图恢复平衡，但我毫不犹豫地对准他的小腿又补了两脚。

咚，齐的后背重重摔在鹅卵石地面上。这一摔的姿态很怪，脊背保持弯曲，同时做出双手抱头的反应——很明显，直到此时AI依旧遵循"首先保护头部、前胸"的规则。电光石火间，我双腿发力，向一旁跃出两三米距离，左手抄起地上的大剪刀，右手则抓起一把泥土。

我对准齐的头胸，撒出泥土，紧接着双手用力，举起剪刀，用尽全身力气，将剪刀的金属刀背，砸向齐的右腿膝盖的伤口。

咚……

这是金属与义体碰撞的声音。齐的膝盖原本就受了伤，皮肤、肌肉破损严重，这一次，剪刀半指宽的刀背直接砸在了银白色的金属骨骼上。我毫不放松，吸气，发力，将剪刀再次砸向他膝盖的同一位置……

一分钟后。

我一共砸了多少下？十五？还是十六？我记得，我朝他的右腿砸了十下，左腿五六下。在体力消耗殆尽前，我住了手，用力呼吸，充满泥土气息的空气从鼻腔灌入肺泡，火辣辣的。我喘息了一会儿，看向齐的双腿。在这轮狂风骤雨般的攻击下，他的右腿几乎完全断了，金属骨骼断成两截，肌肉分离，只剩一点"皮肤"连在一起，至于左腿，膝关节也严重形变损坏。中途，齐试着伸手挡了两下，但很快就放弃了……因为这样做唯一的结果，是让他的双手也被一并砸断。

我后退了六七米，用剪刀支撑住身体，缓缓坐了下来，喘息着看向齐，他也看着我，脸上的表情说不出地古怪。

齐试了两次用仅剩的半条腿站起来，但毫无悬念地失败了……是的，此时他已成了一个断腿的"残废"，唯一的移动方式就是靠两只手爬，只是他的手臂也受损严重，只是勉强能动，而我又聪明地保留了最后一点体力，至少还能慢跑。

"你……赢了。"齐的声音有些沙哑，"但没有用，你下不了手杀我，也没有虐待我的勇气。"

"为什么？"

"因为我是彩虹的父亲，她是你的女儿。"

我咬牙沉默。

"我不会听从你的任何指令，也不会送你回去，没有我，你回不去。"

我笑了起来："不，我有办法让你屈服。"

"不可能。"

"我已经知道你的弱点了，全部弱点。"

我坐在原地，调匀呼吸，五六分钟后，力气恢复了一些。我走到齐的身边——我没有靠近他的上半身，以免被他依旧能动的双手攻击，而是脱掉外套，把一边的袖子绑在他半断的左腿上，以衣服为纤绳，向前拖动。齐愣愣地看着我，明显不知道我要干什么，然而半分钟后，他眼中的惊诧变成了恐惧。

是的，我将齐拖到了空中花园的栏杆旁，距离楼顶边缘只有不到半米的位置！"不！不！"齐伸出手，抓住地面的草皮，但我一个发力，草皮被连根拽了下来，我伸脚，用力踢在齐的臀部，他的身体翻滚了半圈，整个靠在了护栏边，眼前，就是数百米高的"悬崖"。

齐闭上眼，身体不由自主地疯狂颤抖。

"是的，你的另一个弱点就是恐高。这很正常，你这辈子最大的噩梦，就是那一晚，被拽着坠桥的瞬间吧。"

齐以可笑的姿态，如蠕虫般来回扭动，他试着用双手爬行，远离"悬崖"——远离这让他全身抽搐，无法呼吸的百米高度落差。但我并不仁慈，伸出脚，一下下，将他踹向楼顶边缘——由于有玻璃护栏，他并不会真的掉下去，但恐惧并没有因此减少，他开始呕吐，很快，开始哭泣，他如蛆虫般，在满是呕吐物的土地上翻滚。

"停下……住手……"

"我要回家。"我说。

"好……我送你回家。"齐声嘶力竭地说。

第二十七章

归 路

46小时后，23：40。

"我记住了。"彩虹点点头，两颗虎牙轻咬嘴唇，晨星般的眸子里，有一些亮晶晶的东西在闪烁，"你回去之后，我会输入三层加密指令，关闭通道，然后删除所有数据，最后把终端机的硬盘拆下来，丢进液压粉碎机……"

"嗯。"

"这样的话……你和妈妈，你们的那个世界，就安全了。"

"嗯……"

此时我已能猜到，彩虹要说什么了，她的肩膀在颤抖，七彩的长发也跟着一并颤动，小巧的鼻翼皱了起来，嘴唇向下弯出弧度——这是我第一次在这张脸上，看到这样的表情。

"以后，我再也见不到你了，也见不到……妈妈了。"

我沉默，无法点头，也无法摇头。下意识地，我把手伸进口袋，想要掏出些什么——随便什么东西，当作纪念品送给她，我的女儿，但下一刻便放弃了。是的，我赤裸着来，也将赤裸着离去，什么都没带来，什么都带不走。

"抱歉，都没什么东西送给你。"

彩虹颤得更厉害了，低下头，从胸口拿出一样亮晶晶的物件，是我上次从倪小姐那里得来，临别时送给彩虹的那个小巧、漂亮的沙漏吊坠。"没事，上次你送我的礼物，我一直挂着。"

我心脏的位置有暖流流过："从那之后，你就一直挂在脖子里？"

"是啊，以后，我会一直挂着的。"彩虹昂起脑袋，说，"爸爸，你能再抱抱我吗？"

我点点头，张开双臂，将彩虹抱在怀里。哇的一声，她终于哭了出来，泪水滴在我的肩上，浸湿了一块，凉凉的，我扳过她的肩头，温柔地看着她，想要将这张近在咫尺、光芒四射的美丽面庞刻入记忆最深处。彩虹应该读懂了我的想法，她努力向上弯起嘴角，做出微笑的表情。

"我会找一个画家，把你的样子画出来。"我说，"只可惜，这张画只能偷偷藏着，不然给你妈妈看到，她一吃醋，可能就不会有你了……"

扑哧，彩虹终于笑出声来，漆黑的眼珠转了转，忽然，她做了一件事——将一缕七彩的头发捋到额前，一绞，一拽，揪下了四五根，五颜六色的。她痛得龇牙咧嘴，但很快便笑嘻嘻地把这几根头发缠绕在我的头发上。我愣愣地看着她。

"这是……接发？"

"只是几根头发，降临终端识别不出来，只要把这几根彩虹色的头发带回去，你就可以跟妈妈解释我的身份啦。"

"怎么会？"

"笨蛋，做亲子鉴定啊！"彩虹眉飞色舞，"要不是亲子鉴定必须要发根的毛囊，我直接用修眉剪剪下来就行了。"

我目瞪口呆："你真是个天才少女……我担心，我跟语冰提出这样的要求，她的第一反应，是打精神病院的电话。"

彩虹又笑了："爸爸，原来，你说话都这么有趣的吗？不像他，特别凶，特别古板，我一看就害怕……"她扭过头，看向身后，那边，是她真正的爸爸。齐坐在一张特制轮椅上，他义体双腿已断，受伤的双臂被捆在一起——让齐亲眼见证我离开倒不是因为恶趣味，而是我们觉得，让齐这样一直留在我们眼皮底下，是最安全、稳妥的做法。

齐苦笑，摇头："对不起，我平时对你，确实严厉了一些。"

"少拍我马屁。"彩虹说，"你放心，这一切结束后，我会找人帮你修复义体，但你先答应我，不许报复我！不许关我禁闭！不许扣我零花钱！就算我离家出走，也不许冻结我的信用账户！"

齐哭笑不得，我又开始同情起他了。是的，我并不担心彩虹，之前，为了帮我逃跑，彩虹用十字弓把齐的义体射了两个窟窿，即便如此，当齐制服住彩虹后，虽然他脸色铁青，近乎狂怒，但给女儿唯一的"惩戒"，也就是拍了两下她的脑瓜而已——"他当时气得浑身发抖，骂得很凶，但打得很轻。"彩虹给我说起这段回忆时，嘴巴噘得很高，看似委屈，实则一副有恃无恐的模样。

"要走，就快走吧。"齐忽然开口道，"还有10分钟就0点了，降临的自检程序需要两三分钟，你现在可以进信标了……"

"你怎么这么着急？"彩虹皱起眉，"是不是打什么坏主意？"

"我现在这样，还能玩什么花样吗？"齐说，"他早一天走，我就早一天能修复义体，像这样瘫在轮椅上，很难受的……还有，虽然我义体的核心部位没坏，能源系统、生命维持系统都还正常工作，但毕竟受了这么重的伤，不赶紧修复，万一运气不好，哪里短路啥的，影响核心区域的运转，大脑的血氧、ATP供给只要停5分钟，我就真死了。"

彩虹沉默了，齐毕竟是她的父亲，她无法接受他真的死去。

"那么，我走了。"

"嗯……替我向妈妈问好。"

我最后抱了彩虹一下，摸了摸她小巧的脑袋，走向信标。我坐进"棺材"，开始一件一件脱去身上的衣物，扔到外面。彩虹走到终端的操作台前，按下了操作台正中，那个显眼的绿色"启动"按键，"墨棺"外面的透明防护罩缓缓降下，锁死。"即将启动时空跃迁程序，坐标已确认，防护层已锁定。启动倒计时，5分20秒……"

我露出肩膀以上的身体，隔着防护层，向彩虹挥手道别。她一面看着我，一面不忘监视身后轮椅上的齐。齐脸色很平静，似乎已接受了这个结局，他把双手举到头顶，来回摇摆，只可惜双手被牢牢捆在一起，让他的道别姿势有些像作揖，十分滑稽。

"倒计时，5分钟，进入预定发射阶段。"我听到冰冷的电子提示声，深吸一口气，决定再等两分钟，就躺进漆黑的信标，我的双眼似乎被什么迷住了，近在咫尺的彩虹的身影变得有些模糊，我是流泪了吗？可能吧……

嘀……

一个奇异的声音，激得我高速跳动的心脏猛颤了一下。竟是电子报警声，位置来自门口。果然，我看见齐的身后，安全门的把手，轻轻旋转了一下。

此时，房间里就三个人，所有的AI机器人都被留在了外面的安全屋，而这一层楼，是齐的私人空间，未经许可，理论上任何外人都无权进入。

然而此刻，在外面，有人竟在开门。

很显然，齐、彩虹也听到了这异响，两张脸上同时露出不可思议的表情。谁在门外？谁在开门？嘀，一秒后，门打开了，一个高大的身影走了进来。

这是张陌生面孔——白种人，卷发，鹰钩鼻，深深的眼窝里嵌了一双浅蓝色的眸子，目光阴鸷。他的手上，拿着一样我无比熟悉，也无比胆寒的武器：一张用高强度塑料打造的复合弩，与彩虹之前对付齐的那把一样，只是尺寸大了两号。他是谁？我恐惧地颤抖起来。

来人并不废话，抬手，用十字弓瞄准跃迁终端的中控电脑，按下扳机。刺啦，随着箭羽破空的声音，一根弩箭射穿了主控台的合金外壳，一团耀眼的电火花冒了出来，刺痛我的双眼。嘀、嘀，两声尖锐的报警声后，主控台荧幕上，两行提示跳了出来。

大脑瞬间一片空白，他是谁？终端被破坏了？下意识地，我想跳出信标，打开外面的安全层冲出去，然而安全层并没有解锁，就像一层透明的茧一样，把我束缚在其中。旋即，我从齐的嘴里听到了一个令我头皮发麻的名字，更准确一点说，是代号。

"三号！"

"三号"？这个忽然闯入的不速之客，竟是"七伟人"中的三号？他在此时此刻，手持武器出现，显然是敌非友。我的心沉了下去，齐在什么时候、用什么手段叫来了他？然而很快，我发现不对了，"三号"出现的一刻，齐的表情瞬间扭曲——并非喜悦，并非兴奋，而是恐惧，甚至比我更加恐惧。

"连一个世纪前的自己，和一个十几岁的小丫头都搞不定。一号，你越来越让我失望了。"三号冷冷地说，"这样的你，还配成为伟人吗？"

"不用你管！你出去！"

怎么了？他俩不是一伙的？竟会在这种时候针锋相对？我有些困惑，就在这时，形势又发生了不可思议的变化。站在门口的三号又一次举起十字弓，但他瞄准的目标，不是我，也不是彩虹，而是瘫软在轮椅上的齐！而且是齐的脑袋——这是他最致命的部位。

但很快，三号笑了起来："你都残废成这样了，不急。"他缓缓将身体转过三十度，将十字弓对准另一个目标——时空跃迁终端操作台前，那道小小的、纤弱的身影：彩虹。

我目眦尽裂，双手握拳，拼命砸向身前的安全层，想打开它，跳出去救我的女儿——至少，挡在她身前。然而无济于事，安全层极其坚固，拳面很快砸出了鲜血，但它连一丝裂痕都没有出现。

"一号，我知道，这两次都是她破坏了计划，她是你的弱点，也是'七伟人'计划最大的不安定因素，为了我们的宏伟目标，就让我帮你解决掉这个弱点吧！"三号用无比稳定的右手，将弩箭填入十字弓的发射槽。

"不！"齐声嘶力竭地大喊，很显然，三号的目的是阻止我离开，并且选择了一个最令我愤怒、绝望的方法，他竟要对彩虹下杀手！他瞄准的是彩虹的胸口，以十字弓的威力，绝对一击致命！彩虹也吓呆了，说实话，她前两次救我，是很勇敢坚强，但也确实是"恃宠而骄"，毕竟齐并不会真的惩罚、伤害她。此刻，面对真正的死亡威胁，她害怕了，脸色煞白，双脚打战、发软，一时甚至忘了躲避，只是将目光，投向了房间里，最熟悉的那个人。

不是我，而是齐。

"救救我……爸爸……"

咚……这是义体的金属骨骼戳在地板上的声响，齐双手一撑，残缺的义体从轮椅上"蹦"了下来——他的嘴角满是鲜血，就在刚刚，他付出了两颗牙齿的代价，咬断了手上的绳子，接着手膝并用，朝三号冲了过去。他的爬行速度自然不快，而且姿态滑稽别扭，像一只残疾的四足兽，但齐脸上的表情无比坚毅。三号的双手抖了一下，原本屏住的呼吸也被打断了，他重新将十字弓移转，对准齐的额头。

"你别过来。"三号冷冷地说，"别逼我对你出手。"

齐置若罔闻，爬得反倒更快了。

三号眼里有寒芒闪过，毫不犹豫地，他扣下了扳机——谁知齐预判到了他的动作，双手一撑，上身猛地立起，叮，这一箭射在了齐义体的胸口，最坚固的核心位置，箭头没入了合金外壳。嘀、嘀，义体的中控芯片发出刺耳的报警声，齐也被巨大的冲击力射翻了，残缺的躯壳在地上滚了两圈，但他毫不畏惧，吐出一口带血的唾沫后，他继续手脚并用，一点一点，向三号爬去。

"念冰！拿武器！杀了他！"齐声嘶力竭地喊。

彩虹终于从惊慌失措中挣脱出来，举起手边本用来防备齐的十字弓，对准三号——三号也不甘示弱，再次装填，瞄准，他的动作明显比彩虹快了半拍，彩虹刚完成装填，三号的手指已经按在了扳机上！

再过一秒，彩虹就要……

咚，又是一个奇怪的声音，这是齐的两根手肘戳在地板上发出的闷响，他居然做出一个拙劣的"鱼跃"，跃到三号的跟前，用尽全力，抱住了他的大腿，张开嘴狠狠咬了下去。"啊！"三号痛苦地大叫，手里的十字弓震了一下，但还是射出了箭矢，与此同时，彩虹的虎牙用力咬在嘴唇上，按下十字弓的扳机。

两根箭羽带着残影，交错飞过，一根没入三号的胸膛，将这具高大、瘦削的身体，直接钉在了墙上！另一根，则擦着彩虹的脸颊飞过，在这张绝美、白皙的侧脸上，留下一道四五厘米长，触目惊心的伤口！鲜血如泉水般涌了出来，彩虹呆立在原地，直到鲜血流到嘴角的一刻，她才意识到自己受伤了，伸手摸了一把，鲜血在手背上开出一朵嫣红色的花。

我的心，仿佛也被这一箭射中了，疼得抽搐起来。幸好，只是外伤，绝不危及生命。

三号低下头，愤怒、不甘地看向胸前，旋即脑袋一歪，身体再无任何生息。

彩虹杀死了他！不，是彩虹和齐，一起杀死了三号！

彩虹靠在墙上，大口喘气——从三号进门到现在，只过去了不到两分钟，然而这点时间里，我、她和齐，却在生死边缘走了好几次。彩虹终于感到了疼痛，俊俏的五官拧成一团。

"跃迁终端控制装置出现未知损坏，建议终止程序！建议终止程序！"冰冷的电子提示声响了起来，我怔住了，整个人僵在了"棺材"里。

看来，三号的第一箭，还是破坏了跃迁设备，我回不去了，至少今天如此。

但很快，我的沮丧变成了绝望。

彩虹奔到操作台前，用力按下红色的"终止"按键，"请输入高级安全口令，终止程序。"提示声响了起来。彩虹奔到齐的身前，跪倒，哽咽着说："爸爸，求求你，告诉我密码。"

齐冷冷地、沉默地看着她满是鲜血的脸庞，脸颊微微颤动。

"爸爸，求求你，我不想他死。"

齐的嘴唇嗫嚅了两下，上唇和下唇轻轻碰在一起，喉结翻滚。我忽然发现，齐并非是拒绝彩虹的请求……而是，他已说不出话来了。

刚刚贯穿胸口的一箭，破坏了他义体的"心脏"：包括供能核心、生命维持核心。其实在齐的义体里，还有两处应急用的备用核心，分别位于右臂和左腿，这样即便躯干损坏，也能临时维持24小时生命，坚持到医生赶到，然而前两天他和我生死相搏的时候，这两个核心都被破坏了。

齐，即将，或者说，正在死去。

当意识到这个事实时，我的大脑瞬间一片空白。是的，齐是我的敌人，他曾经无数次想杀死我，取代我，在最后一刻，他却做了这样的选择。他的牺牲自然不是为了救我，但救了我的女儿，彩虹。

至少，在我的心里，眼前的这个男人，齐，未来的我，完成了救赎。

"不……爸爸，不要！不要死！"彩虹显然也发现了这一点，她抱住齐的身体，眼泪和鲜血把父亲的肩膀染成怪异的红色。齐用尽最后一些力气，拍了拍她的肩膀，伸出手，指了指我的方向。

他已无法开口发声，但我还是看懂了他的意思：

我已无救，去救他吧，他也是你的父亲。

彩虹哭泣着，跌跌撞撞地跑回操作台。"倒计时3分钟，请降临者尽快做好准备，或使用高级安全口令终止跃迁。"她爬到操作台前，辨认荧幕上的一行行提示，然后跑到安全层外，隔着透明外壁，哭泣着看着我："爸爸。"泪水如两条小溪，从她晨星般的眸子里涌出，其中一条透明晶莹，另一条，则汇入伤口处鲜血的河流，染成美丽的红色。

"怎么了？"

"终端的硬件损坏了，情况很复杂，需要人工终止程序，但是……我没有权限。"

"那么，会怎样？"

"不知道……按照提示，再过160秒，跃迁就会启动。"彩虹忽然转身，跌跌撞撞地跑向大门，"我去问王，它就在门口，它一定知道办法。"

150秒……

140秒……这，是我生命的倒计时吗？我盯着屏幕上的时间，完全无法呼吸。

当倒计时走到138秒时，我终于等来了王，AI管家扫了一眼屏幕上的提示，用最快语速说："跃迁终端的核心部件，坐标锁定仪出现故障，无法锁定时空坐标。"

"为什么程序不自动终止？"

"因为自检程序已经完成，进入跃迁预备阶段，现在终止需要超管口令，手动操作。"

"口令！口令呢？！"

"对不起，超管没有告诉我。"

"有办法打破安全层吗？"

"不能，安全层的材质是A1级高强度宇航玻璃，足以抵御小型陨石撞击。"

彩虹哽咽着，颤抖着跪了下来，我问："像现在这样，跃迁程序启动，我会怎么样？"

"结果，是你会被量子化，但是无法在确定时空重新凝聚，你会成为一团概率云，出现在宇宙的随机时间、空间。"

我呆住了。这是死亡吗？不知为什么，面对这无法更改的、无比可怕的结局，我却冷静了下来。我看着安全层外满脸鲜血、瑟瑟发抖的彩虹，一种叫作"勇气"的东西忽然充满了我的身体。

"彩虹。"

"嗯？"

"振作一点，你听到了吗？我不会死，只是会量子化。或许某一秒，在某个地方，我会出现在你身后，看着你。"

"倒计时，90秒……"

彩虹哭泣着点点头："嗯。"

"你这么漂亮，这么显眼，尤其是这彩虹色的头发，无论在哪个时空，我只要看一眼，就能认出你了。"

"但染发的女孩子很多，我怕你认错。"彩虹轻轻地说，"爸爸，你看着我，我脸上的这个伤口，未来，我会留着这道疤痕，这很酷，而且是我保护爸爸留下的。以后，你只要看到一个七彩长发，脸上有一道很酷疤痕的女孩，就知道是我了。"

我用力点头。

忽然，一点奇怪的光亮，在心头闪烁了一下，就像爆发的超新星。

疤痕？

很酷的疤痕？！

我忽然想到了一个人：

那天我在地面的辽城平民区，念冰"秘密住处"的楼下，遇见的那个神秘老妪，倪小姐。

"这疤痕确实很酷，但我留着它，是因为我和一个重要的人有过约定。这样，无论何时何地，即便只是远远看一眼，他也能认出我。"

"倒计时，60秒。"

我笑了起来，对彩虹说："你胸口的沙漏拿出来，交给王……"

彩虹愣了半秒，但照办了。沙漏晶莹剔透，折射出无比迷人的色彩，王看了一眼，说："这是跃迁终端的坐标锁定仪，是备用件吗？"

"装上去。"我大声吩咐，彩虹惊呆了，下一秒，汹涌而出的眼泪忽然断流了。如阳光、如春风、如晨星，这世界上最美丽的微笑，又一次在这张最美丽的脸上绽放，彩虹重新散发出七彩绚丽的光芒。

"这是怎么回事？"但我已没时间解释了，即便有时间，我应该也不会解释。我只是凝望了她一眼，将这世上最令人心碎，也最令人难忘的面容刻印进脑海最深处。

"倒计时，30秒。"

我最后一次，对着一脸迷茫，但闪闪发光的彩虹说："女儿，这次救我的，还是你。"

我伸出手，扣好信标的顶盖，黑暗吞噬了我，但我坚信即将重见光明。

终章与开端

我推开"墨棺"的顶盖,刺眼的灯光从缝隙里照了进来。我眯了眯眼,坐起来,一秒后,我在四五米外,看到了一道熟悉、清癯的身影。秦文居然一直守在这里?我肌肉瞬间紧绷,悄悄握紧拳头,准备随时反击。

"你回来了。"秦文淡淡地说,"她还是在最后关头,救下了你?"

我愣住了,秦文不是说过,通道两端,两个世界间的信息交流非常困难吗?刚刚"未来"发生的事,他怎么知道?几秒后,我握紧的拳头慢慢放松了下来,这并非只因为我没有在他手上看到任何武器,还因为他正微笑着面对我,不带丝毫敌意。有时候,你会没有缘由地相信一个人,此刻就是如此。

我决定说实话:"是的,倪小姐救了我。她的身份是……"

"彩虹,对吗?"秦文开口说道,"倪小姐就是彩虹,是来自'未来的未来'的你的女儿。'倪小姐'名字里的倪,是霓虹的霓字,霓虹、彩虹,她从'未来的未来'回到'未来',就是为了改写结局,救你,送你回这个世界。"

我深吸了一口气,无数纷繁复杂的信息,在脑海里织成一张巨大、五彩斑斓的网,我用了很久,才勉强厘清其中的头绪:"你怎么知道?"

"因为,我,和她……来自同一个时代啊。"

我的呼吸停顿了。什么?他们来自同一个时代?这意味着眼前的秦文,并非来自一个世纪后的未来,而是两个世纪后的"未来的未来"?

"那么,你降临的目的,到底是什么?"

秦文从沙发上站了起来,嘴角微微上扬。他依旧在微笑,不知为什么,我从他的身上,感到一种强烈的、可怕的、难以用语言形容的气势,一种专属于伟人、神明的压迫力,他在微笑,目光平静,表情淡然,却让我难以呼吸,甚至不敢直视。

"唯一真神。"

"什么?"

"是的,我和齐一样,渴望伟大,渴望成为伟人,但我并不希望和任何人分享这样的伟大。现在，我就是你们这个世界的唯一真神。我的脑子里，装着远超这个时代的，两个世纪后的知识信息，我是先知，是神明，是救世主……"

"这就是，你的目标吗？"

"是的，在你面前，我无须掩饰任何野心。你放心，语冰很好，你也会很好。我不会把你怎么样，这对我没有任何好处，我也不担心你会泄露我的身份。"秦文俯视着我，说，"因为我，是这个世界继续存在下去，免于毁灭的，唯一希望。"

"怎么可能？"

"齐应该对你说过，平行世界的分级吧，24世纪的人类文明，是唯一的'一级宇宙'，他们身处的是世界线的主线；而我、倪小姐身处的宇宙，则是他们打通时空通道后，创造出的'二级宇宙'，我们那个世界的时间线已经走到了23世纪；再往下，是齐所在的，时间坐标在22世纪的'三级宇宙'，而你们，则是'四级宇宙'。"

"是的。"

"问题就在这里，就我所知，一级宇宙刚通过一项法则：所有的四级宇宙，都必须被清理！"

"清理？"这个词令我全身的毛孔都炸裂开来，"为什么？"

"很简单，为了维持全宇宙的熵平衡。你知道，我们身处的宇宙，在没有生物、文明出现的前提下，熵会持续增加，走向热寂，而当生物、文明出现后，熵的增速则会减慢，为了让宇宙既不热寂又不冷寂，必须维持熵的平衡，换言之，维持这宇宙里文明的数量——而打通时空跃迁通道，创造出平行世界，会让文明、生物的数量指数级增长。一级宇宙发现，如果任凭四、五级宇宙被无限制地创造出来，宇宙就会进入冷寂的阶段。热寂的过程很漫长，而且有调整的法子，但冷寂不同，一旦进入冷寂，整个宇宙，将瞬间毁灭！"

"所以，就要毁灭我们？毁灭我们这个世界？"

"是的，'清理'是一个没有任何痛苦，瞬间完成的过程——一个普朗克时间，你们这个世界就会湮灭。一级宇宙已培训了一批'园丁'，他们的任务，就是帮世界树'剪枝'，找出并清理所有的四、五级宇宙，自然也包括你们这个未编号的'黑户'世界。"秦文冷冷地说，"这也是为什么，我让你安排念冰摧毁终端机的硬盘，毕竟，没有时空坐标的话，即便是一级宇宙，想找到这个世界，也不那么容易。主人想消灭屋子里的臭虫，但如果某只臭虫躲进角落最深处，再不露头，多半也就无所谓了。"

将这个世界比作臭虫，我很不舒服，但无言反驳。

"你记得前几个月，NASA发布消息，在数百万光年外，发现一个类似DNA双螺旋结构的星系吗？"秦文冷冷地说，"那个螺旋星系，便是一级宇宙创造出来的。它可以有序复制、繁殖，是用于减缓宇宙热寂的'熵调节器'。"

我茫然抬头，目光透过打开的窗户，投向外面的星空，我自然看不见那遥远的只有用最先进的苍穹望远镜才能观测到的螺旋星系，但我仿佛能感到它的存在。是的，它在那里，在运动、分裂、繁衍，这便是"天文尺度"的生物吗？这，便是三个世纪后，人类文明的"伟大手笔"吗？我感觉整个身体都在微微颤动、共鸣。

"那么现在，我该做什么？"

"帮助我，拯救这个世界……虽然时空坐标已经被摧毁，但'园丁'依旧有找到我们的可能。为了确保安全，我们必须在'园丁'发现我们前，让这个世界的人类文明，具备最基本的自保能力。这样的科学技术，大约领先这个时代150年，但有了我，应该可以缩短到50年甚至40年，我不是物理学家，但也死记硬背下了一些公式，还有，我的医学知识，可以让这个世界的天才多活几十、几百岁。我需要你的帮助，齐楚，我很了解你，你有能力、有野心，同时本性善良，在两个世纪后，未来的未来，我和你，还存在一些交集……"

未来的未来，我，和秦文的交集？我追问，但秦文已不再回答我，他给我递了一套衣服，我一件件穿好，深呼吸，跟在他身后走出大门。站在院子中央，头顶星空璀璨，宇宙很大、很空、很黑、很冷，我感到了自己的渺小，不只是我，我脚下的地球，这个世界的人类文明，都只似一粒微尘，然而，这粒微尘中的微尘，却要改变这个宇宙的进程。

我向前跨了一步。